KB252942

가면의 기사

김형신 퓨전 판타지 소설
FUSION FANTASTIC STORY

The Knight of Mask

가면의 기사 8

김형신 퓨전 판타지 소설

초판 1쇄 찍은 날 § 2008년 3월 31일
초판 1쇄 펴낸 날 § 2008년 4월 8일

지은이 § 김형신
펴낸이 § 서경석

편집장 § 문혜영
편집책임 § 최하나

펴낸곳 § 도서출판 청어람
등록번호 § 제1081-1-89호
등록일자 § 1999. 5. 31
어람번호 § 제1-0957호

주소 § 경기도 부천시 원미구 심곡1동 350-1 남성B/D 3F (우) 420-011
전화 § 032-656-4452 팩스 § 032-656-4453
http://www.chungeoram.com
E-mail § eoram99@chollian.net

ⓒ 김형신, 2007

ISBN 978-89-251-1257-2 04810
ISBN 978-89-251-0826-1 (세트)

천어람
도서출판
[완결]
8
[적과 적]
FUSION FANTASTIC STORY
The Knight of Mask
가면의 기사
김형신
전 판타지 소설

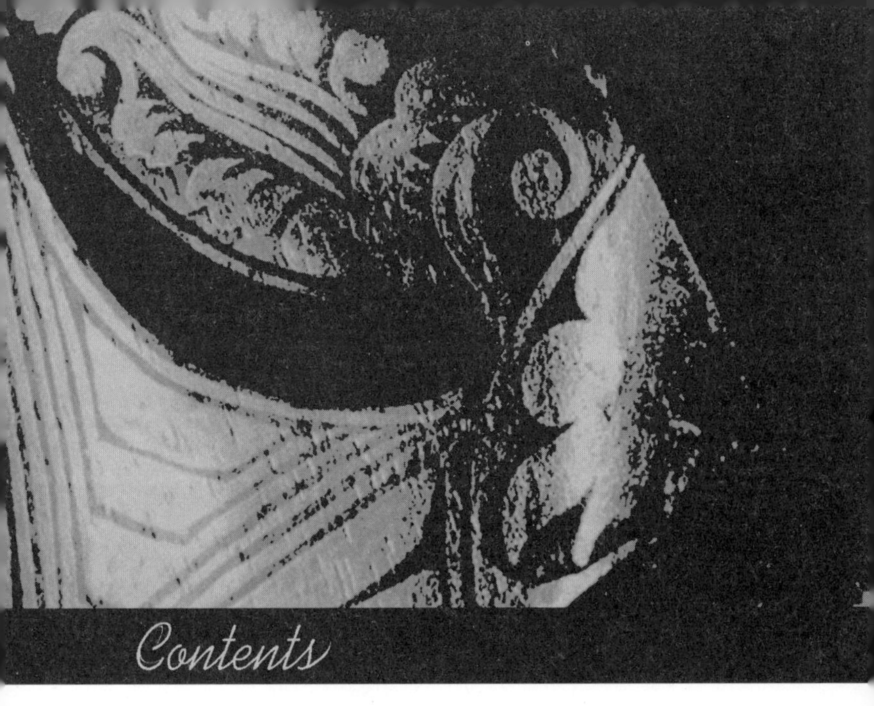

Contents

Part 1   죄인, 마르크! | 7

Part 2   선택의 갈림길 | 41

Part 3   수호의 주문서 | 75

Part 4   상급 마족의 강림 | 113

Part 5   적과 적 | 149

Part 6   군주의 시험 | 185

Part 7   마르크의 잔 | 213

Part 8   가면의 시험 | 243

Part 9   목표 | 295

Part 1

죄인, 마르크!

The knight of mask

첨벙, 첨벙. 촤아아아악!!

크기가 2m는 될 듯한 잠자리 몬스터 베치를 베어낸 눈류는 힘겨움을 이기지 못한 채 바닥에 털썩 주저앉았다. 현재 눈류가 앉은 곳에는 낮은 물이 흐르고 있어 축축했지만 눈류는 상관하지 않았고, 앉는 것도 힘든 듯 대 자로 뻗어버렸다. 그런 눈류의 입에서는 단내가 흘러나올 정도였다.

눈류는 호흡을 가다듬은 뒤 날짜를 계산하기 시작했다.

어느덧 미로에 들어온 지 55일째가 되었다. 앞으로 남은 5일 동안에도 마법진을 찾아내지 못하면 자신과 월하는 강제 이동이 될 것이었다.

'이겨야 한다.'

퀘스트의 보상이 무엇인지는 알 수 없다.

그리고 이번 대결로 또 다른 보상이 있을지도 모르는 일이었다.

물론, 아무런 보상이 없을 수도 있지만, 이렇게 힘든 대결을 펼치는 데 이득이 없을 것이라고는 생각하지 않았다.

분명 승리를 하게 된다면 또 다른 무엇인가가 주어질 것이다!

'이제 얼마 남지 않았다. 쉬지 말자.'

눈류는 피로도를 떨치기 위해 딱딱한 빵을 입에 밀어 넣으며 자리에서 일어섰다.

그리고 레벨을 확인하며 방긋 미소를 지었다.

이곳 카스케의 미로에 기거하는 몬스터들은 강한 만큼 많은 경험치를 주었다.

물론 승리를 위한 것도 있었지만, 눈류는 레벨 업에 빠져 55일이란 시간 동안 잠도 제대로 자지 않으며 사냥에 열중했다.

아무도 없는 사냥터! 무수한 몬스터들!

때로는 미로에 존재하는 죄인들도 나타났는데, 그들의 경우 거의 보스 몬스터 급에 해당하는 경험치와 아이템을 주었다.

그렇기에 현재 눈류는 열렙이라는 말로도 부족할 만큼의 빠른 레벨 업을 하고 있었고, 이곳 몬스터들에게서 드랍된 돌로 장비들의 내구도를 수리했다.

'다행이야, 정말.'

가장 큰 걱정이었다.

두 달이라는 시간 동안 장비들이 견딜 수 있을지!

하지만 몬스터들에게서 수리 기능이 있는 최상급의 돌들이 떨어졌다.

눈류는 팔 때의 가격을 떠올리며 아쉬움을 느꼈지만, 장비들의 내구도가 떨어지면 큰일이었고, 이곳에서 꽤 짭짤한 수입도 올리고 있었기에 망설임없이 돌들을 사용했다.

터벅, 터벅.

눈류가 재차 미로를 돌아다니기 시작한 지 2시간이 흘렀다.

그런 눈류는 멀리서 보이는 붉은색 빛으로 인해 자신의 두 눈을 비볐다.

처음에는 잘못 본 줄 알았다.

아니, 너무나 간절히 원하다 보니 헛것이 보인다고 생각했다.

그러나 아니었다!

분명 눈앞에서 붉은빛을 뿜어내는 저것은… 그토록 찾고 찾던 마법진이었다!

휙! 휙!

마법진을 발견함과 동시에 눈류는 다급히 주변을 경계했다.

분명 무엇인가가 자신을 방해할 것이라는 판단과 더불어 혹여나 월하가 있지 않을까 해서였다.

그렇지만 마법진이 있는 곳에는 분명 자신밖에 없었고, 눈류는 자연적으로 발휘되려는 짐승 모드를 애써 참으며 걸음을 옮겼다.

즐거워하는 것은 이 지독한 미로를 빠져나간 다음에 해도 늦지 않았다.

일단은 이곳을 먼저 빠져나가 승리를 하는 것이 급선무였다!

하지만… 눈류의 전진은 곧 멈춰질 수밖에 없었다.

사아아아아.

눈류는 붉은 마법진 앞에 형성되는 검은색의 기류를 확인하며 속으로 한숨을 내쉬었다.

자신의 팔자가 그럼, 그렇지! 하는 표정이었다.

그리고 머지않아 눈앞에 나타난 존재의 모습을 확인할 수 있었다.

몬스터가 아닌 인간의 형상을 하고 있었는데, 두 눈동자는 시뻘건 색이었고, 흰자가 있어야 할 부위는 검었다. 전체적으로 봤을 때 근육질의 30대 중반 남자의 모습에 키는 눈류보다 머리 하나가 더 컸다. 그리고 양손에는 단검보다는 길고, 장검보다는 짧은 검을 두 자루 쥐고 있었다.

'죄인 마르크라…….'

나타난 존재에 대한 정보를 확인한 눈류가 속으로 중얼거렸다.

마르크에게서는 전신이 압도당할 정도의 강대한 기운이 풍기고 있었는데, 정보에 의하면 최소 수백 년을 이곳 미로에서 보낸 존재라고 했다.

‘쉽지 않겠어.’

눈류는 자신의 붉은 입술을 살짝 깨물며 검을 쥔 손에 힘을 주었다.

그리고 마나의 회복 상태를 확인한 뒤 마르크와 시선을 마주쳤다.

그와 함께 둘은 누가 먼저라 할 것 없이 서로를 향해 달려들었다.

콰앙! 콰앙!!

‘크윽!’

먼저 뒤로 물러선 것은 바로 눈류였다.

마르크의 두 검과 자신의 검이 부딪치는 순간, 전류가 몸에 흐르는 듯한 짜릿함을 느끼며 밀려난 것이다.

그 정도로 마르크가 소유한 마나의 위력이 대단해 눈류는 그림자 조각을 발휘해 황급히 거리를 벌렸다.

쉐에에엑!

‘커억!’

하지만 마르크는 절대 무시할 수 없는 존재였다.

눈류조차 지옥이라고 생각하는 카스케의 미로에서 수백 년을 살아온 그였다.

그렇기에 마나는 물론 육체적인 능력도 인간의 한계를 벗어난 상태였고, 눈류의 그림자 조각과 맞먹는 속도를 소유하고 있었다.

‘대단히 빠르다!’

거리를 벌렸음에도 불구하고 순식간에 가까이 다가온 마르크로 인해 눈류는 당황하며 검으로 그의 두 검을 방어했다.

쿠아아아아앙!!

미로 안이 흔들릴 정도로 큰 마나의 폭발이 일어났다.

그러자 눈류는 신형을 비틀거리며 입에서 피를 토해냈다.

"더블 소울!!"

눈류는 다시 자신을 노리며 달려드는 마르크를 향해 십자 형태의 마나를 발출하였다.

그 모습에 마르크는 허공으로 치솟았지만 그 모든 것을 예상한 눈류가 순식간에 그림자 조각을 발휘하며 마르크 앞으로 이동했다.

그와 함께 펼쳐지는 기술!

"소드 스피릿!!"

눈류의 검이 빠르게 마르크의 몸을 베기 시작했다.

한 번, 두 번!

베면 벨수록 더욱 큰 데미지를 입히는 스킬!

순간적으로 스피드 역시 극대화되기에 쉽게 막을 수 없는 기술이었다.

그것은 마르크 역시 마찬가지였고, 눈류의 가면과 갑옷에 그의 피가 튀었다.

하지만 눈류는 속으로 욕설을 내뱉었다.

3번의 공격까지는 마르크에게 적중했다.

그래서 그의 왼쪽 어깨와 오른쪽 팔뚝에 상처를 입혔다.

하지만 세 번째 이후부터는 모든 공격이 막혀 버렸다.

'세 번째부터 방어를 하기 시작했다. 상상을 초월하는 감각이군.'

눈류는 속으로 크게 흔들렸지만 겉으로는 표현하지 않으며 재차 거리를 벌렸다. 그러자 마르크는 먹이를 발견한 뱀처럼 절대 놓칠 수 없다는 듯 접근했고, 둘은 서로의 검을 휘두르며 공수를 전환했다.

그러나 얼마 지나지 않아 눈류는 방어하기에만 급급했다.

마르크의 쌍검은 빈틈을 너무나 잘 노리며 파고들었고, 자신이 공격하려고 해도 마치 죽음을 각오한 이처럼 수비를 하지 않은 채 공격했기 때문이다.

공격이 최선의 방어! 마르크는 누구보다 그 사실을 잘 알고 있었고, 어느덧 마르크의 심리전에 휘말린 눈류는 그 늪에서 헤어 나오지 못하고 있었다.

'하아, 하아. 이대로라면 나의 필패다.'

눈류는 점점 뒤로 밀리면서도 정신을 차리려고 노력했다.

어느덧 생명이 반으로 줄어버렸기 때문이다.

'놈은 방어를 생각하지 않는다. 마치 죽어도 상관없다는 듯한 태도!'

눈류는 여전히 방어에 급급한 듯 보이지만 힘겹게 정신을 차린 냉정한 눈빛으로 마르크의 움직임을 확인했다.

'그래서 난 번번이 공격을 물릴 수밖에 없었지만 나에게 한 방은 있다. 문제는 그 한 방으로 놈이 죽냐, 사냐인데……. 도

박을 걸 수밖에 없겠군.'

눈류는 마나를 확인했다.

그러는 와중에도 생명은 계속 떨어지고 있었고, 몸 곳곳에 얇은 상처가 생기며 피가 바닥을 적셨다.

'방어력이 약하길 바라자!'

눈류의 눈동자가 변했다.

그가 무엇인가를 결심했을 때 나타나는 진지한 눈빛이었다.

그때 마르크는 눈류를 향해 쌍검을 휘둘렀고, 눈류는 타이밍을 잡으며 뒤로 물러서다 자신도 방어를 무시한 채 검을 휘둘렀다.

"극한! 파멸의 검!!"

극대화되는 공격력!

더불어 눈류의 검에는 조화된 마나가 이글이글 불타올랐다.

그 위력은 마르크 역시 느낄 수 있었지만, 지금까지 그래왔던 것처럼 방어는 생각하지 않으며 자신의 검에 마나를 증폭시켜 공격에 모든 것을 걸었다. 눈류 역시 피하지 않은 채 마르크의 목을 향해 검을 움직였다.

사아아아악!!

콰지지직!!

마나가 폭발할 듯 뿜어져 나오던 둘의 검이 서로를 베어버렸다.

하지만 소리는 전혀 달랐다.

바로 눈류가 마나의 벽을 시전했기 때문이다.

촤차차차차!!

그로 인해 눈류는 큰 부상을 입지 않았지만, 마르크는 달랐다.

눈류의 검으로 인해 목이 잘렸고 곧 파멸의 검의 영향으로 그 부분이 폭발해 버렸다.

더불어 마나의 벽은 이전의 마나의 벽이 아니었다.

한 단계 발전하면서 받은 데미지의 일부를 적에게 돌려주는 기능도 포함되어 있었다.

그래서 마르크는 2차 데미지까지 입으며 바닥에 털썩 무너졌다.

'휴… 끝난 것인가.'

눈류는 그런 마르크의 모습을 확인하며 안도의 한숨을 내쉬었다.

그리고 한 걸음 더 전진하려는 순간이었다.

눈류는 믿을 수 없다는 듯한 눈동자로 바로 앞을 쳐다봤다.

그곳에는 목이 잘리고 어깨가 폭발의 영향으로 사라진 마르크가… 벌떡 일어서 있었다.

'괴, 괴물이었나.'

눈류는 당혹스러움을 감추지 못했다.

세상에! 어떻게 저런 상태로 살아 있을 수 있고, 일어설 수 있다는 말인가!

몬스터들조차 저 정도 부상이라면 죽는 것이 당연했다.

아무리 이곳이 카스케의 미로라 할지라도 퀘스트가 진행되는 현재는 몬스터나 죄인들 모두 죽음을 맞이했다.

죽음의 제한이 없는 것은 바로 자신과 월하뿐이었다!

그런데 저놈은 도대체 뭐란 말인가!

"크르르르르!"

어디에서 소리를 내는 것인지는 알 수 없다.

하지만 눈류의 귓속에는 분명 마르크의 분노에 찬 목소리가 똑똑히 들렸다.

눈류는 역소환시킨 검을 또다시 소환하며 마르크를 노려봤다.

그와 함께 정보를 확인했는데… 눈류의 인상이 구겨졌다.

자신의 처음 예상과는 달리 마르크는 인간이 아니었다.

처음과는 달라진 정보에서는 마탈족 마르크라고 적혀 있었다.

마탈족은 아는 이가 많지 않을 만큼 소수 부족이며, 베일에 가린 존재들이었다.

그들은 인간과 몬스터가 결합해 탄생한 하프라는 설도 있었고, 미지의 종족이라는 말도 있었다.

다만 한 가지 확실한 것은 마탈족의 경우 목숨이 두 개라는 것이었다.

한 번 죽어도 되살아나는 존재들!

그리고 죽었다 깨어날 때는 더욱 강력해진다고 눈류는 알고 있었다.

‘빌어먹을. 마탈족이면 처음부터 마탈족이라 했어야지!’

눈류는 짜증스러운 표정을 지었다.

마탈족을 알고 있었다.

울트와 여행을 하는 도중 그에게 들었기 때문이다.

그래서 애초에 마탈족 마르크라고 떴다면 다른 방법으로 마르크를 쓰러뜨렸을 것이다.

이렇게 마나를 쥐뿔도 남기지 않은 채 다 쓰지는 않았을 것이다!

하나, 시간을 돌릴 수도 없는 노릇이었고, 눈류는 일단 거리를 벌리며 마르크를 주시했다.

자신은, 마나는 물론 생명도 모두 회복되지 않은 상황.

그러나 마르크는 더 강해진 상태였다.

더군다나 조금 전의 작전은 통하지 않을 것이다.

마탈족이 방어를 하지 않는 이유는 목숨이 두 개이기 때문이고, 하나의 목숨을 잃을 경우 이전처럼 무모하게 공격하지 않기에.

콰아아앙!!

이래도, 저래도 자신이 죽는다고 결론을 내린 눈류는 검을 주변 벽을 향해 내려쳤다.

그러자 검폭이 발휘되며 폭발이 일어났고, 돌가루들과 먼지가 흩날렸다.

그사이 눈류가 선택한 방법은 하나! 바로 도망치기였다!

미로의 제한 때문인지 이곳에서는 류화를 소환할 수 없었기에 눈류는 두 다리에 모든 힘을 실으며 뒤돌아섰다.

잡히면 죽는다! 일단 생명과 마나를 회복한 뒤 재차 붙는다!

그것이 바로 눈류의 해결책이었고, 길은 외울 생각이었다.

하지만 눈류는 몇 걸음 떼지도 못한 채 누군가와 부딪쳤다.

"커어억!!"

"……."

막 갈림길을 벗어나려는 순간, 마찬가지로 반대편 갈림길에서 누군가의 모습이 나타났기 때문이다.

바로 월하였다.

붉은 전류가 마르크의 신형을 노리며 달려들었다.

그러나 마르크는 어렵지 않게 검은색의 실드를 소환해 막았고, 그 틈을 눈류의 검이 파고들었지만 마르크는 재빠르게 피하며 둘 중 체력이 약한 눈류를 향해 달려들었다.

그렇지만 월하가 있는 이상 눈류를 향한 접근은 쉽지 않았다.

마르크가 강해졌다 할지라도 눈류와 맞먹는 실력의 월하는 전투 센스가 뛰어났고, 상황과 원하는 목적에 따른 적절한 마법을 발휘하기 때문이었다.

"크르르르!"

그런 월하로 인해 마르크는 여전히 머리가 없음에도 불구하고 분노한 음성을 몸으로 냈고, 눈류는 월하가 마르크를 상대하는 동안 다급히 바닥에 주저앉았다.

서 있는 것보다 앉아 있는 것이 생명과 마나 회복에 도움이 더 되기 때문이다.

'역시 월하는 강하군.'

눈류는 월하를 쳐다봤다.

드문드문 위험한 상황이 생기면 자신이 도움을 주었고, 그로 인해 마르크의 시선이 자신에게로 향하면 월하는 마르크를 붙잡았다.

그러면 눈류는 다시 회복을 위해 자리에 앉으며 둘을 주시하는 형국이었다.

그런 눈류의 눈에 들어온 월하는 자신과 싸웠던 시절보다 더욱 강해진 모습이었다.

어쩌면 당연한 것인지도 모른다.

비록 기간은 두 달밖에 되지 않지만 이곳에서 올린 레벨이 만만치 않을 것이었고, 지옥에서 살아남기 위해서는 지옥을 이겨내야 하기에 몸과 마음이 강해질 수밖에 없었다.

그렇기에 월하는 카스케의 미로에 들어올 때보다 더욱 발전한 상태였고, 눈류가 회복할 수 있게 마르크의 시선을 자신에게 붙잡아둘 능력이 되었다.

물론 죽음에서 부활한 마르크가 워낙 강하기에 제아무리 월하라 할지라도 지쳐 가는 것은 어쩔 수 없었고, 위기도 몇 번이나 반복되었다.

'적이 아닌 것이 다행이야.'

마르크와 부딪치는 순간 월하는 상황을 파악하며 마르크를 공격해 눈류에게 휴식 시간을 주었다.

월하는 상황 파악 능력이 대단했고, 일 대 일도 엄청난 실력이지만 특히 팀플에 있어서는 발군이었다.

마법사라는 직업 자체가 일 대 일보다는 팀플에 특화되어 있다. 하지만 그래도 월하의 센스는 그 이상이었고, 눈류는 어느 정도 회복이 되자 마르크의 등을 노리며 달려들었다.

그러자 먼저 그것을 알아차린 월하가 순식간에 홀드 마법으로 마르크를 붙잡았고, 눈류의 마나가 이글거리는 파멸의 검이 마르크의 오른쪽 어깨를 박살내고 지나갔다.

"키에에에!!"

마르크의 분노에 찬 목소리!

그러나 눈류는 여유로운 미소를 지었다.

라스트 월드에서는 절대 강자가 존재하지 않았다.

제아무리 고레벨에 레전드라 할지라도 수십, 수백 명의 유저들을 죽일 수 없었다.

레전드가 아니라면 고레벨이라 할지라도 자신보다 레벨은 낮지만 같은 급의 유저들 몇이면 죽음을 피할 수 없었다. 그리고 레전드 역시 상황은 크게 다르지 않았다.

하지만 몬스터들은 예외였는데, 레벨이 높은 몬스터일수록 그 위력이 엄청나다는 것이었다. 그럼에도 눈류가 미소를 지을 수 있는 이유는 바로 퀘스트의 법칙 때문이었다.

유저가 절대 성공하지 못하는 퀘스트는 존재하지 않는다.

물론 고 난이도의 퀘스트들은 한계치가 높게 설정되어 그 벽을 넘지 못하는 유저들이 많지만, 단 한 명이라 할지라도 누군가는 꼭 해내는 것이 퀘스트의 법칙이었다.

그 말인즉, 제아무리 적이 강하다 할지라도 유저의 능력과 한계에 맞게 나타난다는 것이었고, 아무리 어려울지라도 자신을 이겨낸다면 분명히 깰 수 있다는 것이었다.

그래서 눈류는 월하와 함께하는 이 순간 미소를 머금을 수 있었다.

분명 마르크는 강하다.

그러나 지금은 퀘스트였다.

자신이 사냥터를 잘못 찾아 만난 보스 몬스터가 아닌, 퀘스트에 속한 또 다른 퀘스트와 마찬가지였다.

그렇다는 말은 분명 해치울 수 있다는 뜻이었다.

더군다나 자신과 월하가 누구인가?

그 어떤 힘든 퀘스트도 완수하는 독종 중에 독종들이었다!

자신들이 해결하지 못하는 퀘스트는 존재하지 않았다!

눈류는 월하와 함께 자신감에 가득 찬 얼굴로 마르크를 바라봤다.

혼자일 때는 일이지만 월하와 함께하면 이, 아니, 삼의 능력을 발휘한다.

그래서 더욱 강해진 마르크라 할지라도 두렵지 않았다.

곧 눈류와 월하의 신형이 마르크를 향해 파고들었다.

"후우……."

루운의 거처에 속한 아름다운 꽃밭.

그곳에 류화와 함께 앉아 있던 눈류는 길게 한숨을 내쉬었다.

그러자 류화가 고개를 갸웃거리며 눈류를 쳐다봤다.

"크크크크크!"

이번에는 미친놈처럼 웃는 눈류!

류화는 저도 모르게 움찔거리며 한 걸음 물러섰다.

얼굴은 온통 슬픔과 분노가 가득한데 입은 웃고 있다!

폭발하기 직전의 모습이라는 뜻!

'월하! 월하! 월하!! 으아악!!'

눈류는 꽃들을 침대 삼아 뒹굴다 급기야, 꽃들을 입으로 살해하기 시작했다.

그 정도로 눈류는 이성이 사라질 만큼 화가 나 있는 상태였는데, 바로 카스케의 미로 때문이었다.

마르크는 죄인 중에서도 상급에 속하는 편이었기에 최후까지 대단했다.

어깨가 그렇게 된 상황에서도 눈류와 월하의 합공에 밀리지 않았으니 말이다.

하지만 한계라는 것이 존재했고, 결국 눈류와 월하는 마르크를 해치울 수 있었다.

그런데 문제는 그 순간 발생했다.

눈앞에 존재하는 마법진은 하나였다.

그리고 둘이 힘을 합쳐서 마르크를 해치웠다.

더불어 둘 다 승리를 원하고 있다!

눈류와 월하는 두 눈을 마주쳤고, 눈류는 자신이 먼저 나가기 위해 월하를 설득했다.

첫 번째 목숨은 자신이 거두었고, 두 번째로는 힘을 합쳐서 해치웠으며, 이곳도 먼저 발견했으니! 당연히 자신이 먼저 나가야 한다는 것이었다.

그러자 월하 역시 고개를 끄덕였다.

또 다른 상품이 있을 것이라는 추측으로 인해 눈이 뒤집힌 눈류와는 달리, 그런 것에 관심이 없던 월하는 침착했다.

그 모습에 눈류는 감동을 느끼며 걸음을 옮겼다.

자신을 위해 양보해 주는 월하의 배려심!

절대 자기라면 하지 않을 행동이었지만 일단 감사한 것이었다.

하지만… 얼마 지나지 않아 눈류는 멍한 눈으로 월하가 마법진 위에 올라서는 것을 볼 수 있었다.

그런 눈류의 다리는 홀드 마법에 걸려 움직이지 못하고 있었다.

'월하, 월하, 월하!!'

눈류는 반복해서 속으로 월하를 소리쳐 불렀다.

월하는 단지 지는 것이 싫어 그런 것이었지만, 단순한 눈류가 그런 사실까지 파악할 리 없었다. 그저 속았다는 생각에 분했다.

더군다나 눈류가 화난 이유는 그것뿐만이 아니었다.

월하가 사라지고 미로의 대결이 끝나며 눈류는 강제로 이동

되었다.

그리고 울트와 눈이 마주쳤는데, 그 순간 눈류는 들을 수 있었다.

죽여 버리겠다고 외치는 마음의 소리를!!

그와 함께 울트와의 친밀도마저 하락했다!

그 결과 눈류는 비장의 무기로 사용하려 했던 파이를 울트에게 몇 개 건네며 친밀도를 겨우 올리고 그의 화를 풀 수 있었으며… 홀로 이곳에 와서 분노를 터뜨리는 것이었다.

바스락, 바스락.

그 순간 누군가가 다가오는 것이 느껴져 눈류는 고개를 돌렸다.

그곳에는 월하가 트레이드마크인 무표정으로 서 있었는데, 월하를 발견하자마자 눈류의 양 볼이 복어처럼 부풀어 올랐다.

삐쳤다는 것을 직접적으로 표현하는 유치한 행동!

그것만으로도 부족한지 '흥!' 이라고 소리 내며 고개까지 돌려 버렸다.

그 모습에 월하는 속으로 웃음을 흘리며 눈류의 곁에 앉아 무엇인가를 내밀었다.

"나는 필요없어."

눈류는 보지 않아도 월하가 내민 것이 무엇인지 알 수 있었다.

바로 미로를 먼저 빠져나옴으로 얻은 보상이었다.

그것은 바로 A급의 로브!

꿈틀, 꿈틀.

눈류의 삐친 얼굴이 자신도 모르게 풀어지기 시작했다.

밝게, 더 밝게, 하염없이 밝게!

하지만 눈류는 애써 침착을 유지했다.

솔직히 보상 물품이 A급의 로브라는 것을 알고 가장 많이 삐쳤다!

저것을 팔면 돈이 얼만데! 자기 것이 될 수 있었는데!

하나, 그렇다고 대놓고 행복해하며 받을 수도 없었다.

그러면 너무 없어 보이지 않는가!

하지만 눈류는 참 없는 놈이었다.

"월하, 너라는 아이는 하늘에서 갓 내려온 천사와 다름없구나. 너와 알게 된 것이 내 인생 최고의 행운이야."

두 눈동자를 반짝반짝거리며, 혹여나 마음이 변할까 봐 온갖 아부까지 서슴지 않는 눈류!

그 모습에 월하는 결국 미소를 지었고, 잠시 아무런 말 없이 꽃들을 바라보던 월하는 자리에서 일어서며 말문을 열었다.

"눈류."

"응?"

눈류는 그때까지도 로브를 행복한 표정으로 바라보며 침을 질질 흘리고 있었다.

"내일 시간 돼?"

"어? 내일?"

눈류는 갑작스런 월하의 물음에 고개를 갸웃거리며 되물

었다.

그리고 곧 고개를 끄덕였다.

월하가 다른 퀘스트를 받은 것이라 생각했고, 로브까지 줬는데 당연히 도움을 주고 싶었다!

물론 월하와 함께하면 무한 포션으로 인해 레벨 업이 빠르다는 사실도 떠올리며 말이다.

"그럼 내일 보자."

"그래."

눈류는 재차 로브에 시선을 두며 고개를 끄덕임과 동시에 대답했고, 월하는 곧 바람이 부는 방향으로 걸음을 옮겼다.

그리고 하루가 지났다.

"에……."

진하는 멍한 눈으로 집 앞에 있는 차를 바라봤다.

진하가 이렇게 된 이유는 한 통의 전화 때문이었다.

월하와 헤어진 후 진하는 울트에게 퀘스트의 보상으로 경험치를 받은 뒤 로그아웃을 해 잠에 빠져들었다.

그리고 월하와의 약속을 떠올리며 잠에서 깨어나자마자 라스트 월드에 접속했지만 월하는 접속하지 않은 상황이었다.

그래서 진하는 사냥을 하며 기다렸다.

그런 진하의 레벨은 259!

두 달 동안 카스케의 미로에 갇혀 올린 레벨이 20레벨이었고, 울트에게 받은 경험치도 2레벨이었기 때문이다.

하지만 또 하루가 지나도 월하가 접속하지 않아 이상하게 생각했었다.

그러다 문득 내일이, 라스트 월드 속 내일이 아닌 현실의 내일인가? 라는 생각이 들었다.

그리고 머지않아 진하는 자신의 두 번째 추측이 맞았다는 것을 알 수 있었다.

라스트 월드에서 로그아웃을 해 샤워를 하고 방으로 들어가자 월하에게서 전화가 왔기 때문이다.

"여보세요?"

"지금 밖으로 나와."

"어? 어디를?"

진하는 월하의 단도직입적인 말에 황당한 어투로 되물었다.

"집 앞이야. 기다릴게."

"……."

그 말과 함께 전화는 끊겼고 진하는 어이없다는 듯 휴대폰을 쳐다봤다.

자신의 집 주소는 방송국 PD인 박진우도 모른다.

그런데 어떻게 집 앞에 와 있다는 말인가?

집 주소는커녕 어디 동에 사는지도 알려주지 않았는데 말이다!

하지만 월하가 허튼 소리를 할 일이 없기에 진하는 긴가민가하는 표정으로 검은색 청바지와 흰색과 회색이 섞인 티를 입고, 검은색 자켓을 걸친 뒤 집 문을 열었다.

그리고 멍한 표정이 되어 눈앞에 있는 차를 발견했다.

'커억!!'

진하는 두 눈을 비볐다.

어느덧 월하는 머릿속에서 지워져 버렸다.

그 정도로 눈앞에 있는 차는 진하의 정신을 혼미하게 만들었다.

다크 문 페라리!

작년에 200대 한정으로 출시된 바로 그 페라리였다!

진하가 자동차 매니아는 아니었지만 기본적인 지식은 있었고, TV에서 몇 번 본 적이 있기에 기억하고 있었다.

아니, 다크 문 페라리라는 것을 모른다 할지라도 놀라워할 것이었다.

그 정도로 만화영화에서나 나올 법한 날카롭고 세련된 디자인에, 살짝 빛이 흐르는 특수 물질이 포함된 다크 문 페라리는 누구의 눈에나 띄기 때문이다.

"오오, 오오!!"

진하는 놀람을 감추지 못하며 페라리의 이곳저곳을 기웃거렸다.

밖에서 안이 보이지 않기에 누가 타 있는지는 모르지만, 그런 것은 상관없었다.

평생 동안 한 번도 보기 힘들다는 다크 문 페라리가 지금 눈앞에 있다는 것! 그 사실만이 진하의 머릿속을 가득 채웠다.

'완전 최고구나.'

진하는 자신처럼 페라리를 보며 감탄사를 내뱉고 사진을 찍고 있는 사람들의 눈치를 살핀 뒤, 페라리에 얼굴을 갖다 대고 비볐다.

TV에서 32억에 거래된다는 말을 들은 적이 있었다.

아주 예전에 399대 출시된 엔초 페라리가 20억을 넘겨 거래되었으니 터무니없는 가격이 아니었다.

하지만 잘산다는 사람들조차 꿈꾸기 힘든 수준의 가격이었고, 그래서 자동차계의 왕으로 불리고 있었다.

'그런 페라리에 내 얼굴을 비볐어!!'

진하는 속으로 감탄했다.

그리고 재차 주변을 힐끔거리더니 페라리에 자신의 손가락을 가져다 댔다.

비록 아무런 흔적도 없이 광택이 흘렀지만, 진하는 자신의 지문이 차에 닿았다는 것만으로도 뿌듯함이 느껴졌다.

'아참, 월하는?'

진하는 그때서야 월하를 떠올리며 주변을 두리번거렸다.

많은 사람들이 차를 구경하고 있었는데 그중 10대 후반, 20대 초반으로 보이는 여자는 단 셋뿐이었다.

'저들 중 하나이겠지?'

분명 월하가 집 앞이라고 했으니 진하는 당연히 그렇게 생각했다.

그때 진하의 휴대폰이 울렸고, 진하는 빠르게 전화를 받았다.

전화를 건 사람은 바로 월하였다.

"뭐 해?"

"어? 너 어디 있는데?"

"네 앞에 있잖아."

"내 앞에?"

진하는 두리번거리며 월하를 찾았다.

그런데 자신이 추측했던 세 명의 여자들 모두가 전화를 하고 있지 않았다.

"어디? 안 보이는데?"

"다크 문 페라리 보여?"

"에……? 진짜 우리 집 앞에 와 있나 보네. 당연히 보이지! 너도 보고 있어? 죽이지?"

진하는 다시 페라리를 감상하며 흥분을 감추지 못했다.

그러나 곧 이어진 월하의 말은 진하를 돌처럼 굳게 만들었다.

"그 안에 있어. 지금 문 열 테니 들어와."

스으으응!

그 말과 함께 페라리의 문이 천천히 위로 열렸다.

그러자 구경을 하던 이들이 웅성거리며 진하가 서 있는 곳으로 몸을 움직였고, 고개를 돌리고 있던 여자는 진하 쪽은 바라보지도 않으며 소리쳤다.

"뭐 해? 빨리 타!"

"어? 어……? 어!"

진하는 너무나 황당했지만 여자가 분명 월하라는 사실을 확신할 수 있었고, 고개를 돌린 월하의 곁이자 세계에 단 200대! 한국에는 3대가 있다고 추측되는 다크 문 페라리 안에 올라탔다.

지이이잉.

진하가 차 안에 들어오자 문은 재차 닫혀 버렸다.

그리고 진하는 곧 고개를 돌리는 월하를 볼 수 있었다.

"정… 혜란……?"

진하는 믿을 수 없다는 눈빛으로 중얼거렸다.

정혜란! 인기 가수인 그녀가 월하라는 사실도 놀랍지만, 전에 자신과 대화를 나눈 적도 있지 않던가?

'그래서였나…….'

유독 월하에 대한 얘기를 많이 물어보던 정혜란이었다.

당시에는 단지 월하가 유명하니까 궁금했던 것이라 생각했는데, 설마 당사자일 줄이야.

"놀랐어?"

"그래."

이전 현실에서 만났을 때는 서로가 당연히 존댓말을 했었지만 이제는 자연스럽게 말을 놓는 둘이었다. 하지만 그들 모두 그 부분에 대해서는 전혀 신경 쓰지 않았다.

그 정도로 라스트 월드가 둘 모두에게 깊숙이 박혀 있기 때문이다.

‘잘한 것인가…….’

혜란은 운전을 하며 스스로에게 질문했다.

사실 현실에서 게임 속 누군가를 만난다는 것은 불편한 일이었다.

이미 자신의 정체를 알고 있는 현실 쪽 지인들이라면 모르겠지만 말이다.

그래서 진하에게 시간이 있냐고 물어놓고도 혼자 많은 고민을 했었다.

정말 문득이었다.

문득 진하와 현실에서 만나 대화를 하고 싶었다.

자신의 정체를 숨기는 것도 아닌 다 드러내 놓은 채… 그냥 대화를 하며 마주 보고 싶었다.

그리고 진하라면 자신의 정체를 그 누구에게도 말하지 않을 것이라는 믿음이 있었다.

단지 라스트 월드 세상에서만 그를 봐왔지만, 그는 믿음을 주었고 혜란은 자신의 결정을 번복하지 않은 것이다.

‘꽤 놀랐겠지?’

혜란은 실소를 머금었다.

그 누가 예상할 수 있겠는가?

라스트 월드에서 살인자로 유명한 월하가 현실 세상에서는 요정으로 알려진 가수라는 것을!

혜란은 진하가 무슨 표정을 짓고 있는지 궁금해지자 시선을 살짝 흘겼다. 혼란에 빠져 있을 것이다. 그 정도로 월하와 혜란은 너무나 극과 극인 모습이기에!

하지만 진하는 그런 혜란의 기대를 무참히 무너뜨린 채 차 구경하기에 바빴다.

"우와! 냉장고가 있다. 저건 뭐야, TV잖아? 이야……."

그런 진하의 모습에 왠지 진하답다고 생각한 혜란은 웃으며 말했다.

"시트에 침은 흘리지 말아줘."

자신의 것이 아니어도 짐승 모드가 되는 진하였다.

끼이이익.

다크 문 페라리가 도착한 곳은 서울에서도 외곽에 위치한 H호텔 앞이었다.

가격이 비싸고 유명한 사람들이 많이 찾아오는 곳으로 알려진 H호텔이었지만 사람들은 다크 문 페라리에서 눈을 떼지 못했다.

그 정도로 다크 문 페라리는 돈만 많다고 구할 수 없는 물건이었고, 혜란 역시 자신의 아버지가 아니었다면 얻지 못했을 것이었다.

"가자."

혜란은 문을 열어준 도어맨에게 자동차 키를 건넨 뒤 진하를 향해 말하며 걸음을 옮겼다.

그런 혜란을 잠입하고 있던 기자가 찍었지만, 혜란은 상관하지 않는 듯한 표정이었다.

그러나 진하의 행동만은 무시할 수 없었다.

지잉! 지잉! 지잉!

진하는 조금 전에는 당황해서 하지 못했던 사진 촬영에 열심이었다.

그런 진하의 모습에 주변에서 바라보던 이들이 웃음을 터뜨렸다.

진하는 진지한 표정으로 마치 자동차 모델이라도 된 듯 온갖 포즈를 잡으며 휴대폰 카메라로 사진을 찍고 있었는데, 진하는 내심 안타까웠다.

급하게 나오는 바람에 카메라를 챙겨오지 못한 것인 평생의 한이었다.

"뭐 해? 픕……."

방송을 위한 습관 때문인지 혜란은 라스트 월드와는 달리 자주 웃음을 흘렸다.

뭔가 새로웠다. 언제나 새장 속에서 가둬진 생활, 거짓된 가면을 쓰고 화려함으로 치장한 이들만 보다가 언제나 자신을 숨기지 않는 진하의 모습은 새로운 자극으로 다가왔다.

"어?"

그때서야 진하는 다른 이들이 쳐다보는 것을 알아차린 뒤 어색한 웃음을 흘리며 혜란에게 다가갔다.

자랑하기 위한 사진은 조금 있다가 또 찍으면 되는 것이기에!

"뭐 먹을래?"

"응?"

호텔 식당에 위치한 특별 룸에 들어온 진하는 혜란의 질문에 선뜻 대답하지 못했다.

호텔! 그것도 한국에서도 유명하며 알아주는 호텔이었다!

그런 곳에 와서 음식을 고르자니 무엇을 먹어야 할지 몰랐다.

아니, 다 먹고 싶다는 것이 정확한 속마음이었다.

"하나만 먹어야 하나……?"

진하가 조심스럽게 물었다.

가격을 보니 정말 살 떨리는 수준이었다.

이곳에 비하면 가끔 돈이 많을 때나 먹는 갈비살은 아무것도 아니었다.

그런데 자기가 먹고 싶다고 여러 개 시키자니 눈치가 보였다.

"아니, 먹고 싶은 만큼 먹어."

"저, 정말……?"

진하는 확인 사살 겸 한 번 더 혜란을 향해 물었다.

그러자 한 치의 망설임도 없이 고개를 끄덕이는 그녀.

"그러면 소갈비 스테이크랑, 송이버섯 스프, 양 갈비살이랑… 참치 회……."

진하는 듣고 있던 혜란이 눈을 크게 뜰 정도로 많은 양을 주문했다.

돈이 걱정되어서는 아니다. 저 많은 음식을 먹을 수 있을지 의문으로 인한 것이었다.

그때 진하는 디저트를 주문하고 있었는데, 최고급 호텔에 맞게 메뉴는 영어, 일본어, 중국어는 물론 한국어로도 적혀 있었기에 주문에 어려움은 없었다.

　그리고 술이 먹고 싶다는 진하의 의견으로 인해 약간 도수가 높은 와인도 시킨 뒤, 진하는 혜란을 쳐다봤다.
　"괜찮은가……?"
　평소에는 양심도 없고 등 쳐 먹는 것이 특기인 진하였지만, 자신이 시킨 음식의 가격을 계산하니 은근히 미안한 마음이 들어 물은 것이다.
　그 모습에 혜란은 웃음을 흘리며 고개를 끄덕였고, 노크 소리가 들리더니 치즈, 쿠키와 함께 와인이 먼저 들어왔다.

　쪼르르륵.
　진하는 비워진 자신의 잔에 붉은빛 와인을 따랐다.
　어느덧 룸 안에 들어온 지 꽤 시간이 흐른 상태였으며, 그동안 진하와 혜란은 시킨 음식을 모두 해치웠다.
　진하의 놀라운 식성으로 인해 혜란 역시 음식이 더 맛있게 느껴져 과식을 한 상태였다. 그리고 현재 진하는 와인을 두 병째 비우는 중이었다.
　"좋네."
　"뭐?"
　진하의 갑작스러운 말에 혜란은 무슨 뜻이냐는 표정으로 되물었다.
　그동안 둘은 라스트 월드에 관한 얘기로 대화를 이어왔다.
　그런데 갑자기 좋다니? 무엇이 말인가?
　"너 말이야."

"나?"

진하는 혜란을 향해 살짝 미소를 지으며 말했다.

"내가 아는 월하는 뭐라 할까? 나 혼자의 생각이겠지만… 친해졌다고 생각하는데도 벽이 느껴졌어. 스스로를 가두고 있다고 해야 하나? 마치, 한때의 나처럼 말이야. 그런데 현실 속의 혜란은 그런 벽이 느껴지지 않아. 그냥 자기를 모두 드러내는 것 같아. 방송에서는 모르겠어. 하지만 지금 내 앞에서의 너는 월하의 무뚝뚝한 말투가 아냐. 그리고 재미있으면 호들갑스럽지는 않지만 웃음을 머금고, 게임 얘기를 하다 안 좋은 추억을 떠올릴 때는 인상도 찡그리고… 때로는 슬픈 눈빛이 되고는 해. 그래서 좋아. 너를 가두지 않아서… 더욱 스스로를 괴롭히지 않아서… 혼자 아파하고, 혼자 눈물 흘리고… 스스로를 슬픔으로 감싸고… 그건 너무 가엾잖아……."

진하의 말에 혜란은 아무런 말을 하지 않았다.

그것은 긍정의 의미도 될 수 있었지만 생각을 하고 싶은 뜻이기도 했다.

그 모습을 바라보며 진하는 와인을 넘겼다.

'어쩌면 더 이상 혼자 있기 싫었던 것인지도 모르지. 어쩌면 스스로가 만든 답답한 구속에서 벗어나고 싶었던 것인지도 모르지……. 그래서 나를 만나러 온 것인지도 모르지. 뭐, 단지 내가 보고 싶었던 것일 수도 있겠지만… 그래, 그거였군. 연예인도 반하는 나란 놈은 정말!'

진지하게 생각을 하다 쓸데없이 나오는 과대망상!

"다음에는 내가 한 턱 쏠게. 여기처럼 비싼 음식은 힘들겠지만 세상에서 가장 맛있는 음식으로! 알았지?"

자리에서 일어서며 진하가 말하자 혜란은 고개를 끄덕였다.

문득 세상에서 가장 맛있는 음식이 뭐냐고 묻고 싶지만, 애써 참았다.

다음에 또 만나면 되기에.

'처음이야. 누군가를 또 만나고 싶다는 생각이 드는 것은……'

혜란은 자신이 생각하고도 속으로 화들짝 놀랐다.

그러고 보니 유독 라스트 월드에서도 눈류와 함께 어울렸다.

라이벌이란 이름도 있었지만, 이제 와 생각하니 그게 전부가 아닌 듯했다.

그때 진하가 진지한 눈빛으로 혜란을 쳐다보며 다가왔다.

두근, 두근.

이상한 생각을 해서일까?

혜란은 떨리는 자신의 가슴이 이해할 수 없었다.

단지 다가오는 것인데 왜 이렇게 떨린다는 말인가?

그 순간, 혜란 앞에 근접한 진하가 진지한 표정으로 말했다.

"나 어디 가서 너랑 아는 사이라고 해도 돼?"

오로지 자랑하고 싶다는 생각만 가득한 진하였다.

Part 2
선택의 갈림길

'월하가 혜란이었다니.'

호텔에서 나와 한숨 잔 뒤 라스트 월드에 접속한 눈류는 인벤토리를 정비하며 월하의 집안을 떠올렸다.

그날 그녀는 자신의 집안 내력에 대해서도 설명해 줬다.

눈류가 다크 문 페라리를 어떻게 구했냐고 물었기 때문이다.

그리고 눈류는 놀랄 수밖에 없었다.

월하가 말한 그녀의 아버지는 한국에서 재벌로 손꼽히는 인물이었기 때문에.

그와 함께 자신의 집을 찾을 수 있었던 이유도 이해되었다.

처음에는 연예인이기에 아는 인맥이 많아서 그런 것이라 생각했다.

하지만 곧 생각을 지울 수밖에 없었다.

요즘 세상이 어떤 세상인가? 강화된 개인 정보 보호법으로 인해 연예인이라 할지라도 전화번호만 가지고는 그 사람의 주소를 쉽게 찾을 수 없다.

눈류 자신 역시 그런 이유들로 진은과 은진을 찾지 못해 라스트 월드를 하고 있지 않은가. 물론 마음껏 두들겨 패고 싶다는 속셈도 함께였지만.

그러나 월하의 집안이라면 얘기가 달라졌다.

우리나라는 물론, 세계에서도 손꼽히는 기업이었다.

그런 사람이 마음먹는다면 법은 아무런 방해가 되지 않을 것이었다.

'월하……'

마법진의 빛에 휩싸이며 월하를 떠올린 눈류는 미소를 지었다.

그녀와의 만남으로 어제 얼마나 자랑을 했고 부러움을 받았던가!

현실에서도 물주 능력을 갖춘 그녀는 눈류에게 이젠 없어서는 안 될 소중한 존재였다!

'몬스터들에게도 정혜란과 아는 사이라고 자랑해야겠군.'

눈류는 사냥터로 이동됨과 동시에 굳은 결심을 했다.

그 시각 현실에서는, 진하와 혜란이 호텔에 간 사진이 공개되며 스캔들 기사로 난리가 났지만 정작 당사자인 눈류는 관심이 없었고, 월하는 귀찮아할 뿐이었다.

　"오랜만이군."

　"그렇군요."

　월하와 만난 지 라스트 월드의 시간으로 일주일 정도가 흘렀을 때, 눈류는 카르엔 공작이 불러 그를 만나러 왔다.

　카르엔 공작은 늙지도 않는지 언제나 정정한 모습이었는데, 눈류는 자리에 앉아 차를 마시며 공작의 말을 기다렸다.

　퀘스트 알림 창이 뜨지 않았기에 아직 왜 불렀는지 이유를 모르기 때문이었다.

　"자네도 지원을 했더군?"

　카르엔 공작의 말에 눈류는 잠시 머릿속을 굴렸다.

　그러다 얼마 전 공개된 이벤트 퀘스트를 떠올리며 고개를 끄덕였다.

　며칠 전, 라스트 월드가 재차 떠들썩해졌다.

　그것은 바로 이벤트 퀘스트가 발표되었기 때문이다.

　어느 순간부터 라스트 월드 차원 판타지에는 마계의 존재들이 모습을 많이 드러냈고, 그와 관련된 퀘스트들도 자주 나타났다.

　눈류 역시 그런 사실을 잘 알고 있었다.

　그런데 드디어 마계와 관련된 거대한 퀘스트가 나타났다.

　마족과의 치열한 전투가 예상되는 그 퀘스트는 누구라도 참여할 수 있었으며, 당연히 레벨 제한도 존재하지 않았다.

그로 인해 참여자의 수는 어마어마한 수준이었고, 눈류 역시 당연히 참가하게 되었다.

'그 얘기를 왜 따로 불러서 하는 것이지?'

눈류는 자신이 이곳에 온 이유가 이벤트 퀘스트와 관련이 있다고 생각되자 의아함이 들었지만 차분하게 공작의 말을 기다렸다.

그러자 카르엔 공작은 한숨을 내쉬며 말문을 열었다.

"자네도 알다시피 얼마 전 새로운 섬이 나타났다네."

이벤트 퀘스트가 공개되면서 알려진 사실이었다.

갑작스럽게 지도에 나타난 마계의 섬!

"그곳을 다녀온 정찰대의 말에 의하면 마치 마계가 옮겨진 듯한 섬이라고 하네. 그리고 정 중앙에 터널이 존재하는데, 이전에 드문드문 나타났던 마계의 터널과는 비교가 되지 않는 수준이라 하네."

눈류는 눈을 반짝였다.

현재까지 알려진 것은 마계의 터널이 자리한 섬이 나타났고, 능력에 따라 등급이 분류되어 각 등급에 맞는 임무를 맞게 된다는 것이었다.

아직까지는 어떤 퀘스트인지, 어떤 보상이 있는지도 알려지지 않았다.

그런데 지금 카르엔 공작이 하는 말은 알려지지 않은 정보가 틀림없었다.

"현재 각 왕국에서 수많은 이들이 대륙을 구하겠다고 나섰다네. 그래서 왕국의 모든 이들이 그들의 능력 파악에 힘을 기울이고 있지. 그로 인해 현재는 대략적인 분리가 끝난 상황이고, 임무는 총 여섯 단계로 나뉘어져 있네. 가장 낮은 임무는 D급이고 가장 위험한 임무는 SS급으로 분류되었네. SS급의 임무는 마계의 섬에 가 결계를 완성하는 것이라네.”

얘기를 하는 카르엔 공작의 표정이 어두웠다.

“방심한 것이야. 그들은 이미 오랜 시간 터널을 만들기 위해 노력했는데, 우리는 그 사실을 알아차리지 못했어. 그래서 단 한 번에 이렇게 허를 찔려 버린 것이지. 현재 우리들의 대륙뿐 아니라 엘프, 다크 엘프들의 대륙조차 터널을 통과한 마족들로 인해 파괴되어 가고 있네.”

“그렇군요.”

“아직까지 인간계에 나타난 마족들은 하급 마족들일세. 이 하급 마족들이 다 빠져나오면 분명 중급 마족들이 나타날 것이고, 그 후에는 상급 마족들이 올라올 것이네. 그전에 결계를 완성해야 한다네. 문제는 그 섬이 어떻게 생성되었는지는 알 수 없지만 마계의 영향력이 존재한다는 것이야. 그 말인즉, 마족에게는 힘이 되지만 우리에게는 치명적인 부분이지. 그래서 대단히 어려운 일이 될 것이네.”

마족들이 인간계에 진출하면 등급에 따라 다르지만 패널티가 작용한다는 사실을 눈류는 알고 있었다. 그것은 즉, 인간이 마계의 영향력이 존재하는 곳에 들어가도 마찬가지라는 것이다.

"내가 자네를 부른 것은… 바로 자네가 SS급에 분류되어 있기 때문이네. 현재 SS급은 참여를 원한 이들 중 상위 1,000명이네. 그리고 각 왕국과 신전에서 지원하는 이들까지 합치면 1,400명의 인원이지. 그래서 자네를 부른 것이야. 걱정이 되어서 말이네. 비록 하급 마족이라 할지라도 마계의 영향력이 존재하는 곳에서 그들과 전투를 치른다는 것은 대단히 위험한 일이네. 물론 오랜 시간 인간계를 향한 거대한 터널을 만든다고 그들 역시 많은 힘이 소진되어 있겠지만… 그렇다 해도 위험이 사라지는 것은 아니네. 원한다면 지금 포기하게나."

눈류는 카르엔 공작을 바라봤다.

그의 눈빛은 자신을 걱정하고 있었다.

자신만을 생각한 순수한 걱정일 수도 있지만 눈류는 알고 있었다.

자신이 사라지면 레이첼 황녀를 구하지 못할 수도 있다는 걱정 역시 포함되었다는 사실도.

"저는 죽지 않습니다."

눈류의 단호한 말에 카르엔 공작은 잠시 한숨을 내쉬다 고개를 끄덕였다.

게임이라는 사실을 아는 눈류로선 당연한 말이었지만, 카르엔 공작의 입장에서는 달랐다.

하지만 본인이 저렇다는데 막을 도리도 없었다.

"꼭 살아와야 하네. 그리고 만약 위급한 일이 생긴다면 이것을 사용하게나."

눈류는 카르엔 공작이 건네는 양피지를 받았다.

―수호의 주문서를 습득하셨습니다.

"그것은 마족들에게 큰 위협을 주는 주문서라네. 위험한 상황이 찾아온다면 사용하게나. 적의 수가 많으면 많을수록 더욱 큰 위력을 발휘한다네."

눈류는 카르엔 공작의 배려에 진심을 담아 감사하다는 말을 전했고, 일주일 뒤 크로아 왕국에 위치한 피아스 평원에는 SS급의 퀘스트를 받은 유저들이 하나, 둘 모습을 나타냈다.

'정말 많군.'

눈류는 주변을 둘러보며 저도 모르게 감탄했다.

1,400명의 인원은 절대 적은 수가 아니었다.

더군다나 모두가 고레벨 유저였기에 차고 있는 장비들의 화려함도 놀라운 수준이었다.

'난잡하지 않아.'

1,400명이 한곳에 밀려왔음에도 불구하고 그들은 마치 누군가가 시키기라도 한 듯 규칙적으로 서 있는 상태였다. 보통 이 정도 인원이 모이면 왔다 갔다 하는 이들도 있고, 소란스러워야 정상인데 이곳에 모인 이들은 달랐다.

그 정도로 경험이 많은 유저들이었으며, 자신들이 무엇을 해야 할지 잘 아는 것이었다.

하지만 눈류의 등장은 그런 이들조차 잠시 소란스럽게 만들었다.

애초에 가면을 착용하고 왔기에 모두는 가면의 기사를 볼 수 있었고, 가면의 기사는 차원 판타지에서 유명하기로 손가락에 꼽히는 유저였기에.

웅성거림이 커지는 그 순간, 유저들 중에서 넷이 접근했다.

바로 세라와 키스, 진은, 라이트였다.

그들은 한곳에 있지 않았던 듯 오른쪽과 왼쪽에서 인파들을 지나 다가왔는데, 눈류는 진은을 발견함과 동시에 고개를 갸웃거렸다.

'라인은 참여하지 않은 것인가?

그들 곁에 라인이 없었다.

300레벨이 넘은 그녀이기에 만약 참가 신청을 했다면 분명 SS급의 퀘스트를 받았을 것이다. 하지만 모두가 참여하는 것은 아니었기에 그러려니 했다.

"역시 참가했군."

"이런 기회가 흔치 않으니."

"오랜만이군요."

"그렇군요."

키스의 말에 눈류는 고개를 끄덕였다.

그러자 라이트와 진 역시 고개를 끄덕이며 인사를 했다.

"더 이상의 레전드는 없는 것 같아. 아, 라스트를 빼고."

"그래?"

"스레이도 신청서를 냈는데 S급 퀘스트에 참여하게 되었거든. 다른 레전드들은 스레이보다 레벨이 낮잖아. 그러니 분명

S급이나 A급으로 갔겠지.”

“그렇군.”

눈류는 고개를 끄덕였다.

레전드라도 레벨이 낮다면 고레벨에게 지는 것이 당연했다.

눈류만 해도 마찬가지였다.

아주 오랜 시간 전직 퀘스트에 시간을 소비하여 레벨에 비해 놀라운 스텟을 확보했고, 마나를 깨달았지만 레전드가 아닌 라이트와 붙어도 필패인 상황이었다.

그러니 레전드란 이유로 모두 SS급을 받은 것은 아니었다.

레전드가 되는 과정을 통해 얻게 되는 힘, 그리고 레벨. 더불어 그동안의 성장을 통해 얼마나 많은 스텟을 확보했냐 등등의 것들이 모두 합쳐서 능력이 결정되기에.

‘월하는 참가하지 않은 것이군.’

월하는 현재 접속도 하지 않았다.

만약 그녀가 신청을 했다면 분명 SS퀘스트를 받았을 것이다.

하지만 접속조차 하지 않았다는 것은 그녀가 신청 자체를 하지 않았다는 뜻이었다.

“그럼 자리를 옮기지.”

세라의 말에 눈류는 고개를 끄덕이며 그녀를 따라갔다.

그 뒤를 진은과 키스, 라이트가 움직였고, 그들을 뒤따라 수십 명이 함께 움직였다.

대부분이 진은이 속해 있는 길드의 유저들이었고, 몇은 세라가 속해 있는 길드의 유저들이었다. 그들은 자신들의 마스터라 할 수 있는 이들이 눈류를 따라가자 자연적으로 움직인 것이다.

그때 그들 앞에서는 각 왕국에서 파견된 NPC들이 유저들을 통솔하고 있었는데, 그사이 눈류는 또 다른 반가운 인물을 만나게 되었다.

바로 에시였다.

"선배."

눈류는 뒤늦게 자신이 서 있는 줄에 합류한 에시를 바라보며 반가운 목소리로 말했다.

에시가 SS급 퀘스트에 합류한다는 얘기를 미리 들었기에 놀라지는 않았다.

"후아, 늦었네."

에시는 달려왔는지 호흡을 가다듬으며 웃음과 함께 말한 뒤, 눈류의 소개로 세라를 비롯해 진은 등과도 인사를 나누었다.

현재 에시는 레전드 길드의 마스터였다.

레벨 300을 넘기면서 샤인이 에시에게 길드 마스터의 자리를 넘겼고, 그로 인해 레전드 길드도 많은 유저들을 확보하고 있었다.

하지만 레전드 길드는 아직 레벨 200대를 많이 보유하고 있었고, 그로 인해 SS급에는 눈류와 에시를 제외하고는 SS급 퀘스트에 참석하지 못한 상황이었다.

물론 레전드 길드에도 레벨 200대 후반과 300대에 오른 이들이 있기는 했지만 그들은 개인적인 사정과 넉넉지 못한 시간으로 인해 이벤트 퀘스트 자체에 참여하지 않았다.

"이렇게 만나 뵙게 되어 반갑습니다!"

마법으로 목소리의 영역이 확장된 한 기사가 큰 목소리로 소리쳤다.

50대 초반으로 보이는 기사는 황금빛 갑옷을 입고 있었는데, 크로아 왕국에 속한 기사였다.

그 옆으로 이번 퀘스트에 참석한 각 왕국의 NPC들 중 대표인 이들이 서 있었고, 눈류는 그들이 돌아가며 형식적인 말을 하자 지루한 표정으로 에시와 잡담을 떨었다.

그렇게 얼마나 시간이 흘렀을까?

각 왕국의 대표자인 네 명의 말이 끝나자 그들의 수하 NPC들이 나서서 유저들의 조를 짜기 시작했다.

총 100명씩 한 조로 14조가 완성되었으며, 눈류와 에시는 물론 세라와 키스, 진은과 라이트와 한 조가 되었다.

그들 모두가 같이 서 있었기에 한 조로 편성된 것이었다.

유저들은 5조부터 편성되었고 눈류가 속한 조는 8조였다.

1조와 4조까지는 왕국에서 지원을 온 NPC들로 이루어져 있었다.

"출발!!"

그때 쩌렁쩌렁한 외침과 함께 1조부터 4조까지의 NPC 마법사들이 앞으로 나서자 화려한 빛무리가 형성되었다.

이곳 피아스 평원에 미리 설치해 둔 대규모 마법진에 마나를 불어넣은 것이다.

그와 함께 모두는 바닥에 새겨지는 빛무리의 마법진을 확인할 수 있었고, 잠시 후 그들은 애초에 없었다는 듯 피아스 평원에서 모습을 감췄다.

첨벙.

알몸의 진하가 욕조에 들어가자 물이 살짝 흘러넘쳤다.

물의 온도는 전체적으로 따뜻했고 진하는 눈을 감고 편안한 한숨을 내쉬었다.

피로감이 사라지는 느낌과 함께 잠이 밀려왔다.

'시간이 얼마나 더 걸리려나.'

진하는 두 눈을 감은 채 SS급 퀘스트를 떠올렸다.

현재 SS급 퀘스트를 진행한 지 라스트 월드 시간으로 두 달이 흐른 상태였다.

그럼에도 불구하고 퀘스트는 끝이 날 기미가 보이지 않았다.

섬이 예상보다 큰 것도 이유였지만, 쉬지 않고 달려드는 하급 마족들의 수가 상상을 초월했다. 이제는 중급 마족까지 간간이 모습을 드러내고 있었다.

'처음부터 쭈욱 힘든 퀘스트군……'

진하는 마계의 섬에 처음 도착했을 때를 떠올리며 옅은 미소를 지었다.

마계의 섬은 정말 지독하다고 표현할 정도로 마기가 넘쳐흐르고 있었다.

그동안 마계와 관련된 퀘스트를 몇 번 하며 마기에는 익숙해진 진하였지만, 그곳의 마기는 진하조차 인상을 찡그릴 정도였다.

하지만 진하는 어둠의 마나도 가지고 있기에 실질적인 피해는 없었다. 신성한 지역이나 타락한 지역이나 진하는 모두 능력이 상승되는 패시브 스킬과 스텟이 있기 때문이다.

그러나 진하처럼 중립이나 일부 유저들처럼 어둠이 아닌 이라면 피해는 심각했다.

숨도 못 쉴 정도의 마기를 제외하더라도 마계의 영향이 미치는 섬이었기에, 직업과 성향에 따라 다르지만 능력이 최고 50%까지 ―가 되는 경우도 있었다.

그것도 모자라 힘을 합칠 수도 없었다.

그 이유는 간단했다.

결계를 완성시키기 위해서 필요한 것 중 하나가 바로 마석이기 때문이었다.

마석은 마족을 잡으면 떨어지는 흑빛의 돌이었는데, 필요한 마석이 한두 개가 아니었다.

그래서 어쩔 수 없이 조를 나눠서 움직이게 되었다.

시간의 여유가 있다면 다같이 다니며 힘을 합쳤을 것이다.

그러면 필요한 수많은 마석을 모으기 위해 시간은 더 걸리겠지만 안전하기 때문이다.

하나, 시간의 여유가 존재하지 않았다.

언제 중급 마족들이 침범할지 알 수 없는 일이었기 때문이다.

그래서 1조부터 14조는 학익진처럼 펼친 상태에서 전진했다.

각 조마다 일정한 거리로 떨어져 있지만 마법 통신구가 있어 명령을 주고받는 데에는 문제가 없었다.

그렇게 시간은 흘러 벌써 라스트 월드 시간으로 두 달이 지난 것이었다.

'다행히 한 번도 죽지 않았다.'

진하는 근육이 어느 정도 풀리자 두 눈을 뜨며 생각했다.

하급이라서 그런지 마족들은 한두 마리씩 다니지 않았다. 더불어 알려지지 않은 특이한 능력을 가지고 있는 놈들도 많았으며, 마족이라서 그런지 전체적인 능력도 높은 편이었다.

그래서 유저들 중 사망자들이 당연히 생길 수밖에 없었는데, 문제는 패널티가 심각했다.

첫 번째로는 라스트 월드 시간으로 하루 동안 접속을 할 수 없었다.

그나마 다행인 점은 하루가 지나 접속을 할 경우, 퀘스트를 포기하지 않는 이상 자신이 속해 있던 조가 있는 곳에 나타나 합류되었다.

그리고 두 번째 패널티는 경험치가 많이 떨어진다는 것이다.

4차 전직이 복수의 시발점인 진하에게 있어서는 경험치 패널티는 최악이었다.

그렇기에 진하는 죽지 않기 위해 노력했고, 아직까지 단 한 번도 죽지 않은 채 퀘스트를 진행하고 있었다.

'뭐, 오래 걸리면 어때. 좋은 점도 많으니……'

진하는 욕조에서 몸을 일으키며 긍정적으로 생각했다.

반복되는 일상에 심적으로 지치기도 했지만 분명 이득이 더 많은 퀘스트였다.

일단 가장 좋은 보상을 받는 SS급의 퀘스트가 아닌가? 그러니 퀘스트를 완료하면 보상만으로도 고생을 씻을 수 있을 것이다.

더군다나 레벨 업도 대단히 빠른 편이었다.

아무래도 이벤트이고, 마족을 상대하는 것이기에 더욱 그런 듯했다.

그래서 현재 진하는 아주 빠른 속도로 레벨 업을 하고 있었다.

유저들의 수가 아무리 많고, 경험치를 나눠 가진다 하지만 마족의 수가 워낙 많기에 전혀 문제가 되지 않았다.

한 가지 아쉬운 점은 마족이 죽으며 떨어뜨리는 아이템과 라르크가 빈약하다는 것인데, 그 정도는 레벨 업 속도로 충분히 커버되었다.

'열 시.'

진하는 몸을 닦고 간편한 추리닝을 입은 뒤 방으로 들어가며 시간을 확인했다.

지금 이 순간도 자신의 조는 물론 모두들 열심히 전진하고 있을 것이다.

모두가 동시에 쉬고 같은 시간을 플레이할 수는 없는 노릇이기에, 로그아웃을 한 상황에서 다른 이들이 전진해도 접속을 하면 자신이 속한 조가 있는 곳에 나타난다.

그렇기에 조마다 100명이 모두 접속을 한 경우는 처음을 제외하고는 거의 존재하지 않았고, 진하도 휴식을 위해 잠시 로그아웃을 한 상태였다.

'네 시간만 자고 접속하자.'

몸에 무리가 갈 수 있을 만큼 진하는 요즘 게임에 몰두하고 있었지만 지금의 기회를 놓칠 수 없었다.

높은 경험치! 수많은 마족들!

언제 퀘스트가 끝날지 알 수 없지만 진하는 무리를 해서라도 빨리 300이 되고 싶었다. 생각을 마치자마자 선예와 짧은 통화를 하였다.

퀘스트에 열중하느라 게임에서는 물론 현실에서도 선예를 거의 만나지 못했기 때문이다.

그렇게 선예와의 통화까지 마친 진하는 4시간의 짧은 수면을 끝내고 라스트 월드에 접속했다.

그리고 진하가 나타난 것을 확인한 다른 유저들은 놀란 표정으로 혀를 내둘렀다.

이제 익숙해질 만큼 익숙해졌지만 그래도 매번 감탄스러운 것은 어쩔 수 없었다.

현실 시간으로 3, 4일을 플레이하고 4시간을 자고 온다!

다른 이들에게 비춰진 진하는 독종이자 괴물이었다.

"네가 인간이냐?"

눈류는 에시의 기가 찬 목소리에 실소를 흘리며 주변을 둘러봤다.

정확한 인원은 파악이 되지 않았지만 대략적으로 7, 80명이 접속해 있는 것 같았다.

그나마 새벽이기에 꽤 많은 유저들이 접속해 있는 것이었다.

일을 하거나 학교를 가야 하는 낮 시간에는 집 안에 있는 사람들을 제외하고는 없으니 말이다.

'아직도 좁혀지지 않아.'

눈류는 전진을 하는 내내 희미하게 보이는 빛의 기둥을 바라봤다.

빛의 기둥은 햇빛이 사라진 밤처럼 어둠이 가득했는데, 보름 전에 빛의 기둥을 발견했을 때는 얼마 남지 않았다고 생각했다.

그러나 아무리 가도 기둥은 나타나지 않았다.

쉴 새 없이 달려드는 마족들로 인해 전진 속도가 느렸기 때문이다.

사사사사삭!

그 순간이었다.

가운데 줄에 위치해 있던 눈류는 오싹한 느낌을 받으며 걸음을 멈췄다.

눈류만 느낀 것이 아닌 듯 일부 유저들도 걸음을 멈추고 긴장한 표정이었고, 라이트가 큰 소리로 전투 태세를 외쳤다.

파아아앗!!

그때 눈앞으로 수십의 하급 마족들이 모습을 드러냈다.

성인 남자 크기의 로브가 펄럭거렸다.

로브는 온통 검은색으로 이루어져 있었는데, 그 안에 위치해야 할 육체는 보이지 않았다.

단지 눈이 있어야 할 위치가 붉은 점으로 이루어져 오른쪽 팔이 있을 위치에는 마법서가, 왼쪽 팔이 있어야 할 위치에는 보기만 해도 날카로운 날이 떠 있었다.

이미 두 달 동안 많이 봐온 카이트라는 하급 마족이었다.

"쏴라!"

라이트는 레벨과 명성으로 인해 자연스럽게 8조의 리더가 되어 있었고, 외침과 함께 활을 사용하는 유저들이 공격을 했다.

그러자 빠르게 접근하던 카이트의 무리 중 일부가 공격을 맞고 뒤로 밀려났다.

"이 세상 모든 것을 태워 버리는……."

"바람의 칼날이여, 내 앞에 적들을 베어버려라!"

"심연의 혼돈 속에서 떠도는 얼음의 요정들이여!"

"모든 것을 얼려 버려라! 아이스 스톰!"

그와 함께 마법사들과 정령사들의 이차 공격이 시작되었다.

키에에에!

"이 하찮은 인간들이!!"

콰지지직!! 콰쾅!! 차아아악!!

눈앞은 마치 영화라도 보는 듯 착각을 일으켰다.

하늘에서 불꽃의 비가 내렸고, 땅에서는 돌들이 솟아올랐다.

얼음의 폭풍이 하급 마족들을 쓸었으며, 바람은 칼이 되어 베어버렸다.

번개가 사방에서 휘몰아쳤고, 아주 작은 요정들이 나타나 자폭을 시도하기도 했다.

하지만 그 많은 공격에도 카이트의 무리는 동요하지 않고 돌진했다.

마족의 무서운 점 중 하나였다.

동료들이 죽어나가고 아무리 큰 부상을 입어도 약 먹은 정신병자처럼 공격만 시도했다.

하지만 이미 수많은 마족들과 겨루며 살아온 유저들은 아무런 동요도 하지 않은 채 위치를 수정했다.

이제는 근접 계열의 유저들이 맞설 차례였다.

타타타탁!!

'그림자 조각!'

눈류는 빠르게 카이트의 무리 한가운데로 파고들었다.

위험은 따르지만 조금이라도 더 마석을 획득하기 위함이었다.

마석은 마족이 죽을 때 가장 많은 데미지를 입힌 유저가 획득하게 된다. 물론 결계를 위해 마지막에는 다 내놔야 하지만 습득한 만큼 보상이 있다고 SS급 퀘스트 공지에 적혀 있었다.

그래서 많은 유저들이 마족을 피하지 않으며 더욱 싸우려 노력했고, 눈류 역시 마찬가지였다.

더군다나 눈류는 위험하다고 판단되면 그림자 조각을 발휘하면 되었다.

"카리스마!!"

눈류의 외침과 함께 모두의 전체 스텟이 일정 상승했다.

더불어 마법사들과 보조 직업 유저들의 버프도 시전되는 상황이었기에, 모두의 능력치는 비약적으로 상승하고 있었다.

그사이 활을 가지거나 원거리 공격수들은 뒤에서 격수들을 보조했고, 버프를 끝낸 마법사들 역시 그들을 지원했다.

그리고 신성력을 가진 일부 유저들 역시 틈틈이 카이트의 무리들을 공격하며 다친 유저들을 치료했다.

"바람의 비명!!"

차아아악!!

눈류가 검을 휘두르자 마나의 폭풍이 형성되며 일부 카이트들을 휩쓸었다.

그와 동시에 눈류는 치고 빠지는 전술로 카이트들을 하나, 둘 쓰러뜨렸고, 15분 정도의 시간이 지나자 8조는 승리와 함께 서둘러 이동했다.

포션을 사용할 수 없기에 전투가 끝나면 모두는 쓰러질 만큼 피곤하고 힘들었다. 하지만 그 자리에 가만있을 경우 피 냄새로 인해 마족들이 몰려온다는 사실을 알기에 계속 움직여야 했다.

만약 가만히 있다가는 섬을 빠져나가려는 마족들에 피 냄새를 맡고 온 마족들까지 모두 상대해야 하기 때문이다.

그래서 이동을 하는 동안 마법사들과 신관들은 다친 유저들의 치료와 함께 물의 마법으로 피 냄새를 지웠다.

그리고 전투 장소에서 일정 거리 이상 떨어지자 모두는 휴식을 위해 전진을 멈췄다.

털썩.

"아, 정말 죽을 뻔했다."

에시가 검은색의 단단한 돌로 이루어진 지면에 앉으며 투덜거렸다.

그 정도로 에시는 이전 싸움에서 치명상을 입었고, 치료가 조금만 더 늦었더라면 죽음을 면치 못했을 정도였다.

그런 에시에게 눈류는 웃음으로 대답했다.

피로도와 배고픔은 전진하는 내내 빵을 씹어 먹음으로써 없앨 수 있었다. 하지만 마나의 회복은 달랐다. 마나를 회복하기 위해서는 앉아서 쉬는 것이 가장 빨랐고, 움직이면 그 속도가 늦었다.

더군다나 이곳은 언제 위험이 닥칠지 모르는 곳!

그래서 마족들이 당장 눈앞에 나타나지 않는다면 전진을 하다 틈틈이 자리에 앉아 휴식과 함께 마나를 회복해야 했다.

그중 스텟 마나로 인해 빠른 속도로 마나를 회복한 눈류는 세라에게 시선을 던졌다.

세라는 라이트와 함께 곁에 앉아 대화를 나누고 있었다.

'이전부터 알던 사이였나?

눈류가 의문을 갖는 점은 세라와 길드 지배자의 관계였다.

그들은 오랜 시간 함께 지내며 친해진 것이 아니었다.

마치 처음부터 서로를 알고 있는 태도였다.

물론 세라와 길드 지배자가 아는 사이면 안 될 일은 없었다.

하지만 훗날 세라의 힘이 필요하고, 지배자에 진은이 있기에 내심 신경 쓰이는 눈류였다.

"세라."

결국 눈류는 그동안 참던 궁금증을 이겨내지 못하고 음성 채팅을 시도했다.

그러자 곧바로 세라의 대답이 들려왔다.

"눈류? 무슨 일이지?"

"라이트는 물론 진은하고도 자주 대화를 나누는 것 같던데… 그들 혹은 길드 지배자와 가까운 사이인가?"

"그게 왜 궁금한 것이지?"

세라의 말에 눈류는 대답을 할 수가 없었다.

거짓말을 하고 싶지 않은 것도 이유였지만, 그렇다고 속마음을 말하기도 힘들었다.

"흐음. 천하의 눈류가 나에게 궁금증도 갖고… 살다 보니 별일이야."

세라는 진심으로 재미있다는 듯한 표정으로 눈류를 바라봤다.

그러다 곧 실소와 함께 말했다.

"별 사이는 아니야. 이전에 한 번 안면이 있었던 것뿐이야."

"그렇군."

눈류는 그 말과 함께 음성 채팅을 종료했다.

그런 눈류의 태도에 세라는 이유가 궁금했지만 상관하지 않는 듯 고개를 돌렸다.

자신이 궁금하다고 해봤자 알려주지 않을 것 같기 때문이었다.

잠시 뒤 모두의 마나가 회복되자 유저들은 자리에서 일어나 다시 힘내어 전진했다.

'하아… 하아……'

눈류는 거친 호흡을 애써 삼키며 검을 휘둘렀다.

차아아악!

그 검에 짐승의 고깃덩어리를 붙인 듯한 하급 마족의 허리가 갈라졌고, 전신에 검은색의 비린 피가 묻었다.

그러나 눈류는 아무런 찝찝함도 느끼지 못하는 듯 다른 마족을 찾아 고개를 돌렸으며, 상황이 모두 정리되자 그때서야 지친 얼굴로 바닥에 주저앉았다.

"토할 것 같군."

그런 눈류의 곁으로 힘없이 앉던 에시가 주변을 둘러보며 말했다.

온통 피 비린내와 함께 썩은 냄새가 가득했다.

하급 마족들은 죽어도 육체가 사라지지 않았기에 잘려진 살

점들과 시체들도 즐비했다.

"일단 이동한다."

라이트는 복부에 큰 부상과 함께 많이 지쳐 있었지만, 리더인 자신이 약한 모습을 보일 수 없기에 큰 목소리로 외쳤다.

그 말에 눈류는 다른 이들과 마찬가지로 무거운 몸을 일으킨 뒤 자리에서 일어나 빵을 먹으며 걸었고, 안전한 장소에서 마나를 회복하기 위해 휴식 시간을 갖는 사이 하늘을 올려다봤다.

현재 차원 판타지의 시간은 저녁이었고, 태양이라는 놈은 지우개로 지운 듯 보이지 않았다. 대신 그 자리를 밝은 빛을 뿜어내는 달과 별들이 차지하고 있었다.

문득 머릿속으로 진은과 라인이 크게 부각되었다.

둘은 깨어진 유리조각의 파편처럼 이리저리 휘날리다가 곧 살점 하나하나에 박혀 버렸다.

그 통증에 저도 모르게 눈류는 머리를 손으로 매만졌다.

눈류는 쓰게 웃었다.

그러다 자리에서 일어나 일행들과 조금 떨어진 곳으로 발걸음을 옮겼다.

매일매일 반복되는 일상, 쉬지 않고 이어지는 전투.

그렇기에 하루에 한 번 정도는 가능하다면 휴식 시간을 오래 가졌다.

아무리 현실이 아닌 라스트 월드라 할지라도 사람이 하는 것이기에 쉬고 싶다는 습관을 버리지 못하기 때문이다.

그리고 지금이 조금 긴 휴식 시간이었기에 눈류는 잠시나마 홀로 이동을 한 것이다.

다만 그 시간은 라스트 월드의 시간으로 30분 정도밖에 되지 않았고, 그 짧은 시간에 마족들이 나타나는 경우도 있었기에 눈류는 멀리 움직이지 못했다.

"눈류."

10여 걸음 떨어진 곳에 위치한 큰 바위 위에 걸터앉아 달을 바라보며 생각에 잠겨 있던 눈류는 월하의 음성 채팅 신청에 정신을 차리며 수락했다.

그러자 기다렸다는 듯 월하의 목소리가 들렸다.

"이제 접속한 거야?"

눈류는 조금 전보다 밝아진 표정으로 월하에게 물었다.

그날의 만남 이후 조금 더 가까워진 둘이었다.

"후, 피곤해 죽겠어. 이 일을 관두던지 해야지……."

어느덧 월하의 말투도 많이 변해 있었다.

물론 눈류에 한해서이지만 말이다.

"그래도 네가 좋아하는 일이잖아."

"그래. 그러니까 참고 지내는 거지. 아참, 나 4차 전직 끝났어."

"정말?"

눈류는 놀란 표정으로 물었다.

카스케의 미로에서 나오고 얼마 후 월하는 레벨 300이 되었다.

그런데 두 달이 지난 시점에서 전직을 완료한 것이었다.

'전직이 쉬웠던 것인가, 월하가 대단한 것인가.'

눈류는 반반이라고 생각했다.

그렇지 않고서야 레전드, 그것도 상위에 있는 직업의 4차 전직인데 두 달이라는 시간은 너무 짧았다.

"축하해."

"고마워. 그런데 눈류, 퀘스트는 언제 끝나지?"

"아직 정확히 모르겠어. 끝이 안 나는군."

"그래?"

월하의 목소리에 아쉬움이 배었다.

4차 전직을 한다고 이벤트 퀘스트에 참여하지 못했다.

아쉬움은 있었지만 이벤트 퀘스트보다는 4차 전직에 더 흥미를 느꼈고, 월하는 전직 퀘스트를 하는 내내 자신보다 눈류의 퀘스트가 빨리 끝날 것이라 생각했다.

그러나 결과는 정반대였다.

자신은 예상보다 빠른 두 달 만에 4차 전직을 할 수 있었고, 각종 언론 매체와 라스트 월드 게시판을 통해 알아본바 눈류가 속한 퀘스트는 아직도 진행 중이었다.

그래서 접속하자마자 눈류가 있기에 물어본 것이었는데, 역시나였다.

"이제와 참여할 수도 없는 노릇이니 기다리는 수밖에."

"뭐를?"

"뭐긴? 눈류, 너지."

"나?"

눈류는 월하의 말에 안색이 굳었다.

문득 불안한 느낌이 피부 속을 파고들었다.

"나하고의 약속 기억하지? 내가 원할 때 언제든지 붙는 것. SS급 퀘스트가 끝나는 대로 나와 한판 붙어. 강해진 나를 느끼게 해줄 테니."

"……."

눈류의 이마에서 식은땀이 흘렀다.

현재 자신도 레벨이 많이 오른 상태였다.

그러나 월하와 자신은 결정적인 차이가 존재했다.

3차와 4차!

그 차이는 절대 넘을 수 없는 벽과 마찬가지였고, 안 그래도 대등한 상태였는데 그때보다 월등히 강해진 월하와 붙는다면?

자신은 처참하게 살해당할 것이다!

"월하!"

눈류는 황급히 뭐라고 말하려 했다.

적어도 자신이 4차가 될 때까지 기다려 달라고 부탁하고 싶었다.

하지만 월하는 자신의 말을 마치자마자 음성 채팅을 종료한 상태! 눈류는 울 것 같은 표정으로 실성한 웃음을 흘리며 인벤토리에서 술을 꺼냈다.

자신의 명복을 빌며…….

"여기 계셨군요."

월하와의 미소를 짓는 시간도 잠시, 재차 달빛을 바라보며 홀로 술을 기울이던 눈류는 뒤에서 들리는 목소리에 고개를 돌렸다.

이미 인기척을 느꼈기에 태연한 눈류였지만 상대를 확인하자 안색이 살짝 굳었다.

그렇지만 곧 언제 그랬냐는 듯 애써 밝은 표정을 지으며 대답 대신 고개를 끄덕였다.

그는 바로 진은이었다.

"술… 괜찮으십니까?"

진은의 살짝 걱정스러운 목소리에 눈류는 자신의 손에 쥐인 술병을 바라봤다.

도수가 살짝 높은 편이었지만 한 병을 다 마신다고 취할 정도는 아니었다.

그 말인즉 스텟에 영향을 끼치지도 않는다는 뜻이었고, 눈류는 시큼하면서도 달콤한 술로 목을 축이며 말문을 열었다.

"주량이 강한 편이라서요. 전투에 해를 끼칠 만큼은 마시지 않으니 걱정 마세요."

"걱정은요, 눈류님의 능력을 잘 아는데."

진은은 진심을 담아 말했고, 눈류는 속으로 한숨을 내쉬었다.

오랜 시간 함께 지내다 보니 둘은 자연적으로 몇 번 대화를 나누게 되었다.

눈류의 곁에는 세라가 있었고, 세라의 곁에는 라스트와 진은 등이 함께 있었기 때문이다.

하지만 눈류는 웬만해서는 진은을 피하고 싶었다.

함께 있으면 자꾸 여러 생각이 떠오르는 것도 문제였고, 그 앞에서 태연한 척하는 것도 힘에 부쳤다.

그러나 대놓고 말을 걸지 말라고 할 수도 없는 노릇이었다.

의심이 완벽하게 풀린 것 같지도 않은데 불난 집에 기름을 부을 수는 없지 않은가.

그래서 눈류는 진은이 말을 걸면 말 상대를 해주었다.

물론 눈류의 단답형 대답으로 인해 항상 짧게 얘기가 끝나는 편이었다.

딸깍.

"안 피곤하신가요? 얘기를 들어보니 얼마 쉬지도 않으시고 오신 듯한데."

진은의 목소리에 눈류는 고개를 돌려 그를 바라봤다.

그의 질문 때문이라기보다는 갑자기 풍긴 그윽한 향기 때문이었다.

그런 진은의 손에는 고급 술 중 하나인 샤치가 들려 있었는데, 눈류는 짧게 대답하며 자신의 가격이 싼 술을 입에 털어 넣었다.

"괜찮습니다. 가진 것은 체력뿐이라서요."

"그래요?"

진은의 어감이 뭔가 묘하게 느껴진 눈류는 시선을 달에게로 돌렸다.

그리고 5분 동안의 침묵이 흘렀는데… 먼저 정적을 깬 것은 술 한 병을 금세 비운 진은이었다.

"눈류님은 후회를 하신 적이 있나요?"

'뭔 개소리야?'

갑작스러운 진은의 질문에 눈류는 당황스러웠지만 내색하지 않으며 그를 바라봤다.

진은과 몇 번 얘기를 나누었지만 이런 진지한 분위기는 처음이었다.

"후회라……."

진은이 자신의 대답을 기다리자 눈류는 인벤토리에서 새로운 술 한 병을 꺼내며 말을 흐렸다.

곧 술을 한 모금 더 시원하게 마신 뒤 자신의 생각을 말했다.

"사람은 언제나 선택의 길에 서 있습니다. 그 두 갈래 길 중 후회하지 않는 길은 존재하지 않습니다. 다만, 어떤 것이 더 많은 후회를 하느냐에 차이일 뿐이죠."

"후회를 한 적이 있습니다."

"네?"

"잊고 싶지만 잊을 수 없는… 아니, 잊어서는 안 되는 후회를 한 적이 있습니다."

진은의 얘기에 눈류는 왠지 짜증이 밀려왔다.

무슨 얘기인지, 그 얘기의 주인공이 누구인지를 알 것 같기 때문이다.

"친구가 있었습니다. 당시 말이 없고 스스로를 표현하지 않던 저에게 말벗이 되어주었고, 제 곁에서 힘이 되던 친구가 말입니다. 그런데… 그 친구에게는 여자가 있었습니다.”

'하지 마, 더 이상 말하지 마……. 하지 마!!'

눈류는 흔들리는 눈동자로 달을 바라보며 술을 입에 갖다 댔다.

심장이 지옥의 유황불로 지지는 듯 아파왔다.

분노라는 놈이 화산처럼 폭발하는 것 같았다.

그와 함께 진은과 은진을 향한 그리움과 연민도 뒤섞였다.

그리고… 내심 진은의 속내를 듣고 싶은 마음도 존재했다.

“그러던 어느 날… 친구가 군대에 가게 되었고, 저는 그사이 그녀와 사귀게 되었습니다. 행복할 것이라 생각했습니다. 친구에게는 너무나 미안하지만… 이해해 줄 것이라 믿으며 행복하고 싶었습니다. 하나, 그것은 저의 착각이었습니다.”

진은은 고개를 돌려 눈류를 바라봤다.

왠지 눈류에게서 슬픔이 흘러나오는 것 같았다.

“이유는 말씀드리기 힘들지만 저는 친구에게 사실을 말하지 않은 채 도망쳤습니다. 네, 그것은 도망친 것입니다. 그 후 저의 마음 한켠에는 언제나 지독한 후회와 고통이 자리 잡고 있었습니다. 사막에 박힌 바늘처럼 저는 찾을 수 없는 후회를 심장에 박고 살아야 했습니다.”

진은의 몸이 살짝 떨렸다.

춥지는 않았지만 진하가 머릿속에 떠올랐기 때문이었다.

“이제 와 생각이 듭니다. 차라리 그 친구에게 모든 것을 솔직히 말했더라면… 아니, 애초에 이렇게 되지 않도록 했더라면……. 그랬더라면, 그랬더라면…….”

진은의 얘기는 끝이 났다.

그는 무엇인가를 더 말하고 싶은 듯 입술을 꿈틀거렸지만 밖으로 내뱉지는 않았다.

그러자 눈류는 자리에서 일어서며 뒤돌아선 채 그를 향해 물었다.

“그렇게 후회하시면서 왜 그랬습니까?”

눈류의 목소리가 살짝 떨렸지만 진은은 알아차리지 못했다.

“단지…….”

말끝을 흐린 진은은 마찬가지로 일어서 눈류의 뒷모습을 바라보며 말을 이었다.

“그 친구보다 그녀를 더 사랑했을 뿐입니다.”

뒤돌아선 눈류는 미소를 지었다.

행복해서 우러나오는 미소는 아니었다.

“후회하지 마세요. 당신은 더 작은 후회를 선택한 것뿐이니. 다만, 한 가지만 기억하세요. 선택의 책임은 그 누구도 짊어질 수 없다는 것을. 그리고… 선택의 시계추는 언젠가 돌아온다는 것을.”

터벅, 터벅.

눈류는 유저들이 모여 있는 곳으로 걸음을 옮기며 말했다.

그런 눈류의 뒷모습은 곧 무너질 듯, 지쳐 보였다.

Part 3
수호의 주문서

“파이어 스톰!!”

화르르륵!!

하늘색 머리카락과 눈동자가 예쁜 러브가 불꽃 계열의 마법을 발휘하자 오크가 괴성을 질렀다.

그런데 특이한 점은 오크의 눈동자가 짙은 밤하늘처럼 검다는 것이었고, 몸에서 희미하게 마기 같은 것이 흐르고 있었다.

크르르르!

오크는 파이어 스톰으로 인해 자신의 몸에서 피어오르는 연기를 바라보다 러브를 노려봤다. 하지만 여유를 부릴 틈이 존재하지 않았다.

괴상한 존재가 자신을 향해 달려들었기 때문이다.

바로 주황빛으로 이루어진 갑옷 같은 피부에 드래곤의 얼굴, 양 팔꿈치에는 뾰족한 날이 서 있었고, 온몸은 근육으로 이루어진 러브의 펫 브러였다!

"브러, 피해!"

근력이 높은 브러가 마기를 풍기는 오크를 상대하며 시간을 끈 사이 마법이 준비된 러브가 큰 목소리로 외쳤다.

그러자 브러는 뒤도 돌아보지 않고 옆으로 데굴데굴 굴렀고, 러브의 마법 지팡이에서는 불새를 닮은 화염계 마법이 발휘되었다.

콰아아아앙!!

거대한 폭음이 숲을 울렸다.

마법의 영향으로 주변이 불에 타 들어갔고, 그 모습에 러브는 황급히 물의 마법을 발휘해 화재를 진압했다. 그리고 지쳤는지 혀를 살짝 내밀며 바닥에 털썩! 주저앉았다.

"나도 SS급의 퀘스트를 받고 싶었는데……."

피로도를 없애기 위해 인벤토리에서 빵을 꺼내 찢은 뒤, 브러와 함께 한 입 가득 넣은 러브는 뚱해진 표정으로 투덜거렸다.

내심 눈류와 같은 급의 퀘스트를 받길 원했다.

하지만 그것은 헛된 희망이었고, 러브는 A급의 퀘스트를 하게 되었다.

러브는 그것이 불만이었다.

차라리 S급의 퀘스트라면 섬을 벗어난 마족들을 잡는 것이기에 괜찮았다.

그런데 A급은 마족들로 인해 마기가 스며든 몬스터들을 해치우는 일이었다.

"새로움이 없잖아! 새로움이! 라스트 월드를 하면서 매일 잡은 것이 몬스터인데! 에휴……."

러브는 피로도와 마나가 일정 회복되자 한숨과 함께 자리에서 일어섰다. 마기가 스며든 몬스터를 잡으면 마몬석이 떨어지는데, 그것을 퀘스트 관리인에게 가지고 가면 라르크와 교환해 준다.

"이왕 몬스터나 잡는 것 한 마리라도 더 때려잡아서 돈이나 많이 벌자."

러브는 서운한 마음을 애써 달래며 다짐했고, 그 순간이었다.

멀지 않은 곳에서 몬스터들의 괴성이 들렸다.

그런데 일반적인 분노한 괴성이 아닌, 마치 겁에 질린 듯한 음성이었다.

'무슨 일이지?'

러브는 궁금증에 고개를 갸웃거리며 소리가 난 곳을 바라봤다.

"어?"

키에에에에!

카륵! 카륵!!

소리가 점점 자신과 가까워지고 있었다.

"거기 서라! 이 자식들아!"

"크하하! 네놈들은 모두 내 밥이다!"

"이보게, 저놈들은 우리 퀘스트와 상관이 없다네!!"

"무슨 상관인가? 일단 우리들의 눈에 걸렸다는 것이 중요하지 않은가!"

"크하하! 그렇구먼!!"

그리고 중년인들의 목소리도 함께 들렸다.

파파파팍!

"꺄앗!"

러브는 비명을 질렀다.

몬스터 몇 마리가 눈에 들어왔다고 생각되는 순간, 순식간에 그들이 지나갔기 때문이다. 아니, 그것은 살기 위한 도망이었다!

'모, 몬스터가 도망을 쳐?'

러브는 어리둥절한 표정이 되어 곧 나타난 세 명의 중년인들은 바라봤다.

그들은 달리다 말고 힘이 드는지 러브의 곁에서 호흡을 가다듬으며 자기들끼리 얘기를 나누었다.

"허억, 허억. 저놈들 왜케 빨라!"

"그러게 말이네. 오크가 저렇게 빨리 도망치는 것은 처음 보는데?"

"몸에서 검은 김도 나지 않던가? 분명 보스 오크들일 거네!"

"젠장! 이젠 보이지도 않구먼!"

그들은 몬스터들을 놓친 것이 분한지 노한 얼굴이었다. 그런데 특이한 점은 얼굴이 붉다는 것이었고, 눈의 초점이 맞지 않았다.

더군다나 한 명은 침까지 흘리고 있다! 저 나이에!!

'이, 이 사람들 뭐야?'

러브는 브러의 곁에 서서 그들을 잔뜩 경계하며 쳐다봤다.

그때 한 중년인과 눈이 마주쳤다.

바로 박하다였다.

"에, 너 지금 날 야리는 것이냐?"

술에 취한 폭군, 개념 상실 모드가 된 박하다는 웬 어린 여자애가 자신을 관찰하듯 보는 것이 마음에 들지 않았다.

그러다 무슨 생각을 했는지 얼굴 가득 환한 미소를 지으며 소리쳤다.

"으하하! 그렇군. 이 몸이 완벽하게 생기긴 했지! 하지만 반하지는 말거라. 네 또래의 아들과 딸이 있는 몸이시다! 으하하!"

"……."

러브는 어이없다는 표정으로 박하다를 쳐다봤다.

세상에! 저런 훌륭한 자뻑 정신을 가진 이가 있다니!

러브는 알 수 없는 두려움을 느끼며 몇 걸음 더 물러섰다.

문득 몬스터들이 왜 도망을 쳤는지 알 수 있었고, 머릿속으로 한 가지 명언이 떠올랐다.

똥은 무서워서 피하는 것이 아닌 더러워서 피하는 것이다!

그러나 너무 긴장한 탓일까?

러브는 쉽게 움직일 수 없었다.

조금 전부터 그녀의 예민한 괄약근이 살살 간지러운 탓이었다.

'아, 안 돼!'

러브는 괄약근에 힘을 꽉 주며 방귀의 소환을 막기 위해 노력했다.

아무리 24시간 방귀 영업을 하는 러브라 할지라도 다른 이들 앞에서 뀌면 창피하기 때문이었는데, 그런 러브의 모습에 박하다가 접근했다.

"어디 아픈 것이냐?"

이마에서는 식은땀을 흘린다.

그러면서 꽈배기처럼 몸을 꼬고 있다.

더불어 그 상태에서 찔끔찔끔 움직이고 있다!

그런 러브의 모습은 박하다가 보기엔 마치 몸이 불편한 사람처럼 보였고, 자칭 천사 같은 마음으로 다가간 것이다.

아프다고 하면 알겠다고 대답만 해줄 생각으로!

"아, 아니에요. 저, 저리 가요!"

술 냄새를 팍팍 풍기는 박하다가 접근하자 러브는 당황하며 손을 내둘렀다.

하지만 박하다는 쉽게 물러서지 않았고, 러브는 도움을 요청하기 위해 브러를 바라봤다.

그러나 이미 러브의 태도로 인해 훗날 벌어질 사태를 예언한 브러는 자신의 혈도를 가격한 뒤 스스로 깊은 수면에 빠진 상태였다.

그 모습을 발견함과 동시에 깨져 버린 괄약근의 봉인!

부르르룽! 부룽! 뿌르룽…….

"어디가 아픈지 나에게 말만… 도전이냐?"

"컥! 바, 박하! 누군가 우리를 죽이려고 하네!"

"내 코가 사망하셨네!"

본의 아니게 몬스터보다 위험한 셋을 적으로 만들어 버린 러브였다.

사건의 시작은 바람이 머무는 곳에 그들이 찾아오면서였다.

그들은 주인 NPC와 친분이 높은 듯 밀실과 같은 방을 통째로 접수했고, 곧 몇이 창문도 없는 밀실 안으로 들어갔다.

그들은 바로 에시가 빠진 만취 길드였다.

러브는 아린과 라렐, 루크에게 인사를 한 뒤, 아직도 얼떨떨한 표정으로 박하다를 바라봤다.

그녀가 이 자리에 함께하게 된 이유는 방귀를 뀐 이후 외친 발언 때문이었다.

러브는 박하다와 만파, 진석에게 생명의 위협을 느끼자 문득 눈류가 떠올랐다.

가면의 기사! 라스트 월드에서 쉽게 건드릴 수 없는 유명한 존재였다.

그래서 일단 당장의 위험을 피하기 위해 그녀는 눈류와의 친분을 과시했다.

비록 눈류에게 러브는 방귀로밖에 기억되지 않지만 말이다!

"저, 저는 가면의 기사인 눈류님과 친한 사람이에요! 절 괴롭히면 후회하게 될 거예요!"

그때만 해도 러브는 몰랐다.

눈앞에 있는 짐승 같은 중년인이 눈류의 아버지라는 사실을!

"자자, 한잔 먹게나. 으하하!"

러브는 박하다가 따라주는 술을 받아 쭈욱! 들이켰다.

어른이 주시는 술은 빠르게 마셔주는 것이 예의라고 생각하는 그녀였고, 더군다나 자신의 아버지와 비즈니스 관계인 눈류의 아버지이기도 했다.

그러자 화끈한 러브의 모습에 정신 연령이 심하게 어리신 세 어르신들은 흡족한 표정이었으며, 아린과 라렐은 새로운 레전드 길드원이 된 러브와 이런저런 대화를 나누었다.

마지막으로 루크는 연민이 가득한 눈동자로 러브의 명복을 빌었다.

그때 러브는 살짝 취한 상태에서 얼떨결에 계약서를 작성하고 있었다.

"이제 인원도 늘었으니 우리 만취 길드도 계약서가 있어야지. 으하하, 다 적었느냐?"

"네? 네! 그런데 만취 길드가 뭐예요?"

"으하하. 그냥 친목 모임이란다! 좋은 것이지!"

"아, 그렇군요."

러브는 박하다의 말을 100% 믿는 듯 밝은 얼굴로 대답했다.

그 사이 루크는 자신에게도 내밀어진 계약서의 조건을 읽고 있었는데, 술을 마시고 있음에도 불구하고 정신이 멀쩡해지는 것을 느꼈다.

'컥! 애정을 키우기 위해 만취 상태로 사냥을 해야 한다니! 이건 또 뭐야? 만취 길드의 장로들이 내리는 명은 무엇이든지 이행해야 한다? 장로가 누구지?

루크는 의아한 표정으로 다음 줄을 읽었고, 곧 그의 눈은 날렵한 가자미 눈동자가 되었다.

장로들의 이름을 발견했기 때문이다.

박하다! 만파! 진석!

루크는 그 외에도 왠지 불안한 조건들을 읽는 도중 따끔한 시선을 느끼며 고개를 들었다.

찌리리릿!

그러자 박하다의 부리부리한 눈빛과 마주쳤다.

그런 박하다의 손에는 술에 취해 내용도 읽지 않고 싸인을 한 아린과 라렐의 계약서가 들려 있었고, 루크는 애써 용기를 내어 고개를 한 번 저었다.

하지만 주먹을 풀며 입 모양으로 리야를 외치는 박하다로 인해 모든 것을 체념한 표정으로 계약서에 사인을 했다.

지금 이 순간만큼은 박하다가 사채다로 보이는 루크였다.

"제가 분위기를… 딸꾹! 띄우겠습니당!"

술을 마신 지 한 시간 정도가 지났다.

이미 모두는 만취 상태였는데 러브는 그중에서도 정도가 심했다.

평소 술을 자주 마시는 편이 아니었기에 더욱 빨리 취한 것이다.

"오오! 역시 자네는 뭔가를 아는군!"

러브가 그 말과 함께 안주와 술병을 치운 뒤 테이블 위로 올라가자 박하다가 외치며 박수를 쳤고, 다른 만취 길드원들도 환호성을 내질렀다.

"헤헤."

그 모습에 기분이 좋아진 러브는 열심히 노래를 부르고 춤을 추기도 하며 분위기를 띄웠다.

이미 술로 인해 개념은 1박 2일 동안 휴업을 선언했고, 그로 인해 창피함도 느끼지 못했다.

그리고 아주 중요한 사실을 망각해 버렸다.

바로 저주받은 술버릇이었다…….

부르릉, 바르릉!

"으하하! 어디서 오크가 코를 고나 보군!"

파라랑! 빠지지직!!

"허헐. 오우거가 근처에서 변을 보는 것 같은데?"

퍼더퍼덕! 파라라라라라!!

"아니에요. 이것은 아름다운 파랑새가 청공을 향해 날개짓… 우욱!!"

“아린, 왜 그… 커억!!”

“너희들, 도대체 무슨… 내 코를 잘라 버리겠다!!”

“누군가 암살 시도를…….”

털썩, 털썩, 털썩… 털썩!

러브는 열심히 분위기를 띄우기 위해 노력했다.

자신의 술버릇이 쉬지 않고 방귀 배출이라는 것도 잊은 채…….

이미 모두가 술과 방귀에 취해 입에 거품을 물고 쓰러졌다는 사실도 못 본 채…….

자신이 방귀를 뀔 때마다 모두가 움찔거리며 생명이 깎이고 있다는 사실도 모른 채…….

그렇게 얼마의 시간이 흘렀을까?

힘이 든 러브는 밝은 표정으로 테이블 위에서 내려왔다.

그와 함께 모두가 술에 취해 엎드려 있는 것을 확인했다.

“어? 주무세용?”

혀가 꼬이고 자신이 무슨 말을 하는지도 인지 못한 러브는 과다한 음주를 결국 견디지 못하고 자신도 테이블 위에 상체를 기대며 쓰러졌다.

잠이 든 것이 아닌 음주로 기절한 것이었다.

기절하기 직전 방 안이 숨을 쉬기가 힘들고, 생명이 많이 줄어 있다는 것을 본 것 같았지만… 이미 의식이 끊겨 버렸다.

그 와중에도 그녀의 예민한 괄약근은 산소를 내뿜고 있었다.

그리고 잠시 후… 모두는 과다한 방귀 복용으로 사망했다…….

"이제 얼마 남지 않았다!"
라이트의 외침에 8조의 접속한 유저들은 힘찬 목소리로 파이팅을 외쳤다.
어느덧 이들이 마계의 섬에 들어온 지도 다섯 달째가 되었다.
그동안 수많은 전투를 치르며 지친 마음이 멀지 않게 보이는 검은빛의 기둥으로 인해 눈처럼 녹아들었다.
하지만 눈류는 왠지 모를 불안감에 사로잡혀 있었다.
'너무 고요하다.'
마계의 섬 자체가 조용하고 생명체가 존재하지 않았다.
그런데 눈류가 걱정하는 것은 몇 시간째 마족들과 전투를 치르지 않았다는 점이다.
'마치 폭풍 전야와 같아.'
눈류는 인상을 찡그리며 주변을 둘러봤다.
마족들은커녕 그 어떤 기척도 느낄 수 없었다.
'제발 쓸데없는 걱정이기를…….'
눈류가 애써 좋은 쪽으로 생각하며 고개를 드는 순간이었다.
스파앗! 스파앗! 스파앗!
차차차차차!!

칼날의 비가 내렸다.

"뭐, 뭐야?"

"위다! 기습이다!"

"모두 전투 태세를 갖… 커억!"

당황해 외쳤지만 이미 몇몇이 피를 흘리며 죽음 상태에 이르렀다.

콰트트트특!!

그리고 지축이 흔들리더니 무엇인가가 솟구쳐 올라왔다.

"젠장."

눈류는 검을 뽑아 들자마자 저도 모르게 짜증을 말로 내뱉었다.

사실 눈류가 생각했던 것은 더욱 강한 마족들이 나오기 전의 정적이라고 생각했다.

그런데 이렇게 기습을 당할 줄이야!

하늘에서는 텔레포트라도 한 듯 30여 마리의 새들이 나타났다.

그들은 하급 마족 라돌이라 하는데 강철과도 같은 깃털이 무기였다.

그와 함께 지면에서도 솟아오른 마족들은, 그 수는 다섯밖에 되지 않았지만 충분히 위협적인 존재들이었다.

중급 마족 롤프라!

180㎝ 정도 되는 키에 땅땅한 근육을 소유한 검은색의 마족!

용병처럼 갑옷을 걸쳤으며 등에는 박쥐의 날개가 달려 있는 존재였다.

'좋지 않다.'

눈류는 다급히 상황을 파악하며 신음을 흘렸다.

현재 접속해 있는 8조는 총 오십 정도밖에 되지 않았다.

접속을 하지 못한 유저들도 있었지만 오전에 벌어진 전투로 인해 20여 명의 유저들이 죽었기 때문이다.

이런 와중에서 라돌과 롤프라의 합동 공격이라니!

더군다나 지금의 기습으로 인해 10명 정도의 유저가 죽음을 맞이했다.

그로 인해 남은 8조의 유저 수는 총 40명 정도!

"신관을 보호해라! 어서!"

라이트가 전류에 휩싸인 검을 허공에 휘두르며 외쳤다.

신관은 발키리 왕국의 NPC였는데, 마계의 터널을 봉인하기 위해 꼭 필요한 존재였다.

그래서 안전을 위해 각 조마다 한두 명씩 흩어져서 이동을 하고 있었다.

"그림자 조각!!"

눈류는 라돌의 날카로운 비늘에 위협받는 신관을 향해 빠르게 달려들었다. 그리고 오른손에 쥔 검을 휘둘러 비늘들을 부숴 버린 뒤, 황급히 탈출구를 찾았다.

유저들은 죽어도 하루만 지나면 다시 접속할 수 있다.

하지만 NPC인 신관은 달랐다.

어떻게든 살려야만 하는 것이다.

"타하아압!!"

진은은 전광석화처럼 움직이며 롤프라에 타격을 입히고 있었다.

속도를 위해 펫까지 소환한 진은의 움직임은 중급 마족인 롤프라도 따라가기 힘들 정도였지만 워낙 체력이 높은 롤프라이기에 수많은 공격에도 불구하고 무너지지 않았다.

그러자 진은은 점점 지쳐 가는 것을 느끼며 입술을 꽉 깨물었다.

자신은 레벨 300을 훌쩍 넘은 최상 레벨의 레전드였다. 그런데 모두가 힘을 합쳐도 중급 마족에게 밀리자, 자신의 능력에 화가 치밀어 올랐다.

"어둠의 권능!!"

결국 결심을 한 듯한 표정으로 크게 외치는 진은.

그와 함께 눈류는 두 눈을 부릅떴다.

아직까지 단 한 번도 보지 못했던 스킬이었는데 뭔가 이상했다.

후아아아아!!

진은의 전신에 검은색 기류가 휘몰아쳤다.

그리고 기류가 사라지자 변한 모습의 진은이 그 자리에 서 있었다.

'변신 스킬!'

눈류는 내심 경악했다.

진은이 변신 스킬을 가지고 있다는 사실은 알려지지 않았다.

더군다나 변신 스킬 자체를 처음 보는 눈류였다.

파파파파팍!!

'대, 대단하다.'

눈류는 진은의 더욱 빨라진 속도와 강해진 데미지에 표정이 굳어졌다.

두 눈이 붉어지고 이마 정 중앙에 뿔이 솟아난 진은은 놀랄 정도로 강해진 모습이었는데, 왜 이때까지 사용하지 않았는지 의문이 생겼지만 곧 정신을 차리며 자신 역시 마족들을 공격하기 시작했다.

"나와라, 류화!"

"주인! 불렀는… 컥! 여기가 어디인가?"

"일단 움직여!"

눈류는 어리둥절한 표정인 류화의 등에 올라타며 외쳤다.

신관은 에시를 비롯한 몇 유저가 지키고 있었기에 가장 골칫거리인 놈들을 해치우려는 것이다.

현재 유저들 중 마법사는 몇 없었다. 안 그래도 적은 수였는데 기습으로 인해 큰 피해를 입은 것이었다. 그것은 궁수나 신관도 마찬가지였다.

그래서 허공에서 계속 칼날 같은 깃털을 발출하고 있는 라돌이 눈엣가시와 같았다.

'류화는 보이지 않으려고 했는데.'

눈류는 5개월이란 시간 동안 단 한 번도 류화를 소환하지 않았다.

이제는 일부 유저들이 각성한 펫을 갖고 있었지만 진은이 함께하는 자리였기에 최대한 숨기고 싶었다.

하지만 지금은 류화의 힘이 간절했다.

더군다나 진은조차 비장의 수를 꺼낸 마당에 자신만 뺄 수도 없는 노릇이었다.

"바람의 비명!"

빠른 속도로 허공에 치솟은 눈류는 마나의 돌풍을 일으키며 라돌을 무너뜨리기 시작했다.

라돌은 비행과 데미지가 높은 장점이 있는 만큼 방어력이 약한 단점도 존재했다.

그래서 바람의 비명에 휩쓸린 몇 마리의 라돌은 작지 않은 부상을 입었고, 밑에서 몇 유저들의 원거리 스킬 지원 사격까지 이어졌다.

'조금만 더!'

눈류는 마나가 떨어지면 근접해서 검으로 라돌의 날개를 베기 시작했고, 마나가 차기를 기다렸다. 그러면서 진은을 향해 시선을 흘리며 마음속으로 외쳤다.

왠지 진은의 움직임이 불안해졌기 때문이다.

조금 전만 해도 진은은 강력한 힘과 속도로 롤프라를 압박했다.

물론 아무리 진은이 변신했다 할지라도 다섯의 롤프라를 상대할 수는 없었다.

그러나 적재적소에 타격을 입히고 도움을 주며 롤프라들의 시선을 자신에게 끄는 것은 성공했다. 그와 맞물려 라돌의 시선을 눈류가 잡아끌자 정신을 차린 유저들은 각자 할 수 있는 역할에 따라 눈류와 진은을 돕기 시작했다.

그로 인해 전세가 역전되는 형상이었다.

그런데 진은의 움직임이 눈에 띄게 느려졌다.

더불어 데미지도 약해졌는지 롤프라들은 공격을 당해도 잠시 휘청할 뿐 곧바로 반격을 시도했다.

스파아아앗!!

그때였다.

롤프라의 공격을 맞고 뒤로 나가떨어진 진은의 신형에서 검은빛 기류가 재차 형성되었다.

그리고 진은은 원래 자신의 모습으로 돌아와 있었다.

'큰일 났다.'

눈류는 라돌의 깃털을 가까스로 피하며 일단 거리를 벌렸다.

류화를 믿고 용감하게 싸웠지만 그 짧은 시간에 자신은 물론 류화 역시 여러 곳에 부상을 입은 상태였다.

라돌의 깃털은 마리당 하나가 아닌, 열 몇 개의 깃털을 동시에 내뿜기에 완벽히 피한다는 것은 불가능했다.

'지원이 약해졌어.'

눈류는 거칠어진 호흡을 가다듬으며 아래를 내려다봤다.

진은이 힘을 잃자 자신을 도와 라돌을 공격하던 유저들이 롤프라를 상대하기에 정신이 없었다.

'어쩔 수 없지.'

눈류는 한숨과 함께 라돌을 향해 진격했다.

이제는 20마리 정도밖에 남지 않았지만 그래도 혼자서 저들을 상대할 수는 없었다.

하지만 자신이 라돌을 상대하지 않으면 놈들의 시선은 분명 아래로 이동할 것이고, 그럼 대학살이 펼쳐질 것이다.

"주인, 아프다!"

"젠장, 시끄러워!"

이중고로 류화까지 투덜대니 눈류는 짜증이 극도로 치솟았다.

그러자 냉정하게 상황을 파악하는 눈이 흔들렸고, 눈류는 따끔한 고통들을 느끼며 생명을 확인했다.

어느덧 생명은 반 이하로 줄어 있었다.

'버프라도 있었으면……'

물론 그사이에 마법사들과 신관의 버프를 몇 번 받기는 했다.

하지만 상황이 상황인지라 평소와 비교하면 아주 적은 수의 버프였다.

"누가 이기나 해보자! 극한! 카리스마!!!"

눈류는 이를 악문 채 공격력을 끌어올렸고 파티 버프를 발휘했다.

그 커다란 괴성에 몇 마리의 라돌들이 스턴 상태에 빠져들었다.

하나, 눈류는 스턴에 걸린 라돌들에게 달려갈 수 없었다.

아래쪽에서 들린 비명 때문이었다.

"류화!!"

목소리에서 다급함을 알아차린 류화는 최대한의 속도를 발휘해 아래로 내려갔다.

그곳에는 에시가 몸 곳곳에서 피를 뚝뚝 흘리며 부르르 떨리는 다리로 서 있었는데, 곧 쓰러져도 이상할 것이 없는 모습이었다.

콰지지직!!

"선배!"

"누, 눈류……."

에시는 어느새 눈앞에 나타나 롤프라의 검을 막은 눈류를 확인하며 애써 웃었다.

신관을 지키기 위해 에시는 자리를 피할 수 없었다.

그리고 자신의 주특기인 범위 스킬은 많은 수를 상대할 때 유리하지 이처럼 강한 적 한 명, 한 명에게는 큰 위력을 발휘하지 못했다.

그 결과 에시는 죽기 직전까지 몰렸는데, 마침 그 타이밍에 눈류가 에시를 발견하고 도움을 준 것이다.

'마음껏 상대하고 싶어도 마나가 부족하다.'

눈류는 답답한 표정으로 롤프라의 검을 힘껏 밀친 뒤, 주변을 둘러봤다.

어느새 유저들의 수는 많이 줄어 있었다.

눈에 보이는 유저들은 20명 정도.

그중 라이트와 진은이 가장 큰 역할을 하고 있었는데, 그들도 언제 죽을지 모를 정도로 위태로워 보였다.

'마나야. 빨리 차라, 빨리!'

그로인해 네 마리의 롤프라에 다섯 명씩 붙어 있었고, 한 마리의 롤프라는 자유로웠기에 에시를 죽이려고 했던 것이다.

"류화, 올라가!"

눈류는 류화를 향해 외치며 눈앞에 있는 롤프라와 검을 섞었다.

그 말에 류화는 어이가 없다는 듯 눈류를 바라봤다.

세상에! 저 많은 마족들 사이로 올라가라니!

하지만 눈류 역시 어쩔 수 없는 선택이었다.

현재 인원으로는 롤프라도 상대하기 힘들었다.

그런데 하늘에서 라돌들까지 공격을 시작한다면? 모두는 전멸할 것이다.

그렇기에 류화를 희생시켜 라돌들의 시선을 끌려는 속셈이었다.

"젠장. 맛있는 빵, 질 좋은 물을 약속한다!"

"주인, 내가 그렇게 싸 보이는가!"

눈류는 류화가 망설이자 명령에서 거래로 바꾸었다.

하지만 류화는 쉬운 암컷이 아니었다.

"추가로 새끈한 알몸 남자의 마사지!!"

롤프라의 막강한 힘에 뒤로 밀린 눈류가 외치며 짜증난 눈빛으로 류화를 바라봤다.

그리고 저도 모르게 실소를 흘렸다.

어느덧 값싼 류화는 라돌들을 유인해 도망치고 있었다.

류화의 활약으로 라돌들을 잠시나마 신경 쓰지 않아도 되었고, 그사이 세라를 비롯해 몇몇의 유저들이 접속을 했지만 상황은 여전히 좋지 않았다.

어느덧 8조의 남은 유저들 수는 총 여덟 명.

그나마 다행이라면 롤프라 역시 세 마리밖에 남지 않았다는 것이고, 남은 세 마리 역시 지쳐 있다는 점이었다.

"지독하게 강하군."

세라가 입술에서 흐르는 피를 닦으며 말했다.

그녀의 목소리는 심각했지만 입은 웃고 있었다.

스파아아앗!! 지이이잉!!

세라의 손을 빠져나간 마나의 빛무리가 롤프라의 가슴에 적중했지만 롤프라는 비틀거리다 다시 전진했고, 눈류는 마나가 차는 것을 확인하며 세라의 옆으로 나섰다.

다른 이들은 서 있는 것도 힘들어 보였고, 그나마 뒤늦게 합류한 세라와 함께 협공을 한다면 가능성이 있을 것 같았다.

'지쳐 있으니 파멸의 검으로 승부를 본다. 분명 저들은 육체가 있는 마족… 치명타도 존재해. 세라가 시선을 분산시키고 내가 파고들어서…….'

눈류는 크리티컬에 모든 희망을 걸며 검을 꽉 쥐어 잡았다.

라돌들도 문제였지만, 일단은 롤프라들을 해치운 뒤 자리를 피하는 수밖에 없었다.

그리고 유저들이 많이 접속하면 그때 다시 움직이는 것이 최선이었다.

하지만… 눈류의 희망은 곧 무너질 수밖에 없었다.

우우웅… 우우웅……!!

세 마리의 롤프라들이 검을 앞으로 내미는 순간 마나의 흐름이 뒤틀리기 시작했다.

그와 함께 교차된 세 검 앞에는 흑빛의 거대한 볼이 형성되었다.

그것을 발견한 눈류와 모두의 얼굴이 사색이 되며 입술을 꽉 깨물었다.

이전에도 롤프라와 부딪친 경험이 있고, 저 기운이 얼마나 강대한지 잘 알고 있었다.

타앗!!

"누, 눈류!"

"눈류님!!"

"안 됩니다!!"

세라와 진은, 라이트는 기겁하며 소리쳤다.

롤프라들이 흑빛의 구를 막 발하려는 순간, 눈류가 그 앞으로 뛰쳐나갔기 때문이다.

그러나 눈류는 그들의 말을 무시하며 남은 마나와 생명을 확인했다.

단 한 번이었다.

자신이 막아줄 수 있는 것은 단 한 번!

그 후는 남은 이들에게 맡길 수밖에 없었다.

"마나의 벽!!"

눈류의 입에서 커다란 외침이 터져 나왔다.

그러자 흑빛의 구는 마나의 벽에 부딪치며 강렬한 소음을 일으켰다.

"쿨럭!"

눈류는 엄청난 위력에 피를 토해내며 뒤로 주춤거렸다.

생명이 빠르게 줄어들었다.

초당 240씩 줄어드는 생명!!

'으으으윽!!'

눈류는 이를 악물며 흑빛의 구가 사라지기를 바랐다.

자신이 앞으로 몸을 날린 이유이기도 했다.

만약 뒤에서 마나의 벽을 발휘했더라면 자신은 살아남을지라도, 다른 이들은 폭발에 휩싸이며 죽음을 면치 못했을 것이다.

버텨야 했다. 자신이 버텨야 남은 이들이 살 수 있으며, 기회를 잡을 수 있다!

콰아아아아아앙!!

그때 폭발과 함께 눈류의 신형이 뒤로 나가떨어졌다.

하지만 충격을 받은 것은 롤프라들도 마찬가지였다.

마나의 벽에는 일정 데미지를 돌려주는 능력도 있기 때문이었다.

"커억, 커억……."

눈류의 입에서 쉬지 않고 피가 흘러나왔다.

생명은 500밖에 남아 있지 않았다.

만약 조금만 더 마나의 벽을 유지했었다가는 눈류가 먼저 죽었을 것이다.

"빨리, 힐, 힐!"

에시의 다급한 외침에 유일하게 살아남은 마법사인 스샤와 신관이 다급히 치료를 시작했다.

마나가 얼마 남지 않아 두세 번이 고작이었지만 그동안 입은 부상들로 인해 500밖에 없던 생명도 사라지고 있었던 눈류에게는 가뭄의 단비와 같은 효과가 되었고, 눈류는 겨우 정신을 차리며 생명을 확인했다.

생명은 3,500까지 상승해 있었다.

더군다나 세라가 붕대와 약초들로 치료해 더 이상 생명이 줄어들지 않았다.

"시간이 없어! 지금이야!"

눈류는 다급히 외치며 롤프라들을 향해 달려들었다.

세 마리가 남은 롤프라들은 역으로 받은 데미지로 인해 서 있는 것도 힘들어 보였지만, 마족의 특성상 회복이 대단히 빨랐다.

그렇기에 기회는 지금뿐이었다.

그런 눈류의 말뜻을 알아차린 모두는 고개를 끄덕이며 최후의 마나를 끌어올렸다.

그러다 모두는 석상이라도 된 듯 우뚝 멈춰 서서 롤프라들의 뒤를 멍하니 바라봤다.

수백 마리는 가볍게 넘을 듯한 마족들의 대군이 밀려오고 있었다.

"여기까지군."

라이트가 밀려오는 마족들의 대군을 보며 허탈한 듯한 목소리로 중얼거렸다.

살기 위해 노력하고 노력했다.

그리고 드디어 일말의 기회를 잡을 수 있다고 생각했다.

하지만 그것은 말 그대로 생각뿐, 현실은 냉혹했다.

"어쩔 수 없지. 그런데 저 신관은……."

세라가 말을 흐리며 NPC 신관을 바라보자 눈류가 한숨과 함께 말했다.

"이제 와 살아 돌아갈 방법은 존재하지 않는 것 같다. 그리고 신관 역시 마찬가지지……. 가능하다면 살리고 싶었지만 그것은 힘이 있을 때 가능한 선택이었어. 그렇지만 너무 걱정할 필요는 없어. 퀘스트가 끝나지는 않을 테니. 분명 발키리 왕국에서는 꽤 많은 신관들을 보냈고, 그중 절반이 퀘스트 봉인에 필요하다 했어. 그래서 만약의 사태를 대비해 여유롭게 보낸 신관들을 각 조에 한둘씩 넣은 것이지. 그러니 한 명 죽는다고 달라지지는 않아. 하지만 다른 조의 신관들도… 그리고 반이 몰려 있는 발키리 왕국의 조도 모두 전멸했을 경우에는 얘기가 달라지지."

눈류는 말을 마침과 동시에 하늘을 올려다봤다.

그곳에는 피투성이가 된 류화가 달려오고 있었고, 그 뒤를 여전히 라돌들이 쫓고 있었다.

"주인… 흑."

류화는 눈류의 앞에 내려서자마자 눈물이 글썽거리는 눈동자로 훌쩍였다.

눈류의 명을 지키지 못해서 속상한 것이 아니었다.

그렇다고 온몸을 쑤시는 아픔 때문도 아니었다.

이유는 단지 하나! 라돌들을 다시 데리고 와서 혹여나 눈류가 거래를 지키지 않을까 봐였다!

알몸의 남자들에게 안마를 받고 싶은데!!

그런 류화의 모습에 눈류는 애써 웃으며 털을 쓰다듬어 주었다.

평소에는 서로가 서로를 미워하고 투덜대기 바빴지만, 그래도 자신이 부탁하니 이렇게 피투성이가 될 때까지 최선을 다해줬다.

물론 거래가 있었지만… 그래도 눈류는 류화가 고마웠다.

"수고했다. 일이 마친 다음 내가 말한 것들을 지키마."

"주인……!"

류화의 얼굴이 감격으로 물들었다.

내심 구박만 당할 것이라 생각했던 류화였다.

'크흑. 주인, 앞으로 주인 씹지 않을게!'

매일 속으로 눈류를 욕했던 류화는 그런 자신의 행동들이 미안해졌고, 곧 눈류의 명에 의해 역소환되었다.

'후우… 이렇게 끝인가.'

눈류는 답답한 표정으로 주변을 둘러봤다.

에시와 세라, 라이트와 키스 등등… 모두는 이미 체념한 표정이었다.

그러나 쉽게 죽어주지는 않겠다는 듯 자신들의 무기를 꽉 쥐고 있었다.

'포션만 흡수할 수 있었더라면……'

눈류는 아쉬움이 가득한 눈동자로 인벤토리를 열었다.

그리고 억울하다는 듯 포션을 바라봤다.

만약 포션만 사용 가능했다면 상황이 이렇게까지 되지는 않았을 것이다.

고지가 멀지 않았다.

현재 위치에서 빛의 기둥이 보이는 거리였다.

그렇다면 대군이 밀려오기 전에 마족들을 해치운 뒤, 다른 조들과 합류할 수 있었을 것이다.

모두가 힘을 합친다면 마족들의 대군과 붙어도 승산이 있을 것이고 말이다.

하지만 포션은 사용할 수 없었고… 안타까워 해봐야 달라지는 일은 없기에 눈류는 짙은 한숨과 함께 인벤토리를 닫았다.

그러다 무엇인가가 머릿속으로 번뜩 스치고 지나갔다.

눈류는 황급히 재차 인벤토리를 열었다.

그런 눈류의 눈에는 낡은 양피지가 보였다.

'바보 같으니… 잊고 있었다!'

눈류는 인벤토리에서 수호의 주문서를 꺼냈다.

카르엔 공작이 위험할 때 쓰라고 준 그 주문서였다.

처음에는 훗날에 쓰기 위해 놔두고 있었고, 그렇게 오랜 시간이 지나자 깜빡 잊고 있었던 것이다.

'그러나 이제라도 발견했으니 다행이다.'

눈류는 수호의 주문서를 손에 쥔 뒤 사용 정보를 확인했다.

정보에는 주문서를 찢으면 된다고 적혀 있었다.

"모두 제 뒤로 물러서 주세요."

그 말과 함께 눈류는 한 걸음 앞으로 나섰다.

눈류의 행동에 다른 이들은 고개를 갸웃거렸지만 무슨 생각이 있겠지란 생각을 하며 뒤로 물러섰다.

'어떤 힘이 숨겨져 있는 것인가……'

눈류는 기쁨 반, 불안한 마음 반으로 지척까지 접근한 마족들을 바라봤다.

허공에 떠 있는 라돌들 역시 곧 공격을 시도할 듯 몸을 부르르 떨었다.

'제발……'

눈류는 수호의 주문서를 양손으로 집었다.

어떤 힘이 숨겨져 있는지, 마족들에게 얼마나 큰 데미지를 입히는지 알 수 없었다.

아니, 어쩌면 사용하더라도 결과는 같을지도 몰랐다.

그 정도로 마족들의 수는 많았다.

하지만 기댈 곳이 더 이상 없는 눈류는 마족들의 공격이 시작됨과 동시에 간절한 기도와 함께 수호의 주문서를 찢었다.

짜아아악!! 스파아아앗!!!

그러자 놀라운 일이 발생했다.

주문서가 찢어짐과 동시에 환한 빛이 폭발하듯 형성되었다.

그것은 말 그대로 빛의 폭발이라 불러야 할 만큼 거대했으며 신비로웠다.

그리고 빛의 폭발이 휩쓸고 지나가는 자리에 서 있던 마족들은 최후의 비명을 지르며 형체도 없이 사라지기 시작했다.

'크윽!

눈류는 그런 사실을 알지 못한 채 두 눈을 감고 있었다.

순간적으로 너무 강렬한 빛이 번쩍하자 마치 실명이라도 된 듯 눈앞이 깜깜해졌기 때문이고, 거대한 빛의 폭풍 속에서 두 눈을 감은 채 중심을 잡기 위해 노력했다.

사아아아아…….

돌풍과도 같았던 빛의 폭발은 존재하지 않았다는 듯 순식간에 사라졌다.

그때서야 눈류를 제외한 모두는 두 눈을 힘겹게 뜨며 주변을 둘러봤다.

그리고 믿을 수 없다는 표정이 되었다.

그 많던 마족들이 한 마리도 존재하지 않았다.

말 그대로 모두 사라진 것이었다.

그것도 모자라 모두의 상처는 치료되었고, 생명과 마나가 회복되었다.

또한 신성한 여신의 축복이라는 버프가 생성되어 있었는데, 놀라운 수준의 효과가 있었다.

최대 생명 20% 증가!

최대 마나 20% 증가!

신성 데미지 추가!

신성 방어력 추가!

지속 시간 48시간!

"누, 눈류… 이게 어떻게 된 거야?"

에시가 모두의 마음을 대표하며 당황한 목소리로 아직 고개를 들지 않고 있는 눈류를 향해 물었다.

그러나 눈류는 한참 동안이나 어깨만 들썩일 뿐, 아무런 대답을 하지도 않았고 돌아보지도 않았다.

바로 열심히 들리고 있는 알림 말 때문이었다.

―레벨이 오르셨습니다.

―고정스텟 근력 5가 상승하였습니다.

―레벨이 오르셨습니다.

―고정스텟 근력 5가 상승하였습니다.

―레벨이…….

수호의 주문서는 눈류의 것이었다.

그래서 수호의 주문서로 죽음을 맞이한 주변 마족들의 경험치는 모두 눈류에게만 주어지게 되었다. 물론, 파티의 영향으로 인해 일부 경험치들이 나눠졌지만 그래도 엄청난 수준이었다.

스으으윽.

눈류가 드디어 고개를 들고 뒤돌아섰다.

그러자 대답을 기다리고 있던 모두는 움찔하며 몇 걸음 물러섰다.

눈에 초점이 맞지 않았다!

입은 기괴하게 웃고 있었고, 침을 질질 흘린다!

더군다나 콧물까지 흘려주는 센스!!

그 정도로 눈류는 예상치 못한 미친 듯한 레벨 업에 짐승 모드가 아닌 짐승이 되어버렸고, 일행들은 눈류가 마족에게 홀렸다고 생각했는지 공격을 시도하려는 NPC 신관을 말리며 더욱 뒤로 물러섰다.

제발 저 미치신 분이 제정신을 차리길 바라며…….

파지지지직! 콰콰쾅!!

생명이라고는 느껴지지 않는 앙상하고 검은색의 나무들과 바위를 마지막 남은 마족과 함께 파괴해 버린 라스트는 안도의 한숨과 함께 바닥에 주저앉았다.

그런 라스트의 곁에는 십여 명의 유저들이 함께 앉아 있었는데, 그들 역시 지옥에서 탈출이라도 한 듯 지친 몰골에 부상이 가득했다.

“라스트, 이제 끝이려나?”

라스트와 같은 길드에 속해 있는 레벨 300대의 유저 킬트가 묻자, 라스트는 고개를 끄덕였다.

사실 그 역시도 또 다른 마족들이 기다리고 있을지 알 수 없으나 고지가 눈앞이었다.

이제 조금만 더 가면 퀘스트의 목표 지점에 도착한다.

그래서 애써 기운을 주려는 것이었다.

“이번에는 위험했군.”

라스트는 힘겨운 몸으로 일어서며 중얼거렸다.

지금까지와는 다르게 중급 마족까지 포함된 적들이었다.

그 수는 대략 하급 마족 20, 중급 마족 8 정도였는데… 자칫하면 전멸까지 할 뻔했다.

‘그래도 피해가 너무나 크다.’

전투는 승리했지만 10조의 리더인 라스트는 긴장을 풀지 못했다.

90명 중 겨우 열 몇이 살아남았기 때문이다.

만약 이런 순간에 새로운 마족들이 덮친다면, 그때는 정말 전멸을 할 것이다.

‘그래도 여기까지 와서 돌아갈 수는 없지.’

라스트는 시선을 멀리 던졌다.

그곳에는 흑빛으로 이루어진 빛의 기둥이 있었다.

조금만, 조금만 더 가면 닿는 거리였다.

“모두 전진한다!”

라스트의 외침과 함께 모두는 피곤하고 부상을 다 치료하지 못했음에도 불구하고 움직였다. 다른 마족들이 피 냄새를 맡고 달려들면 곤란하기 때문이었고, 그들 역시 이제 종착지가 곧이라는 사실을 잘 알고 있었다.

"그런데 눈류는 어떻게 할 거야?"

그때 킬트가 음성 채팅으로 라스트에게 물었다.

라스트는 자신들의 길드에 명예였으며, 이름인 존재였다.

그런 라스트가 모두가 보는 앞에서 망신을 당했다.

그래서 킬트는 SS급에 눈류가 있다는 사실을 알게 되었을 때 속으로 쾌재를 불렀다.

라스트가 원하지 않는다면 자신이라도 혼을 내주고 싶었던 것이다.

"눈류라……."

킬트의 물음에 라스트는 걸음을 늦추지 않은 채 생각에 잠겼다.

생각을 하니 절로 이가 갈렸다.

눈류를 향한 라일라의 행동만으로도 참기가 힘든데 자신에게 수모를 준 놈이었다.

"아직은 안 돼. 지금은 퀘스트가 우선이다. 그러니 너희들도 움직이지 마."

"뭐, 네 생각이 그렇다면 어쩔 수 없지……."

SS급 퀘스트에는 라스트가 속한 길드원들이 수십 명 존재했다.

그래서 킬트는 완벽한 무력으로 짓밟을 생각이었지만, 라스트가 직접적으로 움직이지 말라고 하니 어쩔 수 없다는 듯 대답했다.

하지만 곧 이어진 라스트의 말에 킬트의 얼굴이 밝게 변했다.

"그러나… 퀘스트가 끝나면 얘기는 달라지지. 분명 퀘스트가 끝나면 우리는 처음 모였던 피아스 평원으로 이동될 것이다. 그때… 녀석을 박살 내버린다."

눈류가 4차 전직을 할 때까지 기다려 줄 마음이 전혀 없는 라스트였다.

Part 4
상급 마족의 강림

"네, 드디어 SS급 퀘스트도 막바지에 이르고 있습니다. 이제 대부분의 조들이 마계의 터널에 도착을 하고 있는데요. 과연 퀘스트의 끝은 어떻게 될지, 또한 보상은 무엇일지 아주 궁금하네요!"

독점 계약을 따낸 GOGO 라스트 월드에서는 SS급 퀘스트를 생방송으로 내보내고 있었다. 그리고 그 열기와 반응은 상상을 초월할 정도로 뜨거웠다.

더군다나 막바지에 이른 지금에 와서는 시청률이 폭발했다고 할 수 있을 정도로 높은 상승세를 보였고, PD박진우는 연신 행복한 미소를 지었다.

이번 퀘스트는 유저의 소유물이 아니었다.

라스트 월드 내에서 펼쳐지는 이벤트 퀘스트였고, 동영상 역시 그들의 소유물이었다.

그래서 독점을 따내기 위해 얼마나 노력했던가?

이제 남은 것은 승진밖에 없었고, 곁에서 함께 TV를 시청하던 초아는 반색한 얼굴로 외쳤다.

"어, 눈류님이다!"

그곳에는 눈류가 감탄한 얼굴로 어딘가를 바라보고 있었다.

'거대하다……'

눈류는 섬의 끝자락에 위치한 마계의 터널을 바라보며 저도 모르게 입을 살짝 벌렸다.

터널은 크기를 잴 수 없는 수준이었는데, 마치 우주에 떠 있는 블랙홀이 나타난 것 같았다.

짜르르르륵.

허공에 떠 있는 거대한 터널에서 전류가 흘렀고, 눈류는 몇 걸음 물러서며 주변을 둘러봤다. 현재 8조는 90명이 넘게 참석한 상황이었다.

퀘스트가 막바지에 도달한 것이 평소보다 많은 이들이 참석한 이유였고, 더불어 대규모의 전투 이후 하루가 지났기에 전날 죽었던 유저들도 모두 접속했다.

'이제 끝인가……'

8조뿐만 아니라 터널 앞에는 많은 유저들이 몰려 있었다.

그러나 아직 모두가 도착한 것이 아니기에 기다리고 있는 중이었는데, 눈류는 꽤 긴 시간이었다고 생각하며 몇 걸음 물러섰다.

자신조차도 견디기 힘든 마기들이 터널에서 계속 뿜어져 나왔기 때문이다.

'어서 다른 조들이 와야 할 텐데.'

눈류는 괴로워하는 유저들을 바라봤다.

특히 신관들은 자리에서 일어나지도 못할 만큼 이곳의 마기는 지독했다.

마치 마계에 직접 내려온 듯한 느낌을 들게 해주었다.

"정말 찌릿찌릿하군."

눈류는 옆에서 들리는 세라의 말에 고개를 끄덕였다.

세라는 성향이 어둠이기에 눈류처럼 마기의 영향을 그나마 덜 받는 유저 중 한 명이었다.

"나조차도 숨이 막힐 정도라… 신관들이 저러는 것도 당연하겠지."

"그래, NPC들이 빨리 와야 할 텐데……."

유저들의 조는 시간이 지나면서 거의 다 도착했지만 아직 NPC들로 이루어진 조들이 도착을 못한 상황이었다.

어쩌면 당연한 결과였다.

유저들은 죽어도 하루가 지나면 일행들과 합류할 수 있었기에 전진에 열을 올렸다.

하지만 NPC들은 애기가 달랐다.

그들은 위험하다 싶으면 후퇴했고, 한 명이라도 죽지 않기 위해 노력했다.

그래서 무모한 전진도 하지 않았다.

그러다 보니 자연적으로 유저들보다 속도가 떨어지는 것이었다.

"아아, 꽤 긴 시간이었어. 그래도 레벨 업은 빨라서 좋군."

"그렇지."

눈류는 만족스러운 미소와 함께 대답했다.

5개월이란 시간 동안 잠도 거의 못 자고 퀘스트에만 몰두했다.

그 결과 꽤 많은 레벨 업을 하게 되었다.

더군다나 카르엔 공작이 준 수호의 주문서로 인해 상승 폭은 더욱 높아졌다.

'이래서 NPC들과 관계를 트는 것이 중요하군.'

어쩌면 운이 좋았던 것인지도 모른다.

카르엔 공작을 만나게 된 것도 가면의 기사라는 직업을 얻으면서였으니.

하지만 만약 눈류가 인연의 던전에서 퀘스트를 포기했다면? 아니, 레전드 가면의 기사 전직 퀘스트를 완수하지 못했더라면? 또한, 카르엔 공작의 몇 퀘스트를 성공하지 못했더라면? 어제의 기회는 없었을 것이다.

기회가 오는 것은 운이 중요하겠지만, 기회를 자신의 것으로 만드는 것은 노력이었다.

'쉬고 싶군.'

눈류는 마족들이 더 이상 나올 기미가 보이지 않고, NPC들도 언제 올지 모르는 상황이기에 바닥에 털썩 누워버렸다.

몸의 피로도는 회복되었지만 몸과 마음이 지칠 대로 지쳐 있었다.

그리고 현실의 육체도 피로가 누적되어 있었다.

어서 빨리 퀘스트를 끝내고 쉬고 싶다는 생각만이 머릿속에 가득했다.

'아참, 이번 퀘스트가 끝나면 박진우 씨를 만나야겠어.'

문득 박진우를 떠올린 눈류는 아쉬움의 입맛을 다셨다.

원래 현재 모습이 촬영된 동영상은 4차 전직이 끝난 이후에 넘기려고 했었다.

그러나 이벤트 퀘스트는 생중계로 방송되고 있었기에 이제는 굳이 그럴 필요가 없었다.

더군다나 4차 전직도 멀지 않았다.

"왔다!!"

그때, 웅성거리는 소란과 함께 많은 유저들의 시선이 한곳으로 몰렸다.

그곳에서는 많이 지쳐 보이는 NPC들이 하나, 둘 모습을 나타내기 시작했다.

NPC들로 이루어진 조 중 가장 먼저 도착한 것은 2조였고, 그 뒤를 이어 1조가, 그리고 3조와 4조가 도착했다.

안타까운 점은 다시 살아나는 유저들이 아니었기에 그들의 수가 확연히 줄어 있다는 것이었다.

가장 많이 살아남은 1조의 인원이 채 40명이 되지 못했다.

하지만 그들의 노력 탓인지 각 조에 투입된 신관들은 무사했고, 발키리 왕국 역시 신관들을 보호하기 위해 최선을 다했는지 살아남은 30명 중 10명이 성기사였고, 20명이 신관이었다.

"이제… 최후의 순간을 앞두고 있습니다!"

눈류는 지루하단 눈빛으로 연설을 하고 있는 NPC들을 바라봤다.

그들은 여전히 대장 노릇을 하고 있었는데, 빨리 퀘스트를 종료하고 싶은 마음밖에 없는 눈류로선 마음에 드는 행동이 아니었다.

이러다 갑자기 마족들이 튀어나오면 어떻게 하려는 것인가?

그런 눈류를 비롯해 유저들의 마음을 알아차린 탓일까? 발키리 왕국의 대표인 노신관이 품속에서 무엇인가를 꺼냈다.

그의 곁에는 살아남은 모든 신관들이 자리하고 있었는데, 그들 역시 마찬가지로 품속에서 무언가를 꺼냈다.

그것은 바로 에메랄드빛이 진하게 흐르고 있는 투명한 돌이었다.

"마법진은 준비되었소?"

노신관의 말에, NPC 노마법사가 고개를 끄덕였다.

그들이 연설을 하는 동안 마법사들은 돈을 아끼지 않는 듯 수많은 마법 물품과 마나석 등을 이용해 거대한 마법진을 형성한 상태였다.

"이제 그대들의 차례요."

"알겠소."

노신관은 밝은 표정으로 고개를 끄덕였다.

그리고 깊이를 알 수 없는 눈빛으로 거대한 터널을 바라봤다.

곧 마계의 불순한 존재들을 토해낼 것 같은 터널에서는 뼛속까지 마비시키는 자욱한 마기가 흘러나오고 있었다.

"모두 준비되었느냐?"

노신관의 말에 다른 NPC 신관들이 크게 대답했다.

"네!"

하지만 대답 이후의 행동은 각기 달랐다.

어떤 이는 기도를 하기도 했고, 또 다른 이는 눈물을 흘리기도 했다.

그리고 어떤 이는 밝게 웃으며 애써 담담한 척을 했고, 다른 이는 자신이 이 일을 맡게 된 것이 진정 기쁜 듯 환한 표정이었다.

'뭐지?'

그 모습에 뭔가 이상한 느낌을 받은 눈류는 조금 더 그들에게 가까이 다가갔다.

그 순간, 노신관이 외쳤다.

"우리들의 이름은 대륙에 영원히 기억될 것이며, 오딘님과 함께 숨을 쉬리라!"

"……."

눈류의 얼굴이 살짝 일그러졌다.

하지만 그렇다고 나서서 말릴 수는 없는 일이었다.

터널에 결계를 완성시키기 위해 수많은 이들이 죽음을 겪으며 이곳까지 왔다.

저들이 스스로 결계가 될 것이라고는 생각도 하지 못했지만 말이다.

그런 생각은 다른 유저들도 마찬가지였고, NPC들은 오기 전부터 알고 있었다는 듯 굳은 얼굴로 그들을 바라봤다.

스파아아앗!!

NPC 신관들의 전신에서 강렬하고 밝은 빛이 뿜어져 나왔다.

놀라운 것은 그런 찬란한 빛무리 속에서도 눈이 부시지 않았으며, 오히려 모든 것이 더욱 또렷하게 보였다. 곧 NPC 신관들은 에메랄드 빛 돌을 양손에 쥔 채 블랙홀과 같은 터널에 신형을 날렸다.

그러자 터널은 집어삼키듯 그들을 빨아먹었고, 블랙홀 같은 터널이 성스러운 빛으로 가득 차는 순간, 마법사들은 자신들의 마법진에 마나를 불어넣으며 안과 밖에서 동시에 결계를 펼쳤다.

지이이이잉!!

거대한 터널에 그보다 더욱 거대한 마법진이 겹쳐지며 나타났다.

그와 함께 터널은 점점 축소되기 시작했다.

하나, 잠시 후… 눈류를 비롯해 일부는 볼 수 있었다.

터널이 결계와 함께 사라지기 직전에… 터널 속을 빛과 같은 속도로 빠져나온, 성인 남자 주먹 크기의 검은빛을…….

화아아아악!!

"뭐, 뭐야?"

"크윽! 수, 숨도 못 쉬겠어!"

"젠장. 끝이 아니었다는 말인가!!"

"우와! 기대되는데!"

주먹 크기의 검은빛에서 그보다 짙은 어둠이 연기처럼 사방을 휩쓸었다.

그러자 많은 유저들이 각자의 생각을 소리쳤고, 눈류는 입술을 살짝 깨물며 검은색의 연기가 뭉쳐 있는 곳을 바라봤다.

위험하다! 위험하다! 위험하다!

직감이 경고했다.

도망치라고, 이 자리에 있으면 죽는다고!

그러나 눈류는 움직일 수 없었다.

결계가 완성되었음에도 불구하고 퀘스트는 완료되지 않았다.

그것은 즉, 눈앞에 있는 적까지 해치워야 끝난다는 것이었다.

그래서 눈류는 도망칠 수 없었다.

퀘스트는 완료해야 했다.

부들… 부들…….

'내가 이렇게까지 긴장한 적이 있었던가…….'

눈류는 떨고 있는 자신의 육체를 보며 고개를 설레설레 저었다.

루운을 만났을 때도, 울트를 봤을 때도 이 정도는 아니었다.

저 연기 속에 어떤 존재가 자리하고 있는지는 알 수 없지만, 적어도 그들보다는 한참 위의 존재였다.

능력 자체를 측정할 수 없는 존재!

'가면의 기사라면…….'

눈류는 검을 소환하며 그를 떠올렸다.

아직까지 제대로 된 능력을 본 적이 없는 대륙의 최강자!

만약 그라면 지금 눈앞에 있는 존재와 상대가 될 수 있을지도 모를 것이다.

사아아아아…….

그때 거대하게 형성되었던 검은빛의 연기가 바람과 함께 흩어지기 시작했고, 그곳을 주시하고 있던 모두는 한 존재가 모습을 드러나자 저도 모르게 몇 걸음 물러서고 말았다.

상체만 5m는 될 법한 존재는 온몸이 두꺼운 근육으로 뒤덮여 있었고, 피부는 피를 묻히기라도 한 듯 진한 붉은색이었다.

등에는 진홍빛의 날개가 펄럭였으며, 검은빛으로만 채워진 날카로운 눈동자와 입술을 비집고 나온 거대한 송곳니가 위협적으로 보였다.

더불어 그의 손에는 끝이 세 갈래로 갈라진 검붉은색의 창이 들려 있었고, 허리 아래로는 검은빛의 연기만 존재할 뿐 다리가 없었다.

"크크크……. 오랜만에 맡아보는 인간들의 달콤한 냄새로군……."

존재의 입은 움직이지 않았지만 모두의 머릿속에선 그의 목소리가 들렸다.

마치 날카로운 송곳으로 찌르는 듯한 통증도 동반했다.

마기가 실려 있기 때문이었다.

"하마터면 위험할 뻔했어……. 상급 마족들 중 가장 먼저 움직여서 다행이었지. 이 몸도 결계에 갇힐 뻔했군……. 크하하하!!"

쩌렁, 쩌렁!

머릿속이 흔들리는 듯한 착각을 느끼며 모두의 신형이 살짝 흔들렸다.

상급 마족 브아르는 천명에 가까운 유저들과 NPC들이 자신을 향해 공격할 준비를 하고 있는데도 여전히 여유로운 표정이었다.

아니, 오히려 인간 세상에 나와서 너무나 기뻐하는 듯했다.

"크크, 인간들은 여전하군. 수만 많으면 자신들이 최고라고 믿지……. 그리고 수만 많으면 무엇이든지 해낼 수 있을 것이라 생각하고……. 지금도 마찬가지야. 감히 나와 맞서겠다는 의도인가?"

NPC들과 유저들이 다급히 정신을 차리며 진형을 맞추고 전진을 시작하려하자 브아르는 가소롭다는 듯 바라보며 말했다.

“제아무리 네놈이 강하다 할지라도 우리는 약하지 않다!”

그 순간, NPC들 사이에서 누군가가 큰 목소리로 외쳤다.

막강한 적을 앞에 두고 아군에게 힘을 주기 위해서였다.

“크하하하!! 약하지 않다라? 정말 그러한가? 정말인가?!”

“커억! 피, 피해!”

“젠장. 모르겠다. 공격하자!!”

“죽어버려라, 이 마족아!!”

“으아아악!!”

브아르는 외침과 함께 거대한 창을 휘둘렀다.

그것은 전투의 시작을 알리는 종이 되었고, 유저들은 이를 악물고 브아르에게 공격을 시도했다.

보기만 해도 온몸이 떨린다.

다리가 떨려서 움직이기도 힘들다.

하지만 길고도 길었던 퀘스트의 마지막 싸움이었다.

그동안의 고생을 헛것으로 만들 수는 없는 노릇!

그런 생각들이 겁에 질렸음에도 움직이게 하는 원동력이었고, 지금 이 순간만큼은 서로가 서로를 믿으며 자신들의 모든 능력을 끌어올렸다.

콰앙! 콰앙!! 파지지직!! 차아악!!

하늘에서 불덩이들이 쏟아져 내렸다.

수많은 마법들이 각자의 빛깔과 위력을 뿜내며 브아르의 육체를 갉아먹었다.

그 와중에 일부 마법사들과 신관들은 버프를 시전하기 바빴고, 바드와 댄서 등 보조 직업의 유저들 역시 힘을 보태기에 노력했다.

격수 유저들은 브아르의 허리 높이로 솟구쳐 올라 검을 휘둘렀고, 사방에서 활들이 날아가 브아르를 위협했다.

하지만… 브아르는 강해도 너무 강했다.

더군다나 이곳은 마족이 모든 힘을 낼 수 있는 곳이며, 유저들은 오히려 힘이 줄어드는 마계의 섬이었다.

"크하하, 크하하!! 겨우 이 정도인가!!"

브아르의 외침에 모두는 비틀거렸다.

그리고 브아르에게 근접했던 유저들 수십 명이 그가 휘두른 창을 견디지 못하고 나가떨어졌다.

일부는 단 일격에 죽음을 맞이했으며, 살아남은 유저들도 생명이 간당간당했다.

그와 함께 브아르가 마법사들이 있는 곳으로 창을 휘두르자 검은 빛깔의 마기가 파도처럼 그들을 덮쳤다.

"시, 실드!! 빨리!!"

"으아아악!!"

"사, 살려줘!!"

그들은 다급히 자신들이 펼칠 수 있는 최대한의 실드를 발휘했지만 마기에 닿자 부식되듯 녹으며 사라졌고, 마기의 파도는 2, 30명의 마법사들을 단숨에 집어삼켰다.

'괴물이다.'

눈류는 기가 찬 표정으로 브아르를 노려봤다.

그 많은 공격을 당하고도 브아르는 멀쩡해 보였다.

물론 그것은 겉으로만 보이는 것이지, 그의 생명은 줄어들었을 것이다.

하지만 그 생명이 얼마나 남았는지, 방어력이 어느 정도인지를 알 수 없다 보니 모든 유저들은 너무나 파괴적인 브아르의 모습만 인식하며 불안감에 휩싸였다.

"젠장. 산 넘어 산이군!"

눈류의 곁에서 자신의 특기를 살린 원거리 공격을 하고 있던 세라가 짜증난 목소리로 외쳤다. 그런 세라의 곁에서는 키스가 위력적인 마법들을 난사하고 있었고, 키스와 라이트는 브아르에게 달려가고 있었다.

"그 산을 또 넘어버리면 되는 것이지."

눈류는 애써 입가에 미소를 지으며 말한 뒤 류화를 소환했다.

불안했다. 자신 스스로도 이 싸움을 이길 수 있을 것 같지 않았다.

그러나 돌파구가 존재하지 않았다.

그러면 막고 있는 산을 넘어버리던가, 부숴 버리면 되는 일이었다.

설령, 그것이 불가능해 보인다 할지라도 말이다.

"류화, 가자!"

눈류의 외침에 류화는 하늘 높이 치솟았다.

브아르는 아직도 쉬지 않고 공격을 받으며 역공을 펼치고 있었는데, 그 주위에는 유저들이 소환한 펫들도 한가득이었다.

"카리스마!! 더블 소울!!"

눈류는 두 가지 스킬을 시간차로 발휘한 뒤 십자 형태의 더블 소울을 주시했다.

지금까지 못 베어낸 것이 없는 마나의 칼날이었다.

분명 브아르는 강하지만 조금이라도 흠집을 낼 것이라 의심치 않았다.

하나, 눈류는 자신의 눈을 의심해야 했다.

파아아앙!

브아르의 육체에 더블 소울이 닿았다.

그런데 더블 소울이 풍선 터지듯이 허무하게 터지며 사라져 버렸고… 브아르는 여전히 유저들을 학살하기 바빴다.

"파멸의 검!!"

눈류는 그 모습에 새삼 두려움이 밀려왔지만, 더욱 이를 악문 채 파멸의 검을 시전했다.

그리고 류화와 함께 브아르에게 가까이 접근해 검을 휘둘렀다.

콰아아앙!!

베지는 못했지만 몇 초가 지난 후 폭발은 일어났다.

그럼에도 브아르의 육체는 아무런 상처가 존재하지 않았고, 눈류는 뒤에서 위협적인 기운이 느껴지자 황급히 자리를 피했다.

짜르르르르!

그러자 자신이 서 있던 자리를 불꽃을 감싼 번개가 지나가며 브아르에게 부딪쳤다.

'이런 상황에서의 접근은 너무 힘들다.'

눈류는 한숨을 내쉬었다.

마법사들은 물론 원거리 스킬을 발휘하는 유저들의 공격이 난무했다.

만약 범위 공격이라면 이벤트 퀘스트로 인해 모두가 파티를 한 것과 같은 영향력이기에 문제가 되지 않는다.

범위 공격은 아군을 다치게 하지 않기 때문이다.

그렇지만 상대는 막강한 브아르 하나였고, 그래서 유저들은 범위 공격이 아닌 위력이 뛰어난 스킬 위주로 발휘하고 있었다.

그래서 브아르에게 접근해서 공격을 하던 유저들 중 브아르가 아닌, 뒤에서 날아오는 스킬에 맞아 죽은 이들이 자꾸 생겨나고 있었다.

결국 눈류는 접근전을 포기한 채 격수 유저들이 다치지 않을 방향에서 더블 소울을 마나가 떨어질 때까지 발휘했다.

그런 사실을 알아차린 것은 눈류 혼자만이 아닌 듯, 허공에는 많은 유저들이 비슷한 방식으로 비행이 가능한 펫을 타고 브아르를 공격하고 있었다.

하지만 상황은 여전히 좋지 않았으며, 10여 분의 시간이 흐르자 유저들의 수는 어느덧 반으로 줄어 있었다.

“크크크……. 어떤가? 아직도 너희들이 강하다고 믿는가?”

브아르의 자만이 가득한 목소리에 유저들은 물론 NPC들조차 아무런 대답을 하지 못했다.

상대는 아무런 상처도 입지 않았고, 아군은 500명에 가까운 이들이 사망한 상태.

더군다나 남은 이들도 거의 모든 힘을 사용한 상황이었다.

“이길 수 없어…….”

그때 한 유저가 자리에 털썩 주저앉으며 소리쳤다.

그러자 다른 유저들도 하나, 둘 자리에 주저앉기 시작했다.

체념을 한 이들도 있었지만 군중심리에 의해 저도 모르게 동조하는 이들도 있었다.

그 모습에 눈류는 한숨을 내쉬며 류화의 위에 올라탔다.

가능성은 존재하지 않는 것처럼 보였다.

그러나 여기서 물러설 수 없는 노릇이며, 단 한 명의 힘이라도 절실했다.

절대 포기하도록 놔둘 수 없는 노릇이었다.

“지금까지의 고생을 잊었는가!!”

갑작스런 외침에 모든 유저들이 고개를 들어 올렸다.

그곳에는 눈류가 류화의 등 위에 탄 채 아래를 내려다보며 소리치고 있었다.

“동료들의 죽음을 헛되이 만들 것인가! 이대로 물러설 것인가! 우리는 강하다. 사람이 이토록 강해질 수 있었던 이유는 포기하지 않는 집념 때문이다! 나는 믿는다. 일 더하기 일은

이가 아니라는 것을! 서로를 향한 믿음으로 인해 삼이 될 수도, 사가 될 수도 있다는 것을. 그리고 우리가 하나 된다면 그 어떤 적도 무너뜨릴 수 있다는 사실을! 더블 소울!!"

외침과 함께 눈류는 브아르에게 더블 소울을 발휘했다.

그러자 세라와 에시, 진은과 라이트, 키스 등이 미소를 지으며 마찬가지로 브아르에게 달려들었다.

그들은 눈류가 왜 먼저 나서서 움직이는지 알기 때문이었다.

군중심리로 인해 유저들이 체념을 하기 시작했다면, 그 군중심리를 역으로 이용하면 되는 것!

'정말 진하와 닮았어…….'

'눈류, 넌 대단한 남자야.'

'그대가 4차 전직을 하면 얼마나 더욱 강해질까?'

'당신과 나의 직업은 스토리라인에서부터 적. 나는 절대 당신에게 지지 않겠어.'

눈류를 돕기 위해 달려가는 넷은 각자의 생각에 몰두하며 브아르를 공격했고, 그 모습에 그들과 가까운 이들 역시 모든 힘을 끌어내며 전투를 시작했다.

그러자 체념을 하고 있던 이들 역시 무기를 고쳐 잡고 벌떡 일어섰다.

"저렇게 다들 노력하는데 우리만 겁먹을 수 없어!"

"맞아. 이거 생방송이잖아? 쪽팔리게……."

"그래, 죽어도 저놈과 싸우다 죽자!"

"지금 우리는 하나잖아. 우리와 서로의 힘을 믿자!"

"우와아아아아!!"

브아르의 공격에 복부에 큰 부상을 입은 눈류는 피를 흘리면서도 미소를 지었다.

다행스럽게도 자신의 예상이 맞아떨어졌다.

잔잔한 호수에 돌이 하나 떨어지면 출렁임이 순식간에 퍼진다.

하지만 그보다 더 큰 바위를 집어 던지면 앞에 있었던 출렁임은 없던 것처럼 되어버린다.

'그렇지만……'

브아르를 향해 모두가 하나 되어 달려가는 것을 확인하며 웃음을 머금었던 눈류의 표정이 굳어졌다.

일단 선동은 했지만 문제는 아직도 남아 있었다.

브아르가 강해도 너무나 강하다는 것!

어쩌면 자신으로 인해 모두가 전멸할지도 모르는 일이었다.

문득 눈류는 수호의 주문서를 차라리 지금 사용하는 것인데, 하는 후회가 들었지만 이제와 후회해 봤자 시간 낭비였다.

'그래, 네가 선동을 해놓고 불안해하면 어쩌자는 것이냐. 너를 믿자. 그리고 모두를 믿자.'

눈류는 부상으로 인해 생명이 계속해서 떨어지고 있었지만 이를 악문 채 재차 브아르를 향해 달렸다.

그리고 그때… 눈류는 기척을 느끼며 고개를 돌려 뒤를 바라봤다.

"너무 걱정하지 마. 다 잘될 거야."

"네."

선예는 은하의 위로에 웃는 얼굴로 고개를 끄덕였다.

그러나 마주 잡은 손은 여전히 떨면서 TV 화면으로 시선을 돌렸다.

TV에서는 SS급의 퀘스트가 생방송으로 중계되고 있었는데… 눈류가 유저들에게 외치며 혼자 브아르에게 접근할 때 정말 심장이 터지는 줄 알았다.

'제발, 무사히 끝나기를…….'

선예는 눈류가 복부에 부상을 입자 차마 더 이상 못 보겠다는 듯 두 눈을 감은 채 기도했다. 잘 알고 있었다. 눈류가 퀘스트를 위해 얼마나 노력하고 고생했는지를…….

"어, 쟤들은 뭐지?"

그때 은하의 목소리와 함께 선예는 눈을 살짝 떠서 TV를 쳐다봤다.

그곳에는 수많은 이들이 나타나 있었다.

눈류의 얼굴이 환해졌다.

처음에는 작은 점으로 보였다.

그런데 조금 더 시간이 흐르고 점이 접근하자 눈류는 알 수 있었다.

그들은 바로 엘프와 다크 엘프들의 군단이었다.

“여기에 계셨군요. 저희가 너무 늦어서 죄송합니다.”

눈류는 갑자기 옆에서 들리는 목소리에 다급히 고개를 돌렸다.

그곳에는 언제 왔는지 루운이 평소의 방긋 웃는 얼굴로 자신을 바라보고 있었는데, 그 밉상 같던 루운이 지금 이 순간에는 너무 반가워 눈물이 날 지경이었다.

“죄송하다뇨. 와주신 것만으로도 감사합니다!”

눈류는 진심을 담아 말했고, 유저들은 천 명에 가까운 엘프들과 다크 엘프들을 바라보며 환호성을 내질렀다.

지원군이 오자 없던 힘까지 생기는 것 같았다.

“후우, 위험한 놈이군요.”

“허헐. 그래 봐야 우리가 이길 것이네.”

“어? 울트님!”

눈류는 갑작스럽게 들린 목소리에 고개를 돌려 보니 울트가 류화의 등 위에 올라타 앉아 있는 것을 확인할 수 있었다.

“꼴을 보니 고생이 심했던 듯하군. 허헐.”

“그러게 말입니다.”

‘이, 이 인간들이……!!’

고마운 마음은 잠시! 눈을 살짝 흘기며 짓궂은 표정으로 키득대는 둘을 보자 눈류는 한숨과 함께 고개를 저었다.

정말 그 어떤 상황에서도 장난기가 가득한 둘이었다.

“감히 버러지 같은 것들이!!!”

브아르의 분노가 담긴 외침!

엘프와 다크 엘프들이 합세하는 순간부터 상황은 조금씩 변하기 시작했다.

일단 유저들은 부상을 치료받을 수 있었다.

이전에는 마법사들이 공격할 마나도 부족해 힐까지 사용할 수 없었다.

그러나 엘프들의 치유술로 인해 그 문제점이 해결되었고, 유저들은 한 번에 죽지 않는 이상 죽음의 그늘에서 어느 정도 벗어날 수 있게 되었다.

더불어 엘프들은 준비해 온 성수에 화살촉을 담갔다가 브아르를 공격하기 시작했고, 다크 엘프들은 각종 저주와 흑마법으로 브아르를 괴롭혔다.

그리고 일부 다크 엘프들은 접근전을 펼치며 유저들과 함께 공격했고, 루운과 울트 역시 자신들의 전력을 발휘해 브아르를 공격했다.

그 광경에 라스트 월드 게시판은 물론, GOGO 라스트 월드 프로의 홈페이지까지 유저들의 글로 폭주하기 시작했으며, 모두는 해낼 수 있다는 희망의 불꽃을 불태웠다.

'성수는 많다.'

눈류는 마나를 회복하기 위해 브아르와 거리를 벌렸다가 우물 속에 가득 담긴 성수를 바라봤다.

루운이 텔레포트 마법으로 우물 그 자체를 옮긴 것이었고, 성수는 이곳에 오기 전 발키리 왕국을 찾아 유저들에게는 존재하지 않는 무한의 주머니에 가득 담아 온 것이었다.

‘마족이니 분명 성수로 타격을 입힐 수 있을 것이다.’

눈류는 브아르를 유심히 바라봤다.

그의 얼굴에서 웃음이 사라졌다.

엘프와 다크 엘프들의 등장도 이유겠지만, 눈류는 브아르가 남은 생명이 많지 않아 초조해한다고 생각했다. 어쩌면 당연했다.

오랜 시간 그 많은 공격을 당했는데 생명이 멀쩡하다면 정말 신이 아니고는 그를 이기지 못할 테니.

‘효과적인 공격을 해야 해……’

눈류는 생각에 잠긴 채 전투 현장을 바라보다 엘프들이 바람의 정령을 통해 성수를 마치 총알처럼 브아르에게 날리는 것을 확인했다.

그와 함께 머릿속으로 어이없는 생각이 스쳐 지나갔다.

그러나 가능만 하다면 브아르에게 큰 데미지를 입힐 수도 있을 것 같았다.

“류화, 가능한가?”

“해본 적은 없지만 가능할 것 같다.”

“그래?”

눈류는 혹시나 하는 심정에 성수를 한 바가지 퍼서 류화에게 먹인 뒤 실험을 해보았다.

그런데 놀랍게도 자신의 생각이 실현되었다.

“그럼 부탁한다.”

“나만 믿어라, 주인!”

눈류는 류화의 등 위에 올라타 허공으로 높이 치솟았다.

루운과 울트는 모든 마나를 소비한 뒤 안전한 곳으로 물러나 회복을 하고 있었는데, 루운은 성수가 얼마나 남았는지 확인하려다 당황을 금치 못했다.

분명 어마어마한 양의 성수를 무한의 주머니에 담아왔고, 커다란 우물에 가득 채웠다.

루운이 이렇게 성수를 많이 챙겨온 것은 만약에 자신들이 힘을 합쳐도 안 될 것 같으면 성수 전부를 마법을 이용해 브아르에게 날릴 생각이었다.

그런데 그 많던 성수가 바닥을 보이고 있었다.

"어떻게 된 일인가요?"

루운은 웃음이 사라진 얼굴로 부장로 엘프를 향해 물었다.

아무리 셀 수 없는 화살에 성수를 묻혔다 하지만 아직 한참이나 더 남아 있어야 했다.

그런 루운의 질문에 부장로 엘프는 손가락으로 한 지점을 가리키며 대답을 대신했다.

엘프의 손가락이 향한 곳에는 눈류와 류화가 허공에 떠 있었다.

"류화! 발사!"

흐으으읍!

눈류의 외침과 함께 류화는 숨을 깊게 들이마셨다.

그러자 자연에 머무는 마나가 류화의 입 속으로 빨려 들어

갔고, 한참이나 그렇게 들이마시던 류화의 입에는 붉은빛의 마나가 일렁거렸다.

개미조차 무시할 정도로 위력은 전혀 없지만 브레스를 사용할 줄 아는 류화!

그 과도하게 위력이 없는 브레스가 붉은빛을 내뿜으며 브아르를 향해 발출되었다.

그런데 이상한 점이 있었다.

브레스는 브레스인데, 그 속에는 물이 함께였다.

바로 성수였다.

차아아아악!!

"크으윽!!"

엄청난 양의 성수가 브레스와 함께 브아르의 전신을 적셨다.

그와 함께 브아르는 고통을 표현했다.

단순히 성수를 부은 것이 아닌, 위력은 없지만 브레스라는 압축포의 기능이 함께했기에 브아르가 입은 충격은 더욱 컸고, 눈류는 승리를 예감했다.

눈류가 이런 계획을 짤 수 있었던 것은 이전에 우연히 발견한 특이 기능 때문이었다.

어느 날, 류화가 말을 잘 들어서 눈류는 빵과 음료를 많이 사줬었다.

물론 가격은 싸고 맛은 별로인 빵이었지만, 류화는 그 빵과 음료를 맛있게 잘 먹었다.

그리고 다음날 눈류는 류화를 소환했는데 입 안 가득 빵을 문 채 소환되어서 의문이 생겼다.

분명 전날 다 먹었는데… 도대체 저 빵은 어디서 난 것이라는 말인가?

그런 눈류에게 류화는 자신의 몸속에는 아공간이 존재한다 했다.

그 아공간이 얼마나 넓은지, 얼마만큼의 무게를 수용할 수 있는지는 자신도 모른다는 것이다. 다만 음식 혹은 물건을 삼켜 원한다면 아공간으로 자유롭게 이동시킬 수 있고, 필요할 때 꺼낼 수 있다고 했다.

류화에게 그런 마법 주머니 같은 것이 몸속에 있는 이유가 저주 퀘스트의 영향인지는 알 수 없었다. 더불어 해가 되는 능력이 아니기에 신경 쓰지 않았다.

그리고 필요할 때는 작은 물건들은 인벤토리가 아닌 류화에게 먹여 아공간에 저장하기도 했었는데… 눈류는 그 점을 응용한 것이었다.

성수를 끊임없이 마셔 아공간에 저장한다.

보통 말이라면 먹다가 포기할 일이었지만 류화의 타고난 식성은 그것을 가능하게 했고, 그 아공간에 저장한 성수를 브레스를 사용하면서 함께 내뱉은 것이었다.

"더블 소울!!"

눈류는 큰 목소리로 외치며 브아르를 주시했다.

성수를 맞기 전부터 브아르의 몸은 조금씩 투명해지기 시작했다.

외형적으로는 상처 하나 없지만 그의 생명이 꺼져 간다는 것을 의미하는 것이다.

그런데 대량의 성수를 맞은 이후에는 눈에 띌 정도로 투명해졌고, 공격의 속도나 위력도 현저히 약해졌다.

'쓸 만한데……'

눈류는 마나가 차기만 하면 더블 소울을 날리며 흡족한 미소를 지었다.

브레스는 아무런 위력이 없다.

그러나 지금처럼 브레스에 물을 섞어서 내뿜는다면?

강력한 위력에 물대포가 탄생하는 것이었다.

방어는커녕 공격력도 거의 없었던 류화였기에 새로운 스킬을 획득한 기분이었다.

'앞으로 류화의 아공간에 매번 물을 채워서 다녀야겠군.'

생각을 끝낸 눈류는 류화의 머리카락을 한번 쓰다듬어 준 뒤 마나 소울을 발휘했고, 그렇게 15분여 정도가 더 흘렀다.

"카아아악!!"

지금까지와는 달리 찢어지는 비명을 지르는 브아르.

그의 온몸이 갈라지기 시작하더니 눈부신 빛이 그 틈새에서 빠져나왔다.

퀘스트 기간 5개월.

브아르와의 전투 시간 45분.

엘프, 다크 엘프족을 포함한 사상자 1,237명.

기나긴 전투의 끝을 알리는 순간이었다…….

퀘스트가 끝나자 모두는 피아스 평원으로 이동되었다.
그러나 일부를 제외하고는 대부분이 자리를 떠나지 못했다.
5개월이라는 지독하고도 지독했던 시간들, 마지막에 나타
난 상급 마족!
다들 지나온 추억과 여운을 즐기기에 여념이 없었다.
그것은 눈류도 마찬가지였다.
눈류는 에시와 함께 피아스 평원 한가운데에 누워 하늘을
바라봤다.
드디어 퀘스트가 끝났다고 생각하자 온몸의 긴장감이 녹아
사라지는 것을 느꼈고, 눈류는 설레는 표정으로 정보창을 열
었다.

생명:30,690 마나:25,730

이름:눈류 레벨:298 성향:중립 길드:레전드
칭호:없음 명성:3,362 직업:가면의 기사

근력:3,453(+1,359) 체력:590(+708)
민첩:395(+708) 지식:142(+700)
재치:120(+703) 정신:650(+707)
예술:80(+703) 상술:102(+705)

검폭:318(+708) 신속:404(+708)

투혼:562(+658) 가호:333(+658)

심안:316(+628) 마나:432(+628)

가면:443(+628) 암흑:233(+478)

저항:268(+378)

공격력:14,436(+801) 방어력:2,496(+1,150)

마공력:2,526(+410) 마방력:2,714(+510)

스텟포인트:0 스킬포인트:0 전투 숙련치:32.07%

'으읍, 으으읍! 크크크큭!'

눈류는 손으로 입을 틀어막았다.

주위에 사람이 많아도 너무 많았다.

절대 이곳에서 짐승 모드가 될 수는 없었다!

하지만 그런 노력에도 불구하고 이미 눈치를 차린 에시는 세라가 있는 곳으로 피난을 떠난 상태였고, 세라를 비롯해 눈류가 왜 저러는지 아는 이들은 한숨과 함께 고개를 설레설레 저었다.

'이제 얼마 남지 않았다.'

눈류는 가슴이 두근두근 떨렸다.

레벨 300, 4차 전직을 위해 얼마나 노력했고 많은 시간을 보냈던가?

라스트 월드 시간으로 계산해 보면 근 30개월 동안 죽어라 퀘스트와 레벨 업에만 열중했다.

그리고 드디어 2업밖에 남지 않았다.

2업만 더 하면 레벨 300이 되면서 4차 전직을 할 수 있게 된다.

물론 4차 전직에 얼마나 많은 시간을 소비할지는 알 수 없지만, 300만 되면 세상을 다 가진 기분이 될 것 같은 눈류였다.

'연속 두 개의 퀘스트가 큰 도움이 되었다.'

강력한 몬스터들과 죄인들이 있던 카스케의 미로.

그곳에서 보낸 두 달의 시간과 SS급의 퀘스트.

마지막으로 수호의 주문서.

이 모든 것들이 합쳐진 결과였고, 눈류는 전투 숙련치 역시 많이 올랐다는 것을 확인하며 주먹을 불끈 쥐었다.

현재 공식적으로 알려진 가장 높은 전투 숙련치는 진은의 31%였다.

그런데 자신은 32%!

자신의 전투 숙련치를 알리지 않은 유저들도 많기에 최고라고는 할 수 없지만 적어도 진은을 넘겼다는 사실에 기쁨을 감출 수 없었다.

'곧 레이첼 황녀와 가면의 기사도 만나겠군.'

눈류는 자리에서 일어서며 둘을 떠올렸다.

그 둘을 만나며 가면의 기사가 되었고, 지금에 이를 수 있었다.

그래서인지 자주 보지는 못했지만 둘에게 고마움을 느끼는 눈류였다.

레이첼 황녀가 얄밉게 잘 때만 빼고 말이다.

"선배, 언제 가실 거……."

생각을 정리한 눈류는 옆으로 고개를 돌리며 에시에게 말을 건네다 그가 자리에 없다는 사실을 알고 주위를 살폈다.

그러다 세라와 함께 자신을 동물원의 원숭이 보듯 쳐다보고 있는 에시를 발견하자 눈동자가 가자미처럼 변했다.

'훗……. 내가 또 짐승이 될 줄 알았나 보지?'

눈류는 오랜만에 짐승 모드를 자제했다는 생각에 여유로운 미소를 지었다.

그런 눈류의 입술을 타고 침이 흐르고 있다는 사실을 본인만 모른 채 말이다.

"이봐."

눈류가 에시와 함께 막 평원을 벗어나려는 순간이었다.

20여 명의 유저들이 눈류에게 다가왔다.

"무슨 일이지?"

상대의 어투가 시비조였기에 눈류 역시 예의를 차리지 않고 대답했다.

그런 눈류의 태도에 레벨 300대의 마검사인 킬트는 비릿한 웃음을 흘렸다.

'그래, 마음대로 까불어라. 어차피 곧 죽을 테니.'

눈류는 그런 킬트를 비롯해 자신을 중심으로 원을 그리고 있는 유저들을 바라봤다.

처음 그들이 접근할 때부터 예감이 좋지 않았는데, 지금의 행동을 보자면 필시 자신에게 좋은 의도로 접근한 것이 아니었다.

"원하는 것이 뭐지?"

눈류는 검을 소환하며 물었다.

이전이라면 빛이 이글거리는 자신의 검을 많은 이들 앞이라 숨겼겠지만, 이제는 상황이 달랐다. 이미 SS급 퀘스트를 하며 모두에게 공개되었기 때문이다.

그리고 눈류는 검을 빼내면서 에시를 원 안에서 빠져나가도록 밀쳐 냈다.

다행스럽게도 적들은 에시에겐 관심없는지 에시가 자신들 사이를 빠져나가도 잡지 않았다.

'많다.'

상대들의 수는 20여 명이었다.

그것도 레벨이 낮은 유저들도 아닌, 모두가 자신보다 높았다.

가면의 기사라는 장점과 류화를 이용한다면 두셋은 상대할 수 있을 것이다.

하지만 그 이상은 무리였다. 그런데 20여 명을 상대한다? 게임 시스템상 절대 불가능한 일이었다.

"선배, 일단 이곳을 빠져나가."

"뭐? 너 혼자 두고 어떻게?"

"생각이 있어. 나 혼자면 도망칠 수 있는데, 선배가 있으면 힘들어.”

눈류의 음성 채팅에 원 밖에 자리하고 있던 에시는 잠시 눈류를 빤히 바라봤다.

그러다 어쩔 수 없다는 듯 귀환 주문서를 사용했다.

일단 눈류를 믿는 수밖에 없었다.

그 모습을 발견한 눈류는 안도의 한숨과 함께 미소를 지었다.

만약 에시가 절대 가지 않겠다고 버텼더라면 눈류는 적들과 싸워서 그가 도망칠 시간을 만들어야 했다.

그러나 혼자라면 얘기가 다르다.

기습적인 공격으로 한곳에 구멍을 만듦과 동시에 그림자 조각을 사용해 빠져나간다.

그와 함께 류화를 소환해 도망치면 되는 것이었다.

류화의 속도는 유저들이 절대 따라잡을 수 없으니 말이다.

“자, 이제 나를 찾아온 용건을 말해주겠나?”

눈류는 에시가 귀환 마법진과 함께 사라지자 여유로움을 찾으며 그들을 둘러보며 말했다.

그런데 대답은 그들이 아닌 뒤쪽에서 들려왔다.

“내가 대답하지.”

눈류는 소리가 난 방향으로 고개를 돌렸다.

그곳에는 라스트가 자신만만한 표정과 함께 서 있었다.

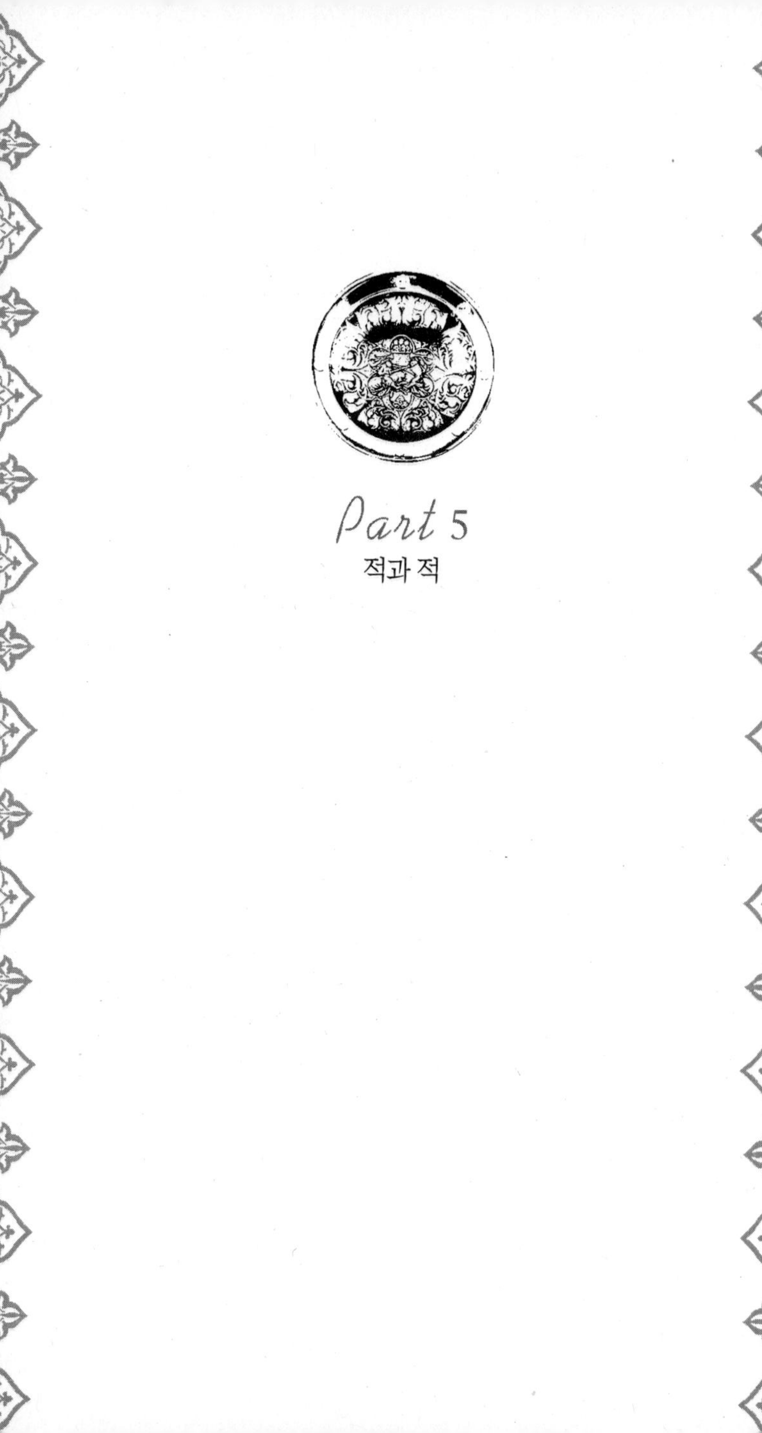

Part 5
적과 적

"나는 또 누군가 했지."

라스트를 발견하자 눈류는 고개를 끄덕이며 말했다.

'그래, 네놈이 나를 노리고 있다는 사실을 망각했군.'

SS급 퀘스트로 인해 처음 평원에 모였을 때 눈류는 라스트를 떠올렸다.

다른 이들에게는 모르겠지만 자신이 본 라스트는 절대 좋은 성품을 가지고 있지 않았다.

그래서 그가 자신이 4차 전직을 할 때까지 기다릴 것이라 생각하지 않고 있었다.

그런데 긴 시간 동안 퀘스트의 성공만 생각하다 보니 그 사실을 잠시 잊고 평원에서 그를 기다려 준 꼴이 되었다.

"역시 배짱 하나는 두둑하군. 도망칠 수 있을 것이라 생각하나?"

"그럴 수 있을 듯한데."

"하, 하하하. 천하의 가면의 기사가 도망을?"

라스트는 눈류를 도발하기 위해 노력했다.

하지만 그런 눈에 보이는 수작에 빠질 눈류가 아니었다.

"가면의 기사라 해도 한 명의 유저일 뿐. 랭킹 1위를 유지하고 있는 너와 너의 길드원들 앞에서는 별 도리가 없지. 그보다 네 걱정을 먼저 해야 할 텐데? 레벨 200대의 유저 한 명에게 복수하겠다고 차원 판타지의 가장 유명한 라스트와 그의 길드원들 수십 명이 몰려왔다? 체면이 말이 아니군."

눈류의 비웃음 섞인 말에 라스트의 얼굴이 붉어졌다.

그러자 눈류는 주위를 둘러보며 큰 목소리로 외쳤다.

주변에는 아직 평원을 떠나지 않은 유저들이 대단히 많았고, SS급 퀘스트의 유저들을 축하해 주고 구경하기 위해 찾아온 유저들도 많았다.

"나는 분명 너에게 말했다. 네 레벨이 얼마나 높아지든, 내가 4차 전직을 하게 될 때 가장 먼저 너를 베어주겠다고. 그런데 너는 내가 아직 레벨이 200대임에도 불구하고 너의 길드원들까지 끌고 와 나를 협박하는 것인가? 이 많은 눈들이 보이지 않는가? 어떤가? 기다리겠는가, 아니면 비웃음을 사겠는가?"

눈류의 당당한 외침에 라스트는 입술을 잘근 씹었다.

하나가 미우면 열이 밉다고 했던가.

라스트에게 눈류는 그런 존재였다.

라일라로 시작된 미움. 그래서 자신이 힘으로 망신을 주려고 하면 역으로 자신에게 망신을 준 뒤 미꾸라지처럼 빠져나갔다.

그런데 지금도 그러고 있었다.

'생각을 굳게 먹은 것인가……'

눈류는 라스트가 예상보다 빨리 포기하지 않고 계속 자신을 노려보자 류화를 소환할 준비를 했다.

눈류가 봤을 때 라스트의 눈빛은 절대 물러설 자의 눈동자가 아니었다.

"내 생각에는… 오늘 또 물러서도 비웃음을 당할 것 같군."

라스트의 말과 함께 눈류는 마음대로 하라는 듯 어깨를 들썩거렸다.

그러면서도 주변 상황을 살피는 것을 잊지 않았다.

가장 약해 보이는 이를 공격한 뒤 빠져나가려는 속셈!

행동은 결심을 하는 순간 이어졌다.

"더블 소울!!"

눈류의 검에서 십자 형태의 조화된 마나가 백색의 로브를 입고 있는 여성 유저를 향해 발출되었다.

그러자 방어력이 약한 마법사인 그녀는 당황하며 황급히 블링크를 시전했고, 그곳에 공간이 비자 눈류는 그림자 조각을 사용해 빠르게 돌파했다.

그와 동시에 라스트를 비롯한 유저들의 공격이 시작되자 마나의 벽을 시전해 데미지를 오히려 돌려주었고, 다급히 류화를 소환했다.

"류화! 최대한 빨리 이곳을 벗어나자!"

눈류의 거친 숨소리에 류화는 상황을 파악하며 고개를 끄덕였다.

눈류는 류화가 허공으로 치솟자 신형을 뒤로 돌려 라스트와 길드원들이 있는 곳에 바람의 비명을 시전했다.

그들은 눈류에게 공격을 한 번씩 시도했기에 적으로 인지된 상태였다.

하지만 라스트와 마법사들의 실드에 의해 바람의 비명은 허무하게 사라졌다. 그러나 눈류는 입가 가득 만족의 미소를 지었다.

자신의 목표는 그들을 처치하는 것이 아닌 도망이었기 때문이었다.

"크하하하!!"

"류, 류화?"

그런 눈류가 라스트의 웃음과 함께 갑자기 당황하기 시작했다.

류화가 허공에 뜬 채 움직이지 않기 때문이었다.

"주인, 내 몸이 움직이지 않는다."

"젠장."

눈류는 그때서야 상황을 파악하며 인상을 일그러뜨렸다.

자신이 아닌 류화에게 마법을 걸어 못 움직이게 할 것이라고는 미처 생각하지 못했다.

"너와 얘기를 나누기 전, SS급 퀘스트의 방송을 본 길드원이 말해주더군. 너에게는 아주 빠른 속도로 하늘을 나는 펫이 있다고 말이야."

눈류는 한숨을 길게 내쉬며 류화를 역소환했다.

역소환과 함께 류화에게 시전된 마법은 자연적으로 해제되었다.

그렇지만 눈류는 류화를 다시 소환하진 않았다.

분명 류화가 소환되면 또다시 마법을 시전할 것이기 때문이다.

그렇다고 눈류가 자신에게도 아닌 류화에게 시전되는 마법을 막을 재주가 없었다.

'그림자 조각으로는 도망칠 수 없다.'

눈류는 이전에 라스트와 전투를 치렀던 기억을 떠올렸다.

그때 그림자 조각으로도 라스트를 떨궈낼 수 없었다.

다행스럽게도 기지를 발휘해 결과적으로는 도망쳤지만, 이곳에는 PK를 할 수 없는 안전지대가 있는 것도 아니었다.

그래서 어차피 붙잡히게 될 것이다.

'결국은 죽는 것밖에 없군……'

눈류는 대항할 생각을 버리며 검을 역소환시켰다.

대항하다 죽는 것보다, 아무런 반격을 하지 않으며 죽는 것이 라스트를 더욱 비난할 수 있는 계기를 주기 때문이다.

"네놈은 싸울 마음이 없다?"

눈류의 그런 태도에 라스트는 실소를 흘리며 다가왔다.

분명 가만히 있는 눈류를 죽인다면 자신들의 이미지가 최악이 될 수도 있다는 사실을 알고 있었다.

그러나 복수심이 더 큰 라스트는 망설이지 않았다.

만약 이 자리에서도 그냥 눈류를 보냈다가는 훗날에도 이런 상황이 될 수 있고, 자신이 당한 수모는 어쩌면 평생 못 갚아줄지도 모른다.

더군다나 상대는 가면의 기사였다.

자신의 레벨을 알면서도 4차 전직만 하면 싸우겠다는 그 자신감이 은근히 불안하기도 했다.

그래서 완벽한 무력의 차이가 나는 지금 손을 보려는 것이었다.

"끝까지 머리를 쓰려 하는군."

"너처럼 무식하지는 않아서 말이지."

죽음을 앞에 두고도 자신을 도발하는 눈류의 태도에 라스트의 얼굴 근육이 일그러졌다.

이성을 잃을 만큼 화가 났다는 것이다.

"그래… 이 자리에서 당장 죽여주마!"

그 말과 함께 라스트는 자신의 손에 들린 지팡이에 마나를 주입했다.

많은 이들이 보고 있는 앞에서 최고의 스킬을 쓸 마음은 없었기에, 자신이 발휘할 수 있는 스킬 중 3번째로 위력이 강한 스킬을 시전했다.

지이이잉!!

라스트의 지팡이에 흰빛의 마나가 일렁거렸다.

흰빛의 마나는 곧 검은빛의 마나가 되었고, 검은빛의 마나는 붉은빛의 마나로 변했다.

크기는 커다란 작은 수박만 했다.

"죽어라!"

라스트의 이어진 외침과 함께 수박만 한 붉은빛의 마나가 눈류를 잡아먹을 듯이 쇄도했고, 눈류는 두 눈을 감았다.

순간적으로 마나의 벽을 쓰고 싶다는 생각이 들었지만… 그것은 생각뿐이었고, 곧 라스트의 스킬이 눈류를 덮쳤다.

콰콰콰쾅!!!

눈류는 감았던 두 눈을 떴다.

분명 폭음도 들렸고, 폭발하는 순간 충격의 여파로 인해 몸도 흔들렸다.

그런데 죽지 않았다. 아니, 고통도 존재하지 않았다.

눈류의 얼굴에 황당함이 스쳤지만, 그는 곧 상황을 이해할 수 있었다.

자신을 감싸고 있는 금빛의 실드와 바로 앞에 서 있는 월하로 인해서!

하지만 라스트의 공격은 월하로서도 쉽게 막을 수 없었던 듯 실드에는 금이 가 있었고, 월하 역시 표정이 밝지 않았다.

"월하!"

눈류가 반갑게 소리치자 월하는 실드를 해제하며 눈류를 향해 눈인사를 한 뒤 라스트를 노려봤다.

퀘스트가 끝나자마자 눈류는 월하에게 끝났다고 알렸고, 피아스 평원으로 이동될 것이라고 말했다.

그래서 월하는 강해진 자신의 모습을 보여주고 싶기도 했으며, 눈류와 오랜만에 몸도 풀 겸 피아스 평원으로 서둘러 왔던 것이다.

그리고 때마침 눈류가 죽기 직전에 구할 수 있었다.

웅성웅성.

갑작스러운 월하의 등장으로 라스트의 얼굴은 일그러졌고, 주변은 시장이라도 되는 듯 소란스러웠다.

눈류와 월하가 아는 사이라는 것은 많은 이들이 아는 정보였지만, 이렇게 둘을 한자리에서 보는 것은 쉬운 일이 아니었다.

더군다나 지금의 상황이 어떤가?

최강의 레전드 중 한 명이자 랭킹 1위, 더군다나 길드 중 가장 강력한 위력을 선보이는 라스트와 마찬가지로 가장 유명한 레전드 중 두 명인 눈류와 월하가 맞서고 있다.

빅히트였으며, 자리에 참석해 인터뷰를 하고 있던 라스트 월드 기자들은 속으로 환호를 질렀다. 라스트와 눈류의 대립만으로도 일명 대박인데, 월하까지 나타나다니!

"살인자 월하……."

라스트의 말에 월하의 신형이 잠시 꿈틀거렸다.

그러자 눈류가 말없이 그녀의 어깨를 다독거렸다.

"네년이 온다고 해도 달라질 것은 없다. 결과는 너희 둘의 죽음!"

라스트는 분노한 얼굴로 외치며 자신의 길드원들을 바라봤다.

그런 라스트의 행동에 길드원들은 고개를 끄덕이며 둘에게 접근하기 시작했다.

아무리 라스트라 할지라도 레전드인 눈류와 월하를 동시에 상대하기에는 번거로움이 존재했다.

그래서 길드원들을 통해 둘을 죽기 직전까지 만들어놓고 마지막은 자신이 끝내려는 계획이었다.

그 모습에 눈류는 어쩔 수 없이 검을 꺼냈다.

이미 월하가 휩쓸려 버렸다.

분명 월하는 도망을 치자 해도 가지 않을 것이다.

그렇다고 월하가 싸우는데 혼자 구경만 하다 죽을 수도 없는 노릇.

죽는다는 사실은 변함이 없지만 눈류는 물거품이 되어버린 자신의 계획을 수정해 월하의 곁에 서서 다가오는 이들을 노려봤다.

죽더라도 월하와 함께 최선을 다해 죽겠다는 생각이었다.

하지만 그때 뜻밖의 변수가 나타났다.

바로 진은이었다.

"더 이상 구경만 할 수는 없겠군요."

"크윽."

진은이 라이트, 키스, 세라와 함께 눈류, 월하의 곁으로 이동하며 말했다.

그 뒤로는 지배자의 길드원들이 함께였고, 순식간에 상황은 라스트에게 불리하게 돌변했다.

"지배자……. 나를 적으로 돌리겠다는 뜻입니까?"

자신을 낮추지는 않았지만 라스트는 라이트와 진은에게 존칭을 사용해 물었다.

지배자라는 길드는 그만큼 위협적인 길드였고, 라이트와 진은 역시 무시할 수는 없는 유저이기 때문이다.

"눈류님은 SS급 퀘스트를 함께한 동료입니다. 그런데 어찌 보고만 있겠습니까? 당신과 적이 된다면 저희들 역시 좋을 것이 없겠죠. 하지만… 당신의 행동은 지나칩니다."

진은의 말에 라스트의 입가 근육이 씰룩거렸다.

화가 치밀어 올랐다. 당장 눈앞에 있는 이들을 죽여 버리고 싶었다.

현재로서는 자신들이 무력으로 불리하지만 길드의 모든 힘을 동원하면 어려운 일도 아니었다.

하지만 길드 지배자를 적으로 돌리자니 출혈이 컸고, 지배자마저 힘으로 굴복시키려고 한다면 그들의 동맹 길드도 상대해야 했다.

'이놈들…….'

라스트는 이를 악물었다.

이대로 물러서야 한다는 것이 창피했지만 눈류 하나를 상대하는 것과 길드 지배자를 함께 상대하는 것은 차원이 달랐다.

그렇기에 라스트는 어쩔 수 없는 선택을 해야 했다.

"가자."

라스트는 그 말과 함께 눈류는 물론 월하와 진은, 라이트와 키스, 세라까지 눈에 새기듯 노려본 뒤 등을 돌렸고, 길드원들 역시 그 뒤를 따라 사라졌다.

'다행이다.'

눈류는 안도의 한숨을 내쉬었다.

사실 자신 때문에 월하도 죽게 될 듯해서 미안한 마음이 들었었다.

그런데 진은으로 인해 상황이 이렇게 뒤바뀌다니.

'쉽지 않은 결정이었을 텐데……'

눈류는 진은을 바라봤다.

진은 역시 눈류를 바라보고 있었다.

이런 상황에서는 당연히 눈류가 고맙다고 해야 하고, 진은은 괜찮다고 해야 할 것이다.

그러나 둘은 아무 말 없이 당연하다는 듯 한참이나 서로를 주시했다.

그 모습에 모두가 의아한 표정이 될 때쯤, 눈류는 진은에게 다가가 고개를 숙였다.

그런 눈류의 머릿속은 복잡했다.

길드 지배자의 마스터 급인 진은이 라스트가 어떤 존재인지 모를 리가 없었다.

그리고 그와 대항했을 경우 어떤 일이 발생할지, 자신이 속한 지배자 길드에 무슨 위험이 닥칠지도 충분히 예상 가능했다.

그럼에도도 불구하고 진은은 자신 하나를 위해서 위험을 택했다.

그것이 무슨 의미일까?

정말 말 그대로 SS급 퀘스트에서 함께 전투를 한 동료였기에?

물론 진은 혼자만의 결정이 아닌 라이트와 키스, 세라 역시 함께 행동한 것이지만… 눈류는 쓴웃음이 흘러나왔다.

자신을 적으로 생각하는 라스트에게 위협을 당하고, 자신이 적이라 생각하는 진은으로 인해 위기를 벗어났다. 마음이 왠지 불편한 것은 어쩔 수 없었다.

하지만 자신이 도움을 받은 것은 사실이기에 고개를 숙여 고마움을 표시한 눈류는 곧이어 라이트와 키스, 세라에게도 마찬가지로 도움에 대한 답례로 고마움을 표시했고, 곧 월하와 함께 평원에서 모습을 감췄다.

진은에 대해 많은 생각을 품은 채……

"으흑… 크윽……."

"프웃… 푸하앗……!"

어떻게 들으면 울음을 애써 참는 듯한 소리였지만 실상은 전혀 달랐다.

어둠컴컴한 방 안에 모여 조심스럽게 무엇인가를 하고 있는

박하와 은하, 기적과 은정은 뭐가 그렇게 기쁜지 연신 웃음을
힘겹게 참고 있었다.

 그 뒤에서 선예가 걱정스럽고 안타까운 표정으로 바라보고
있었지만, 피해를 당하고 있는 당사자인 진하는 영문을 모른
채 잠에 빠져든 상태였다.

 현재 그들이 진하에게 하는 것은 과도하게 유치한 장난인
얼굴에 그림 그리기였다.

 그것도 쉽게 지워지는 것이 아니었다.

 지우려면 최소한 이틀이 지나야 하는 펜으로 낙서를 하고
있는 모두는 아무리 심하게 그려도 잠에서 깨지 않는 진하로
인해 멈출 줄 모르고 펜을 움직였다.

 진하가 이렇게 깊이 잠든 이유는 SS급 퀘스트로 인해 그동
안 너무 무리를 했기 때문이었다.

 퀘스트가 끝난 뒤 월하와 대결까지 한 진하는 로그아웃을
하자마자 잠에 빠져들었다.

 그리고 열 몇 시간을 자고 일어났으나 밥만 먹은 채 다시 잠
이 들었고, 그러기를 벌써 삼 일째였다.

 현실 시간으로 며칠을 자지 않고 퀘스트만 하다 4시간 정도
자며 알약으로 배를 채우는 생활을 50일이나 해왔다.

 그렇다 보니 아무리 체력이 좋고 건강했던 진하라 할지라도
그동안 축적된 피로들이 퀘스트가 끝남과 동시에 풀리자 견딜
재간이 없었다.

 드르렁… 드르렁…….

진하는 평소에 잘 골지 않던 코까지 골았다. 그때 자신들의 할 일을 마친 듯한 네 명의 악당들은 동시에 뒤로 고개를 돌리며 선예를 바라봤다.

"……??"

선예는 왜 갑자기 자신을 노려보는지 영문을 몰라 어리둥절한 표정으로 가만히 서 있었는데, 은정이 앞으로 나서더니 붉은색 펜을 건네줬다.

"그려. 프흡……."

"에? 내, 내가 왜?"

선예는 그때서야 넷의 목적을 알아차릴 수 있었다.

분명 후일을 대비해 자신도 공범으로 만들려는 작전!

선예는 등 뒤에서 식은땀이 흐르는 것을 느끼며 모두를 둘러봤다.

박하와 은하는 물론 기적과 은정마저 짐승의 눈빛이 되어 그리기를 재촉했다.

'도, 도망쳐야 해!'

이 자리에 계속 있다 보면 분명 공범이 될 것이라는 예언을 한 선예는 황급히 뒤로 돌아섰다. 그러나 그를 노리는 자들 중 둘이 바로 챔피언인 박하와 그의 딸 은하였다.

"오, 오빠! 오… 으읍!!"

선예는 절대 자신은 공범이 될 수 없다는 생각에 차라리 진하를 깨우려고 소리쳤으나 도대체 그동안 얼마나 피로를 쌓아뒀는지 진하는 일어날 기미가 보이지 않았고, 기적이 황급히 손으로 입을 틀어막자 목소리가 크게 새어 나오지도 못했다.

지이이익… 지이이익…….

"으하하. 이제 너도 공범인 거다."

"그러니 오빠한테는 비밀로 해."

"만약 네가 폭로한다면……."

"너도 행님한테 무사하지 못할끼다."

"……."

"뭐 해?"

선예가 겁에 질린 표정으로 넷에게 협박을 받는 그때였다.

진하의 목소리와 함께 다섯은 동시에 진하의 방문을 쳐다봤다.

그곳에는 진하가 부스스한 몰골로 그들을 바라보고 있었다.

'뭐지?

진하는 덜 깬 잠을 깨기 위해 눈을 비비며 그들을 다시 바라봤다.

마치 네 명이서 선예를 협박하는 듯한 모습이었다.

그런데 지금은 다들 어색한 미소를 지으며 애써 화목한 척하고 있다!!

'저 어정쩡한 화목함! 뭔가가 있다!'

다른 이들은 몰라도 자신의 아버지와 여동생인 박하와 은하가 저런 미소를 지을 때는 분명 무엇인가 잘못을 했을 때였고, 진하는 그동안의 경험을 통해 잘 알고 있었다.

"무슨 일이야? 아버지, 뭐예요?"

그들 사이로 다가간 진하는 예리해진 가자미 눈동자로 모두를 노려봤지만, 다들 딴청만 피울 뿐 모른 척했다.

그래서 진하는 선예를 향해 대놓고 물었다.

"고문당했어?"

도리도리.

"아니면 뭐 돈 뜯겼어?"

도리도리.

"그렇다면… 범죄 현장을 네가 본 것인가?"

흠칫!

'오호라……'

혹시나 해서 이것저것 물어본 것이었는데 마지막 질문에서 분명히 선예는 움찔거렸다.

진하는 선예의 두 눈을 바라봤다.

선예의 맑고 큰 두 눈동자는 불안감에 떨며 자신의 뒤를 힐끔거렸다.

그 모습에 진하는 분명 뒤에 있는 악마 같은 넷이 착한 선예에게 무엇인가 협박을 하고 있다는 사실을 깨달았다.

하지만 거기까지였다.

선예는 무슨 이유에서인지 끝까지 아무 말도 하지 않았고, 넷 역시 독립투쟁이라도 하듯 죽어도 말할 수 없다며 침묵을 지켰기 때문이다.

그렇다고 무력으로 하자니… 자신보다 강한 박하가 존재했으며, 기적만 따로 빼내서 고문을 할 수도 없었다.

평소라면 얼마든지 가능했지만 오늘은 이상하게도 박하가 기적을 보호했기에 불가능했다.

결국 진하는 선예가 왜 협박을 받았는지 너무나 궁금했지만, 장난기가 심해도 절대 선예에게 피해를 주지는 않을 것이라 믿기에 포기와 함께 욕실로 들어섰다.

그런 진하는 조금 전 모두의 모습을 떠올리며 중얼거렸다.

"그런데 왜 나를 볼 때 표정이 일그러지지?"

"가서 고기 좀 사와라."

"네?"

샤워를 깨끗하게 마친 진하는 밖으로 나오자마자 돈을 건네는 박하에게 어이가 없어 반문했다.

갑자기 고기는 무엇이고, 돈은 뭐란 말인가?

평소의 박하였다면 절대 자신의 돈을 주지 않으며 사오라고 했을 것이다.

"네가 퀘스트 때문에 고생했으니 오랜만에 같이 고기 좀 구워 먹으려는 거다. 기억은 하는 것이냐? 다같이 밥을 먹은 지가 언제인지."

진하가 새하얀 수표를 바라보며 의아해하자 박하는 애써 정색하며 말했다.

그 말에 진하는 그럴 수도 있다고 생각한 듯 고개를 끄덕였다.

어차피 오늘 하루는 더 쉬고 싶었다.

그리고 공짜로 고기를 먹게 되는데 뭘 더 이상 대들겠는가.

분명 여기서 더 나선다면 돈마저 빼앗기게 될 것이었다!

"알았어요. 고기랑 야채들만 사면 돼요?"

"음, 음료수랑 술도 좀 사오고."

"아참! 그런데 아버지, 화장실에 있던 거울은 어디 갔어요?"

"어? 그, 그게 금이 가서 수리하려고 빼냈다."

"그래요?"

진하는 더 이상 의문이 없는 듯 대답을 하며 방문으로 들어 갔다.

자신은 3일 내내 거의 잠만 잤기에 그동안 무슨 일이 있었구 나, 생각할 뿐이었다.

절대 박하가 낙서를 하기 전 만약을 대비해 집 안의 거울을 다 치웠을 것이라고는 예상하지 못했다.

그런 진하를 바라보던 박하는 안도의 한숨을 내쉬며 곁에 앉아 있던 은하와 은정, 기적을 바라보며 엄지손가락을 세웠 고, 모두는 배를 잡고 큭큭거렸다.

"너도 같이 가게?"

청바지와 목티, 검은색 잠바와 모자로 몸과 머리를 가린 진 하는 신발을 신다가 선예를 향해 물었다.

그러자 선예는 고개를 끄덕였다.

"추울 텐데……."

퀘스트에 몰두하는 동안 어느덧 계절은 가을에서 겨울로 변 해 있었다.

그리고 지금은 밖에 하얀 눈까지 펑펑 내리고 있어 유독 날씨가 추웠다.

그래서 진하는 선예가 추울까 봐 걱정되었지만 그동안 너무 오랜 시간 함께하지 못했다는 생각에 같이 가기로 결정했고, 선예는 어린아이처럼 좋아했다.

사실 선예의 마음속은 복잡했다.

다행스럽게도 진하가 외출할 때 중요한 일이 있거나 누군가를 만날 때가 아니면 거울을 찾지 않는 편이라서 아직 얼굴이 도화지가 되었다는 사실을 알아차리지 못했다.

그렇기에 따라나선다고 하면서도 머릿속은 온통 말을 해야 되는지, 말아야 하는지에 대한 고민으로 가득했다.

그런데 진하가 같이 가자고 하자, 단지 진하와 함께한다는 사실에 행복해 저도 모르게 웃으며 어린아이처럼 진하의 뒤를 따라나섰다.

힐끔, 힐끔.

눈을 맞으며 거리를 걷고 있는 진하의 곁에서 선예는 계속해서 그의 눈치를 보며 가슴을 졸이고 있었다.

아직까지 낙서가 되어 있다는 사실을 진하가 알아차리지 못했고, 선예가 사실을 말하지도 않았다. 그런데 밖에는 얼굴을 볼 수 있는 거울과 같은 것들이 너무 많았다.

그래서 혹여나 진하가 자신의 얼굴을 볼까 봐 조심하며 경계하는 것이었다.

'그냥 말할까?'

처음 선예는 나오기 전에 말하려고 했었다.

하지만 그런 선예의 마음을 알아차렸는지 박하에게서 살벌한 경고 문자가 도착했다.

그 문자를 받고 선예는 잠시 갈등을 했고, 그러다 보니 말할 타이밍을 놓쳤다.

'아냐. 어차피 오빠는 마트만 갔다가 바로 집에 갈 테고… 다시 게임을 하겠지. 그럼 최소 며칠은 나오지 않을 거야. 그리고 그때는 오빠도 얼굴을 볼 테고 씻을 거야. 어차피 지금 말해봐야 지워지지도 않으니……. 더군다나 오빠의 지금 모습은… 프읍.'

선예가 진하에게 말을 하지 않은 이유 중 가장 큰 것은 이틀이 지나야 지워진다는 것 때문이었다. 더불어 지금까지 오면서 말하지 않았기에 자신도 공범이라는 생각이 들었다. 그리고 마지막으로는… 걱정도 되지만 지금의 진하의 모습이 너무 귀여워서 차마 말할 수 없었다.

온통 화려한 색들로 낙서가 되어 있는 진하의 얼굴.

판다처럼 눈가에 동그라미도 그려져 있었고, 코밑에는 수염이 있었다.

양 볼에는 글도 적혀 있었으며, 정체를 알 수 없는 그림도 존재했다.

그리고 입술 아래에는 은하의 작품인 가운데 손가락이 적나라하게 그려져 있었다.

'아…….'

선예는 아무렇지도 않은 듯 걷다가도 간혹 고개를 돌려 웃음을 참기 위해 노력했다.

그런 진하의 얼굴도 귀여웠지만, 영문도 모른 채 천진난만한 표정이 더욱 사랑스러웠다.

"왜 그래?"

선예가 그럴 때마다 진하는 고개를 갸웃거리며 물었다.

하지만 선예는 없는 연기력까지 표현하며 아무것도 아니라는 듯 말했고, 둘은 곧 지하철을 탔다.

'뭐지…….'

진하는 집을 나서면서부터 느껴지는 시선에 턱을 손으로 긁었다.

더불어 얼굴에 무엇인가 묻었나 하는 생각에 곳곳을 만져보기도 했다.

"선예야, 나 이상해?"

얼굴에 아무것도 잡히지 않자 진하는 모자까지 벗으며 선예를 향해 물어봤다.

지하철 안에는 사람이 너무 많아 얼굴을 제대로 볼 수 없었기 때문이다.

그러나 선예는 괜찮다고 했고, 진하는 그런 선예의 말을 믿으며 깊게 고민했다.

그렇다면 왜 사람들이 자꾸 자기를 힐끔거리는 것인가?

'혹시……!'

무엇인가를 떠올린 진하는 빠르게 고개를 들었다.

그 순간 진하를 바라보며 웃고 있던 이들이 황급히 고개를 돌렸다.

그 모습에 진하는 확신을 하며 만족스러운 미소를 지었다.

왜 자신을 쳐다보는지 알았기 때문이다!

'이 어디서도 빠지지 않는 외모!'

진하는 고개를 설레설레 저었다.

정말 생긴 것 때문에 피곤한 것도 하루 이틀이지, 이건 뭐 매일 이러니!!

'남자들조차 반하는 나란 놈이 있을 곳은 어쩌면 연예계일지도 몰라!'

진하는 되지도 않는 생각을 하며 두 눈을 감았다.

자꾸 자신이 바라보면 시선을 돌리니, 마음껏 감상하라는 그만의 배려였다.

"다 왔어. 먼저 들어가."

마트에서 산 고기와 야채, 음료수 등이 담겨 있는 봉지를 집 앞에서 내려놓은 뒤 진하가 선예에게 말했다.

"같이 안 들어가요?"

그런 선예의 물음에 진하는 품에서 담배를 꺼내 보여줬고, 선예는 알겠다는 듯 활짝 웃으며 방으로 들어갔다.

진하는 선예의 모습이 보이지 않자 담배 한 개피를 꺼내 문 뒤, 불을 붙였다.

흡연이 좋지 않다는 것을 알려주기라도 하듯 담배 연기가 몸속에 들어오자 쿨럭, 기침을 한 번 했다.

'나도 빨리 끊어야 할 텐데……'

진하는 타 들어가는 담배꽁초를 바라봤다.

지금 타 들어가고 있는 것은 담배꽁초뿐 아니라 자신의 생명과 건강도 마찬가지였다.

그래서 몇 번이나 금연을 시도하려고 했지만 매번 결과는 실패였다.

'애초에 배우지 않았더라면……'

진하는 자신의 생각에 실소를 흘렸다.

어쨌든 핀 것도 자신이었고, 끊지 않은 것도 자신이었다.

그런데 누구를 탓하겠는가.

"그러고 보니 담배를 피우는 일이나 지금 내가 하는 행동이나……"

사람은 때론 안 좋다는 것을, 그리고 안 된다는 것을, 해도 소용없다는 것을 알면서도 움직이고 선택할 때가 있다.

이성은 알고 있는데 몸이 말을 듣지 않는 것이다.

알면서도, 알면서도 인정하고 싶지 않은 것이다.

진하도 마찬가지였다.

몸이 나빠지는데도 담배를 피는 것이나… 결과는 바뀌지 않는다는 것을, 자신이 그렇게 해봐야 남는 것은 슬픔과 아픔이라는 사실을 알면서도 그들을 만나려는 것이나… 다를 것이 없었다.

"아참……"

막 담배꽁초를 집 옆에 설치된 정화 쓰레기통에 버린 진하
는 문득 누군가가 떠올랐다.

그와 함께 그녀에게 했던 약속도 떠올랐다.

다음에는 가장 맛있는 음식을 사주겠다고 한 약속이.

진하는 곧 전화기를 꺼내 그녀에게 전화를 걸었고, 통화가
끝나자 집 안으로 들어갔다.

지글지글. 쪼르르륵.

삼겹살과 가브리살이 노릇노릇 잘 익어가고, 술잔과 음료수
잔은 떨어지기가 무섭게 잔이 채워졌다.

'이게 날 위한 자리가 맞나?

진하는 고기를 겨우 한 점 입에 넣으며 실소를 흘렸다.

분명 자신의 몸 생각과 다같이 밥 먹은 지 오래된 것 같다
해서 갖는 자리라고 했는데, 모두는 따로따로 놀기 바빴고, 고
기도 진하가 먹을 새도 없이 기적과 칠호가 없애기 바빴다.

'뭐, 이렇게 다같이 먹으니 좋긴 하다.'

진하는 밝은 표정으로 모인 이들을 바라봤다.

언제나 닭살을 떠는 기적과 은정, 가족들한테도 까칠하고
골탕 먹이는 것을 좋아하는 여우이지만 칠호 앞에서만은 여자
인 은하와 여전히 단순하지만 해맑은 칠호.

그리고 자식들을 위해, 떠나간 이를 위해 더 이상 곁에 그
누구도 두지 않고 있는 박하와 언제나 곁에서 머무르고 있는
선예…….

진하는 가슴속에서 행복함이라는 것이 넘치는 듯했다.

행복이라는 것… 처음에는 자신과 별개라고 생각했다.

언제나 큰 무엇인가만이 행복이라고 생각했다.

그러나 세상을 겪고, 자신을 넘고 넘다 보니 그것이 아니었다.

모든 것이 행복이었다.

이렇게 함께 밥을 먹을 수 있다는 사실조차도 말이다…….

왜 그때는 몰랐을까? 왜 스스로가 작다고 느껴지는 행복은 보지도 못하는 것일까. 왜 그런 것들은 당연한 것이고, 아픔만 크게 느껴졌을까.

진하는 소주병을 집어 박하의 빈 술잔에 술을 따랐다.

그런 진하의 모습에 모두는 자신의 눈을 의심하며 진하를 바라봤다.

평소에 진하는 가족들에게 절대 다정하지 않은 사람이었다.

마음속으로는 서로가 소중하고 사랑한다는 것을 알지만 성격상 부끄러워 전혀 표현을 하지 못해 오히려 틱틱대면 틱틱댔지, 절대 먼저 다정하게 행동하지 않았다.

그런데 시키지도 않았음에도 불구하고 먼저 술을 따라주다니…….

"지, 진하야……."

박하의 눈빛이 떨렸다.

하지만 진하는 웃기만 할 뿐 아무런 말을 하지 않으며 안주까지 챙겼다.

어쩌면 진하가 지금 술을 마신 상태라 취기가 올라서인지 모른다.

그리고 또 어쩌면 모두가 짝을 지어 앉아 있는 이 자리에 언제나 홀로 있는 모습이 안타까웠는지도 모른다.

더불어 문득 행복에 대한 생각을 하게 되며, 지금 곁에 있는 지인들과 가족들이 너무나 소중하게 느껴져서인지도 모른다.

그런 진하의 흐뭇한 마음과는 달리… 박하는 진하가 챙겨줌에도 불구하고 딴생각에 빠져 있었다.

그의 눈빛이 떨린 이유이기도 했다.

'혹시 얼굴의 낙서를 알아차린 것인가! 그래서 나를 독살하려는 것인가!'

박하는 불안한 눈빛으로 진하를 바라봤다.

진하의 얼굴에는 아직도 낙서가 빼곡하게 그려져 있었고, 입가에는 진한 미소가 배어 있었다.

'그래……. 녀석은 단순하다. 분명 확인했더라면 이미 난리가 났을 것이야. 그리고 선예도 아무 말이 없었잖아!'

박하는 조심스럽게 손에 쥐인 상추쌈과 선예를 번갈아 봤다.

그리고 곧 안전하다고 판단했는지 박하는 쌈을 입에 넣었다.

하지만 내심 불안했기에 박하의 표정은 아주 미친 듯이 맛있어하거나 기뻐하지 않았고, 진하는 속으로 안타까움을 금치 못했다.

'아버지는 쌈장보다 기름장을 더 좋아하시는데!'

서로에 대해 착각하는 것이 그 아버지에 그 아들이었다.

띠리리링!
초인종 소리와 함께 진하는 자리에서 일어섰다.
그러고 보니 혜란이가 올 시간이 된 것 같았기 때문이다.
"에, 누가 오기로 했냐?"
그런 진하의 행동에 박하가 궁금하다는 듯 물었다.
현재 올 사람은 다 모였고, 이 시간에 찾아올 사람도 없었다.
더군다나 진하가 마중을 나간다는 것 자체가 자신들은 모르지만 진하가 아는 누군가가 왔다는 뜻이었다.
"보시면 놀랄걸요. 저랑 친! 한! 사람입니다."
진하는 유독 친한에 임펙트를 주며 강조했다.
연예인! 비록 여러 사건들로 이미지에 타격을 입기는 했지만 여전히 인기가 높은 연예인이었다!
그러자 모두의 궁금증이 더욱 증폭했다.
지금까지 진하가 저렇게 반가워하고, 자신과 가깝다며 소개를 한 사람이 있었던가?
단 한 번도 존재하지 않았다.
'누구지……?'
그중 가장 궁금해하는 것은 역시 선예였는데… 그런 선예의 마음을 아는지, 모르는지 진하는 잠시 후 혜란과 함께 등장했고, 박하를 제외한 모두는 멍한 표정이 되었다.

부비적, 부비적.

기적과 카르마는 자신들의 두 눈을 비볐다.

찰싹.

은하는 자신의 뺨을 때렸다. 꿈이라고 생각하기 때문이다.

"아얏!"

은정은 볼을 꼬집었다가 아픔을 참지 못했고, 선예는 그냥 멍하니 앉아 있었다.

마지막으로 박하는 애들이 왜 저러냐는 듯한 표정으로 탄 고기를 골라내고 있었다.

분명 박하도 TV를 볼 때 혜란을 봤지만, 관심이 없기에 잊어버린 것이다.

정적은 잠깐 동안 이어졌다.

하지만 혜란이 말을 하는 순간 집 안은 이전보다 더욱 시끄러워졌다.

"안녕하세요. 정혜란입니다."

"오오오!!"

"저, 정말 혜란 씨다! 우와!!"

"어, 어떻게 저런 사람… 아니, 분이 오빠랑 친한 사이야?"

"이야, 오라버니가 달라 보여요."

"쟤가 누군데?"

"아빠, 인기 가수야."

"그래?"

선예를 제외한 모두가 호들갑스럽게 떠들며 혜란에게 다가갔다.

평소 까칠함의 대명사인 은하는 흥분된 표정을 보였지만 그래도 뭔가 달랐다.

기적과 칠호처럼 마치 신을 찬양하듯 행동하지 않으며 자리에서 일어서기만 했으니 말이다.

그리고 선예 역시 서 있었는데, 그녀는 진하와 혜란을 번갈아 보고 있었다.

'크크크……'

진하는 그들의 반응에 내심 기뻐하며 일단 자리에 앉았다.

진하가 그렇게 앉자 혜란 역시 곁에 앉았으며, 얼떨결에 진하는 혜란과 선예 가운데에 앉게 된 형국이었다.

그러나 진하는 그런 부분은 전혀 관심에 두지 않은 채 또다시 충격을 줄 행복에 빠져 있었다.

요정이라 불리는 혜란이 월하라는 사실을 알게 된다면……?

이미 혜란에게 입구에서 허락을 받은 상황이었기에 진하는 망설이지 않고 술을 한 잔 마신 뒤, 모두를 향해 말했다.

"사실 혜란이, 월하야."

"네? 행님, 지금 뭐라고……?"

"형님, 제가 요즘 귓구멍에 살이 부쩍 쪘습니다. 헛게 들리네요."

"오빠, 취했구나……?"

"오라버니도 참… 그런 썩은 유머를."

진하는 예상한 반응에 어깨를 으쓱이며 혜란을 쳐다봤다.

그러자 혜란 역시 살짝 웃음을 머금으며 말문을 열었다.

"정말이에요."

"커억!!"

"지, 진짜입니꺼?"

"우와……."

"말도 안 돼……."

혜란 본인이 직접 말하자 모두는 경악에 빠져들었다.

월하가 누구인가? 같은 길드원이 됐음에도 불구하고 친해지기 힘들었으며, 아직도 겁이 난다면 나는 유저였다.

그런 월하가 설마 정혜란일 줄이야!

'많이 달라졌군.'

진하는 혜란을 보며 온화한 미소를 지었다.

자신과 만나서 대화를 나눈 이후, 혜란은 많은 생각을 한 듯했다.

그리고 처음에는 어색했겠지만 스스로 변하려고도 노력한 듯했다.

그렇기에 지금의 혜란이 있는 것이었다.

이전이었더라면 혜란이 이 자리에 오지도 않았을 것이고, 왔더라도 정체를 밝히지 않았을 것이다.

'지금처럼 환한 미소도 짓지 않았겠지… 거짓이 없는 미소.'

같은 길드원들이고 자신의 가족이라서 그런지는 모르겠지만, 생각보다 분위기를 맞추려고 노력하는 혜란의 모습에 왠지 뿌듯함을 느끼며 고개를 돌렸다.

그리고 진하는 말없이 식탁 위에서 손을 내려 아무도 몰래 선예의 손을 부드럽게 감싸 쥐었고, 아무런 말은 하지 않았지만 눈빛에 따스함을 담아 선예를 바라봤다.

그러자 선예 역시 아무런 말 없이 웃으며 진하만을 쳐다봤다.

말하지 않아도 마음으로 대화를 나누는 사이처럼…….

"가장 맛있는 음식이라……."

베란다에 나온 진하는 술에 취해 붉어진 얼굴로 하늘에 떠 있는 달을 보다 혜란의 말에 고개를 돌렸다.

혜란은 그런 진하의 곁에서 손에 쥐인 맥주를 마시고 있었는데, 그녀 역시 새색시처럼 얼굴이 빨개져 있었다.

현재 둘은 모두가 술에 취해 잠에 빠져들어, 단둘이 술을 마시다 바람을 쐬기 위해 베란다에 나온 상태였다.

"맛있지 않아? 난 그렇게 생각해. 세상에서 가장 맛있는 것은 누구와 먹냐는 것에 달린 일이라고. 소중하고 사랑하는 이들과 다같이 모여서 먹는 밥… 너무 맛있지. 그래서 난 오늘이 세상에서 가장 맛있는 식사였고, 너도 그렇기를 바라고 초대를 했던 것인데… 네 입맛에는 아니었나?"

"아니, 맛있었어. 앞으로는 혼자 먹지 말고 자주 들려야겠어."

"언제든지 와."

진하는 그 말과 함께 웃었고, 혜란 역시 미소를 지으며 맥주를 입에 갖다 댔다.

이제야 그때 왜 그랬는지 이해가 되었다.

처음 진하를 만났을 때 왠지 기분 좋게 떨렸던 가슴…….

어릴 때부터 언제나 혼자서 지내왔던 혜란이었다.

가수가 되고 나서는 더러운 연예계에 환멸을 느꼈고, 스스로 거리를 벌리려고 노력했다.

그러다 보니 혜란의 곁에는 진정한 지인이라 생각할 만한 사람들이 없었다.

사람의 가식적인 면만 보다 보니 혜란 역시 다른 이에게 마음을 열고 다가가지 않았기 때문이다.

그렇기에 다른 이들처럼 계산된 만남이 아니었고 처음에는 좋은 관계도 아니었지만… 순수하고 솔직한, 때로는 자신의 상식으로는 이해가 힘든 생각을 하는 진하에게 흥미가 생겼던 것이다.

그와 함께 시간이 흘렀고, 이제는 진하란 사람 자체가 좋았다.

이성으로의 감정이 아닌 사람 대 사람으로서… 봤음에도 보고 싶고, 보지 않아도 변하지 않는… 친구를 만난 듯한 느낌.

그때 혜란이 진하에게 느낀 감정이었고, 처음으로 그런 느낌을 받다 보니 당황했었던 것이다.

"진하."

"어?"

진하는 달빛에서 시선을 떼며 혜란을 쳐다봤다.

그녀는 무엇인가 할 말이 있는 것 같은데 우물쭈물거리며 잠시 망설였다.

그러다 결심을 했는지 숨을 길게 한 번 내쉰 듯 조심스럽게 말했다.

"나, 너와 친하다고 생각해도 돼……?"

"에?"

진하는 순간적으로 혜란이 한 말의 뜻을 이해하지 못했다.

하지만 진하는 곧 마치 부모가 아이를 보는 듯 온화한 표정이 되었다.

자신도 그랬지 않은가…….

친구를 사귀는 방법을 몰랐다.

오로지 힘으로 굴복시키려고 노력했었다.

그런 진하의 곁에 있었던 이들은, 그 힘에 굴복했지만 살갑게 다가온 기적과 그런 진하에게 힘이 아닌 마음으로 여러 가지를 가르쳐 줬던 재익이었다.

그래서 진하는 지금 혜란의 말이 어떤 의미인지 금방 이해가 되었고, 진하는 혜란의 맥주에 자신의 술을 부딪치며 말했다.

"우린 친구잖아."

'친구…….'

혜란의 시선이 진하에게 닿았다.

그 눈빛은 마치 행복한 것 같기도 하면서 울 것 같기도 했다.

진하는 다 안다는 듯 혜란의 머리를 쓰다듬었다.

평소였다면 혜란이 화를 낼 행동이었다.

하지만 혜란은 아무런 말 없이 고개를 숙인 채… 친구라는 말만 되풀이했다.

30여 분이 더 흘렀다.

스르르릉.

집으로 가기 위해 대문을 나서던 혜란이 갑자기 돌아서며 진하를 향해 물었다.

"그런데 아까부터 묻고 싶었던 건데, 얼굴이 왜 그래?"

"어?"

"여기, 거울."

진하의 태도에 모르고 있다는 사실을 알아차린 혜란이 핸드백에서 손거울을 꺼내 진하에게 건넸다.

그날 오후…….

잠에서 깨어난 박하와 은하, 기적과 은정은 서로를 보며 한참이나 웃었다.

그리고 거실에 버려진 여러 가지의 색의 펜을 본 뒤 넋이 나간 표정으로 서로를 쳐다봤다.

그 펜의 위력을 알기 때문이었다.

자신들의 얼굴을 농락한 펜은… 일주일 동안 지워지지 않는 펜이었다.

Part 6

군주의 시험

좌아아악.

드래곤의 형상을 한 백색 분수대에서 물줄기가 뿜어졌다.

물줄기는 햇빛과 어울리며 여러 가지 색으로 변했고, 가면은 물론 장비까지 해제한 눈류는 분수대에 마련된 벤치에 앉아 주변을 둘러봤다.

예쁜 새들이 분수대 주변을 날아다녔고, 많은 유저들이 바쁘게 움직이고 있었다.

그리고 아름다운 명소인만큼 분수대 주변에서 대화를 나누는 유저들도 많았다.

'언제 오려나……'

눈류는 자리에서 일어나 몸을 이리저리 풀며 입구 쪽을 바라봤다.

현재 눈류가 기다리고 있는 사람은 바로 월하였다.

새벽, 선예만을 제외한 모두를 기습한 눈류는 방문까지 잠그고 라스트 월드에 접속했다.

그런데 라스트 월드 시간으로 세 시간 정도가 지났을까?

월하가 접속하더니 퀘스트를 도와달라고 했다.

그래서 눈류는 흔쾌히 승낙했고, 그녀를 기다리는 중이었다.

그때였다. 입구 쪽을 바라보고 있던 눈류는 몸을 풀던 행동을 멈추며 월하를 쳐다봤다.

월하는 여러 유저들의 시선을 받았지만 전혀 모르는 척을 하며 다가왔다.

"어디로 가야 하지?"

주변에 유저들의 눈이 많기에 일단 벗어나려는 눈류의 의도였다.

"다크 엘프의 대륙."

"음, 시간이 조금 걸리겠어."

"마법진이 있으니 거리야 상관없잖아."

"돈 아깝게, 기다려."

평소처럼 마법진으로 이동하려는 월하를 붙잡은 눈류는 류화를 소환했다.

물론, 마법진을 타고 간다면 류화보다 빠른 시간 안에 도착할 수 있었다.

그리고 자신이 돈을 내지 않기에 그렇게 간다 해도 상관없
었다.

하나, 류화가 전속력으로 달린다면 그렇게 오랜 시간을 낭
비하지 않을 것이었다.

"우와, 저 말은!"

"그럼 저 사람이 가면의 기사!"

"월하와 같이 있는 사람이 누군가 했더니……."

류화가 등장하자 주변은 재차 소란스러워지기 시작했다.

SS급의 퀘스트가 생방송이 되며 유명해진 류화가 눈류의 정
체까지 알려 버렸으니 말이다.

"빨리 타."

눈류는 그런 상황을 예상이라도 했다는 듯 신경 쓰지 않으
며 빠르게 류화의 등 위로 올라타 월하에게 손을 내밀었다.

라스트 월드 세상 속 월하의 능력이라면 눈류의 도움 없어
도 충분히 올라탈 수 있었지만, 눈류는 자연적으로 한 행동이
었고 월하 역시 거절하지 않으며 손을 붙잡았다.

그와 함께 류화는 하늘 높이 떠올라 빠르게 달리기 시작했
다.

다크 엘프 대륙에 도착하는 즉시, 알몸 미소년의 안마를 받
게 해준다는 거짓말을 믿으며…….

"주인, 남자는 어디 있나?"

월하가 말한 퀘스트 존에 도착하자마자 류화가 눈류를 향해
물었다.

"뭐? 무슨 남자?"

"……."

하지만 전혀 모르겠다는 듯 오리발을 내미는 눈류!

류화는 어이없다는 표정으로 눈류를 향해 이를 바득바득 갈
며 외쳤다.

"주인이 분명 알몸 미소년이 있다고 하지 않았나!"

"구라야."

"아, 아니, 주인… 분명 마족과 싸울 때도 약속했다. 맛있는 빵
과 질 좋은 물, 더불어 샤방샤방한 남자!!"

"그건 구라가 아닌……."

류화의 눈동자가 반짝였다.

거짓말이 아니라면 그 약속은 지킨다는 뜻이 아닌가!

그러나 눈류는 절대 류화가 행복해지기를 원하지 않았다.

"농담이지."

휘청!!

류화는 비틀비틀거리는 몸짓으로 주변에 위치한 큰 나무로
향하며 눈류를 욕했다.

물론, 두들겨 맞기는 싫어서 속으로 하는 소심함!

평소 눈류가 저런 인간이라고 생각은 했지만 내심 기대를
하고 있던 류화는 삶의 허무함까지 느꼈고, 다크 포스를 풀풀
풍기며 뒷다리로 쭈그려 앉아 길게 한숨을 내쉬었다.

평범한 말이 아니기에 가능한 자세!

그 모습에 실소를 흘린 눈류는 월하에게 부탁해 몇 가지 음

식을 받아 류화에게 다가갔다.

너무 막 대하다 보면 결정적인 순간에 뒤통수를 맞을 수 있기 때문이다.

그동안 봐온 류화의 소심함이라면 충분히 가능한 일!

"류화."

눈류가 등 뒤에 서서 부르자 류화는 애써 모른 척하며 고개를 홱 돌렸다!

자기 딴에는 삐뚤어졌다는 것을 강조하는 리액션!

하지만 눈류가 무엇인가를 내밀자 류화의 눈빛이 달라졌다.

"컥! 주, 주인!"

류화는 눈앞에 놓인 수북한 음식을 바라봤다.

보기만 해도 먹음직스러운 빵, 쉽게 구하기도 힘들다는 레인보우 생선! 색은 보랏빛으로 괴상하지만 입에 넣자마자 녹는다고 알려진 키오스의 고기! 더군다나 음식 옆에 있는 물 역시 살짝 빛이 맺힌 것이 보통 물이 아닌 듯했다.

"일단 먹어라. 그리고 남자는 아직 찾는 중이다. 너를 위한 남자인데 아무나 붙여줄 수 있겠느냐!"

정색하며 외치는 눈류의 진실 같은 거짓말에 류화는 눈물을 글썽거렸다.

이곳 나무에 쭈그리고 앉아 주인을 얼마나 욕했던가!

주인은 자신을 위해 이렇게 귀하고 좋은 음식들과 물을 주었으며, 남자도 찾고 있는데 자신은 그것도 모르고!

"크흑, 주인!!"

쭈그려 앉은 채로 류화가 앞발을 벌리며 달려들자 눈류는 행복한 표정으로 와락 끌어안아 줬다.

그런 눈류의 표정은 진정 자신의 펫을 아끼며 소중히 대하는 자와 다를 바 없었다.

하지만 속내는 전혀 달랐다.

'크큭, 이걸로 이번 퀘스트 내내 심하게 부려먹을 수 있겠군.'

때론 울트나 루운보다 잔인한 눈류였다.

"그런데 퀘스트 내용이 뭐지?"

퀘스트 공간이었기에 아무도 없는 숲을 월하와 함께 걸으며 눈류가 물었다.

기왕이면 류화를 타고 단숨에 올라가고 싶었지만 퀘스트 존에서는 류화를 소환할 수 없었기에 둘은 걸어서 올라가고 있었다.

"혼돈의 군주가 착용했던 지팡이."

"컥!"

눈류는 두 눈을 놀란 토끼처럼 뜨며 월하를 쳐다봤다.

자신의 힘을 필요로 하는 것이 꽤 힘든 퀘스트일 것이라고는 생각했다.

그런데 혼돈의 군주가 사용했다는 무기라니?

"4차 전직을 하니까 연계 퀘스트가 뜨더라고. 그리고… 아니야."

월하는 뒷말을 말하지 않으며 입을 다물었다.

퀘스트 정보에는 자신을 위해 목숨도 버릴 수 있는 동료와 함께 가라는 것이었다.

그 정보를 확인하는 순간 월하는 눈류가 바로 떠올랐다.

처음으로 마음을 열고 사귄 친구…….

그렇지만 눈류에게 그 말을 할 수 없었다.

눈류가 친구라고는 했지만 그가 진심으로 그렇게 생각하는지 아직까지는 불안했기 때문이었다.

'궁금한데…….'

눈류는 월하가 말을 하다 말자 너무나 알고 싶었지만 상대는 월하였다.

4차 전직을 하면서 자신보다 강해졌으며, 언제나 잘 보여야 하는 물주!!

더불어 친구이기에 굳이 캐묻지 않는 것이었다.

"여기서 피로도랑 배고픔 좀 없앴다 가자."

중간중간 튀어나오는 몬스터들을 해치우며 3시간 정도 걸었을 때, 눈류의 제안에 월하는 고개를 끄덕이며 나무에 등을 기대며 앉았다.

그러자 자연적으로 눈류 역시 자리에 앉았고, 월하가 준비한 맛있고 비싼 음식들을 먹다 차원 판타지 내에 존재하는 게시판을 열었다.

SS급 퀘스트가 끝나고 받은 아이템을 장터에 올려놨기 때문이다.

‘보상이 좋았어.’

눈류는 갑자기 실없는 사람처럼 웃음을 흘렸다.

SS급 퀘스트의 보상은 꽤 많은 라르크와 A급의 아이템이었다.

그것도 무기!!

참여한 이들의 직업에 따라 여러 종류의 무기가 있었는데 눈류가 받은 것은 검이었고, 게시판을 열어 코멘들을 확인하던 눈류는 아쉬움의 입맛을 다셨다.

SS급 퀘스트로 인해 무기가 많이 풀렸다.

만약 고급 정도만 되었더라면 대부분은 팔지 않고 자신들이 착용했을 것이다.

그러나 보상으로 나온 아이템은 중급 수준이었고, 일부를 제외한 다수는 그 아이템을 팔아 고급 무기를 구할 생각이었기에 한 번에 많은 물량이 풀리게 되었다.

그렇기에 조금 싼 가격에 내놓았음에도 불구하고 눈류의 검을 사려는 이가 없었다.

‘조금 시기가 지난 다음에 팔아야겠어. 그러면 가격은 다시 오른다.’

지금은 사려는 유저들보다 물량이 많기에 가격이 낮아진 상황이지, 분명 중급의 무기는 인기 상품이었고 조금 더 시간이 지나면 원래의 몸값을 누리게 될 것이었다.

A급의 고급 무기를 사는 이들은 많지 않으니.

스스스슥.

음식을 다 먹고 시원한 음료로 입을 축이는 때였다.

눈류와 월하는 인기척이 들리자마자 자리에서 벌떡! 일어서며 주변을 살폈다.

이미 올라오며 몇 번 몬스터들과 싸웠기에 어떤 놈들인지 대략 짐작이 되었다.

"10마리."

모습을 드러낸 것은 사람처럼 양발로 서 있는 도마뱀이었는데 키는 눈류와 비슷했으며, 한 손에는 끝이 두 갈래인 붉은 창을 쥐고 있었다.

"저 정도면 너 혼자서도 해치우겠는데?"

눈류가 뒤로 물러서며 말했다.

도마뱀들은 그렇게 강한 편이 아니었다.

올라오면서 곤혹을 한 번 치른 적이 있었는데 그때는 수가 너무 많아서 힘이 들었던 것이지, 열 마리 정도면 둘 다 나서지 않아도 되는 수준이었다.

"그래."

월하가 대답과 함께 앞으로 걸어나가자 눈류는 뒤에서 월하를 주시했다.

그녀의 움직임을 놓치지 않으려는 것이다.

현재 월하는 대단히 강한 능력을 갖추고 있었다.

SS급 퀘스트가 끝나고 로그아웃을 하기 전, 월하의 바람대로 눈류는 월하와 대결을 펼쳤다. 그 결과 압도적인 패배였다.

그만큼 4차 전직을 하게 되며 얻게 된 새로운 기술들은 능력

도 능력이었지만, 눈류가 그에 대한 정보조차 알 수 없었기에
제대로 된 대처조차 하지 못하며 패했다.

스파앗!

월하가 도마뱀들 사이로 마법을 발휘해 파고들었다.

그러더니 화염계 폭풍 마법으로 근처의 3마리를 뒤로 밀어
버렸고, 당황하는 한 놈의 목을 지팡이의 끝 부분에 달린 창으
로 뚫어버렸다.

파아아앗!!

푸른색의 피가 월하의 얼굴에 튀었지만 그녀는 전혀 상관치
않으며 허공으로 치솟았다.

그와 함께 주문을 외우며 양손을 활짝 펼쳤는데, 그 사이로
검은색의 터널이 나타났다.

바로 월하가 새로 배운 기술 중 하나인 블랙홀이었다.

사아아아악!!

블랙홀은 강력한 흡입력으로 몬스터들을 끌어당겼다.

지이이이익!!

블랙홀의 근방에 있던 4마리의 도마뱀들이 질질 끌려가다
창을 지면에 꽂아버렸다.

'어차피 죽는다.'

뒤에서 그 광경을 지켜보던 눈류는 안타까움에 혀를 찼다.

자신도 저렇게 몸을 보호했었다.

마나의 벽을 쓸 수 있으면 좋았겠지만, 월하가 블랙홀을 쓸
당시 눈류는 마나가 바닥이 난 상황이었다.

그래서 검을 바닥에 꽂아 그 안으로 빨려 들어가지 않으려
고 노력했다.

그리고 결과는 처참했다.

차아아아악!!!

블랙홀에 먹히지 않으려고 노력하던 도마뱀들의 신형이 찢
어지더니 바람에 날리는 휴지처럼 블랙홀의 어둠컴컴한 입구
속으로 사라졌다.

"헬 쇼크."

그 순간 나지막하게 월하의 목소리가 들렸다.

그와 동시에 눈류는 더욱 집중해서 월하의 마법에 걸린 몬
스터를 쳐다봤다.

자신도 모르는 마법이었다.

부우우우웅!

한 도마뱀의 신형이 순식간에 붉어지면서 부풀어 올랐다.

퍼어어엉!

그러더니 바늘에 찔린 풍선처럼 폭발해 버렸는데, 도마뱀의
육체가 터진 자리에 하얀색의 불꽃이 이글이글거리다 사라졌
다.

체내 안에서 헬 파이어를 형성시키는 마법!

'저 기술은 도대체 어떻게 막아야 하는 것이지?

월하가 방금 사용한 기술은 유저에게는 쓸 수 없고 몬스터
에게, 그것도 마법 데미지보다 체력이 약한 몬스터만 죽는 기
술이었지만 눈류는 그 사실을 알 수 없었고 월하의 무시무시

한 능력에 혀를 내둘렀다.

"끝났어."

월하가 도마뱀들 사이로 파고든 지 5분이 지났을 때 눈류는 푸른색의 피에 젖은 그녀를 바라보며 자신 역시 빨리 4차 전직을 하고 싶다는 욕망에 사로잡혔다.

어느덧 달빛이 세상의 만물을 감싸 안는 시간.

세상은 어둠이 뒤덮었지만 눈류는 모닥불로 인해 시야에 방해를 받지 않았다.

아니, 눈류의 능력이라면 어둠 속에서도 얼마든지 볼 수 있었지만 모닥불을 피워서 나쁠 일은 없었고, 고기를 굽기 위한 목적으로도 피운 것이었다.

주르르륵.

눈류의 시선이 한곳에 고정되었다.

그런 눈류의 이마에서는 식은땀이 흘렀고, 눈류는 침을 꿀꺽 삼켰다.

'위험하다!'

이 정도로 긴장하는 눈류의 모습은 쉽게 볼 수 있는 것이 아니었다.

그렇다면 눈류가 왜 이렇게 긴장하는 것인가?

바로 월하가 만들고 있는 요리 때문이었다!

'젠장… 내가 저 요리를 잊고 있었어.'

한참이나 끓고 있는 고기 찌개를 노려보던 눈류는 울상이 되어 고개를 푹 숙였다.

처음 월하에게 제의를 받았을 때는 단지 도와주고 싶은 마음이었고, 월하와 함께하면 레벨 업도 빠르기 때문이었다.

그리고 첫 식사를 준비해 온 음식으로 끝냈기에 미처 떠올리지 못했다.

그런데 오후부터 월하는 식사 시간이 되면 기다리라는 말과 함께 예전처럼 요리를 하기 시작했다.

눈류는 처음에 당황했지만 그렇다고 지금까지 잘 먹어놓고는 이제와 월하에게 상처를 줄 수 없었다.

그래서 참고 먹었는데, 이전에 비해 조금은 발전했다 할지라도 여전히 혀가 자살 충동을 일으킬 정도의 실력이었다.

"뭐 해?"

눈류가 고개를 파묻은 채 자신도 류화처럼 몸속에 아공간이 있으면 좋겠다고 중얼거리는 그때, 생리현상으로 인해 잠시 자리를 비웠던 월하가 돌아왔다.

그러자 눈류는 고개를 들었는데, 조금 전 세상을 체념한 듯한 자의 표정은 어디 가고 요리가 기대된다는 듯 방긋 미소를 짓고 있었다.

자신에게 이득이 된다면 아부 따위는 기본! 표정 관리는 옵션!

현실에서는 그렇지 않았지만 라스트 월드를 플레이하며 여러모로 많이 변한 눈류였다.

"자, 다 됐어. 먹어봐."

“어? 어…….”

눈류는 자신의 손에 들린 검붉은 찌개를 바라봤다.

문득 찌개보다 나무로 만들어진 접시가 더 맛있을 것 같다는 생각이 들었지만 눈류는 초롱초롱한 눈빛으로 자신을 바라보는 월하에게 싱긋! 웃어준 뒤 한 숟가락 크게 떠서 입에 넣었다.

부르르르르.

눈류의 신형이 떨리기 시작했다.

삐질, 삐질.

등에서는 식은땀이 흘렀다.

그렁, 그렁.

눈에는 눈물이 맺혔고, 입가가 경련을 일으켰다.

그러나 눈류는 애써 미소를 잃지 않으며 칭찬 역시 아끼지 않았다.

그동안 월하의 요리를 먹으며 깨달은 것이었는데, 월하는 자신의 요리를 먹어주면 조금 더 잘해주고, 칭찬을 하면 티는 내지 않지만 진심으로 기뻐하며 더 챙겨준다.

“내 혀가 뉴요커가 된 듯해. 이런 세계적인 맛이라니!”

얼굴은 당장이라도 누구를 때려죽일 듯하면서도 극찬을 아끼지 않는 눈류!

그 발언에 월하는 살짝 웃으며 배려를 잊지 않았다.

“그렇게 맛있으면 다 먹어. 10인 분 정도 남았어. 그리고 내일부터는 더 많이 만들어줄게.”

진심으로 눈류를 아끼는 마음!

눈류는 그 마음이 너무나 고마워… 진심으로 그녀를 처죽이고 싶었다.

"다 온 것 같아."

퀘스트를 시작한 지 이틀이란 시간이 지났을 때 산의 정상에 도착했다.

눈류는 월하의 말에 주변을 둘러보며 이동 마법진이 있는지 찾았다.

월하가 비밀 던전에 들어가야 한다고 했기에, 던전으로 향하는 마법진이 당연히 있을 것이라는 생각 때문이었다.

하지만 산의 정상은 마법진은커녕 입구조차 찾을 수 없었다.

특이한 점이 있다면 넓은 공터와 같은 정상 한가운데에 커다란 바위가 있다는 점이었고, 눈류와 월하는 그것 외에는 아무것도 없자 자연스럽게 바위에 접근했다.

바위의 크기는 집만큼 컸는데 눈류가 한 번 건드렸지만 아무런 반응이 없었다.

'분명 이 바위가 통로일 것이야.'

눈류는 힘을 줘서 바위를 밀어봤다.

그렇지만 바위는 꿈쩍도 하지 않았다.

"비켜봐."

그때 뒤에서 월하의 목소리가 들려 눈류는 황급히 옆으로 피했다.

'비켜봐' 라는 말이 끝남과 동시에 강렬한 기운이 등 뒤에서 느껴졌기 때문이다.

콰콰콰콰쾅!!!

폭발형의 마법이 바위에 닿자, 바위는 파편을 허공에 흩날리며 사라졌다.

'내가 피한 뒤에 쏘던가!'

아슬아슬하게 피한 눈류는 자리에서 일어나 속으로 투덜거렸다.

월하는 당연히 눈류가 피할 것이라고 믿어 한 행동이었지만 눈류에게 있어서는 목숨이 왔다, 갔다 한 순간이었다.

지이이잉.

눈류와 월하는 바위가 사라지자 나타난 마법진 위에 올라섰고, 곧 둘의 신형은 지하에 위치한 비밀 던전에 나타났다.

그러나 아쉽게도 비밀 던전은 퀘스트로 인해서만 존재하고, 유저들에게는 공개가 되지 않는지 어떤 혜택도 없었다.

"흐음, 어떤 인기척도 없어."

눈류가 주변을 둘러보며 말했다.

어둠이 자욱하게 내린 던전 안은 탑의 내부와 닮아 있었는데 허공에 존재하는 붉은빛의 등이 그나마 어둠을 조금 밝혀주고 있었다.

'무조건 전진해야 하는 것인가.'

들어오자마자 몬스터들의 기습이 있을 수 있다고 생각했던 눈류는 긴장을 풀며 월하와 함께 걸음을 옮겼다.

전진할 수 있는 길은 하나였기에 망설임 따위는 존재하지 않았다.

퀘스트는 큰 위험 없이 진행되었다.

지하 던전에 들어와 5시간 동안 직선으로 난 길을 따라 내부를 걸어 신비한 금빛이 어른거리는 문 앞에 도착할 때까지 몬스터들의 기습이 없었다.

"왜 이렇게 조용한 것이지?"

너무나 고요하다 보니 눈류와 월하는 오히려 긴장감이 역력했다.

혼돈의 군주의 레전드 무기 퀘스트였다.

절대 이렇게 쉽게 끝날 일이 아니었다.

"뭐, 일단 들어가 보자."

눈류는 애써 불안감을 떨쳐 내며 아무런 장식이 없지만 금빛이 아른거리는 큰 문을 힘차게 밀었다.

끼이이익.

오랜 시간 굳게 닫혀 있었는지 문은 요란한 소리를 내며 열리기 시작했다.

그와 함께 눈류와 월하는 방 안의 광경을 볼 수 있었다.

아무것도 존재하지 않는 방 안에는 금으로 만들어진 듯한 커다란 테이블이 한가운데를 차지하고 있었고, 그 위로 재질은 알 수 없지만 붉은색으로 이루어진 지팡이가 공중에 떠 있었다.

지팡이는 현재 월하가 가지고 있는 것처럼 화려하지 않았다.

직선으로 쭉 뻗은 몸통에 머리 부분에는 용의 머리가 장식되어 있을 뿐이었다.

그러나 수수함 속에 멋이 있었고, 붉은빛이 전체적으로 흐르고 있었기에 범상치 않은 물건이라는 사실을 누구나 알 수 있었다.

"드디어 찾았군."

"그러게……."

군주의 지팡이를 발견했고, 퀘스트가 쉽게 끝났다는 사실에 눈류와 월하는 기뻤지만 어이없음도 함께 느끼며 지팡이를 쳐다봤다.

정말 이리 쉽게 끝난다는 말인가?

'뭐, 우리야 좋지.'

혹시나 해서 지팡이에 다가가지 않은 채 잠시 기다려 봤지만 여전히 그 어떤 기척도 느껴지지 않았고, 눈류는 어깨를 으쓱하며 월하에게 고갯짓을 했다.

그러자 월하는 고개를 끄덕이며 군주의 지팡이에 가까이 접근했고, 눈류 역시 옆에서 함께 이동했다.

그런데 손을 뻗으면 지팡이가 닿을 거리 정도가 되었을 때였다.

월하는 물론 파티를 맺은 채 함께 퀘스트를 진행하고 있는 눈류에게도 퀘스트 알림 창이 떴다.

[군주의 시험.]

오랜 시간 봉인된 군주의 지팡이에는 저주 마법이 걸려 있다.

지팡이를 만지는 자는 지독한 독기를 몸으로 받아내야 하며, 그 고통은 상상을 초월한다.

더불어 독기를 이겨내어 저주 마법을 푼다 할지라도…

독기를 받아낸 이는 목숨을 잃게 된다.

그리고 독기를 이겨내지 못하고 지팡이를 놓칠 경우,

지팡이는 재차 깊은 어둠 속으로 빠져든다.

월하의 표정이 일그러졌다.

자신을 위해 목숨을 버릴 수 있는 유저가 필요했던 이유를 이제야 알게 되었다.

더군다나 추가로 뜬 퀘스트에서 제한이 존재했다.

월하는 독기가 든 저주 마법이 사라지기 전까지는 지팡이에 손을 댈 수 없었고, 함께 간 동료만이 도전에 응할 수 있었다.

"눈류……."

월하는 미안한 마음이 들어 눈류를 바라봤다.

분명 눈류는 퀘스트가 끝나도록 도와줄 것이라 믿었다.

하지만 그러기 위해서는 모진 고통을 이겨야 하며 죽음을 맞이한다.

그렇다고 눈앞에 있는, 앞으로 자신에게 큰 도움이 될 군주의 지팡이를 포기할 수도 없는 노릇이었다.

일부 레전드들에게만 전해지는 특수한 아이템!

돈으로도 살 수 없기 때문이었다.

"걱정하지 마."

눈류는 그런 월하에게 환하게 웃어줬다.

그녀의 마음을 볼 수 없지만 느낄 수 있었다.

터벅, 터벅.

눈류는 조심스럽게 발걸음을 옮겼고, 곧 군주의 지팡이와 닿을 정도의 거리에 도달했다.

'이놈의 팔자.'

눈류는 월하와 등지고 선 채 인상을 구겼다.

어떤 퀘스트든지 쉬운 것이 없었다.

아니, 다른 유저들의 퀘스트 경험과 비교하면 자신이 겪은 퀘스트는 인간의 한계를 시험하는 것이 유독 많았다.

그런데 이제는… 자신의 퀘스트도 아닌 월하의 퀘스트인데도 힘든 일은 자기의 몫이었다.

'그래, 고통에 익숙해진 몸. 맘 편하게 하자. 그동안 월하가 날 도와준 것도 많으니.'

굳이 포션이나 음식들 때문은 아니었다.

그 외에도 월하는 자신에게 은근히 많은 신경을 써주었고, 평원에서는 목숨까지 버리려고 하지 않았던가.

더군다나 다 같이 모여 식사를 한 그날……

월하가 자신의 음반에 싸인까지 해서 줬었다!

'그럼……'

눈류는 결심을 굳힘과 동시에 월하에게 재차 괜찮다는 듯 웃어준 후 지팡이에 조심스럽게 손을 뻗었다.

덥썩!

사아아아악!!

지팡이를 잡는 순간 눈류는 저도 모르게 뒤로 물러섰다.

붉은빛 지팡이가 검고, 붉은 연기를 뿜어내기 시작하더니 갑자기 온몸이 뜨거워졌기 때문이었다.

"커헉!"

뒤로 물러나 비틀거리던 눈류의 입에서 피가 터져 나왔다.

속에서 불을 지르는 듯, 감당하기 힘든 고통이 밀려왔다.

그와 함께 칼로 몸속을 난도질하는 것 같았다.

지팡이에 내재되어 있던 독들이 눈류의 몸으로 흡수되며 느껴지는 고통이었다.

'이, 이건 뭔가 이상하다.'

눈류는 자리에 힘없이 주저앉으며 입술을 잘근 깨물었다.

문득 입술에서 느껴지는 통증이 평소보다 심하다는 것을 알 수 있었다.

그것은 즉, 고통의 제한이 있고 눈류가 낮게 설정을 했다 할지라도… 이 순간은 퀘스트에 설정된 고통을 느낀다는 것이다.

'이전에 느꼈던 수준이군.'

눈류가 해온 퀘스트 중 현실과 일치하는 고통을 느끼는 퀘스트가 존재했다.

눈류는 지금이 그렇다는 것을 알아차렸다.

"으아아악!!"

불안하고 초조한 눈빛으로 바라보는 월하로 인해 비명만은 꾹 참고 있던 눈류의 입에서 괴성이 터져 나왔다.

참으려고 했다. 그녀가 걱정하지 않게.

그런데 도저히 비명을 지르지 않을 수가 없는 고통이 밀려 왔고, 고통은 끝도 모른 채 하염없이 높아졌다.

"하아, 하아……."

눈류가 군주의 지팡이를 잡은 지 3시간이 흘렀다.

그 시간 동안 눈류의 모습에는 변화가 있었다.

얼굴은 물론 피부는 온통 검붉게 변했으며, 온몸에서 독한 수증기가 모공을 통해 빠져나오고 있었다.

더군다나 입에서만 흐르던 피는 코와 귀를 통해서도 나오기 시작했고… 눈류는 끝없는 고통과 싸우며 바닥에서 뒹굴고 있었다.

그리고 3시간 동안 2번이나 정신을 잃었는데… 그러면서도 절대 지팡이를 놓지 않았다.

'아…….'

월하는 차마 그런 눈류를 끝까지 보지 못하며 고개를 돌렸다.

그리고 짜증이 밀려왔다.

자신의 퀘스트에 왜 다른 유저가 희생해야 하는 것인가!

차라리 자신이 잡을 수라도 있게 해줬더라면!

그러나 이미 정해져 있는 퀘스트를 월하가 바꿀 수 있는 노릇도 아니었고, 보다 못한 월하가 지팡이를 놓으라고 말했었다.

단순히 죽기만 한다면 월하도 지팡이를 포기하지 않았을 것이다.

그렇지만 눈류의 상태는 곁에서 보기만 해도 끔찍한 수준이었고, 그 지독한 눈류가 저렇게 고통스러워할 정도면 정말 남들은 견디지도 못할 정도라는 것이다.

더불어 월하는 꼭 군주의 지팡이가 필요한 것도 아니었다.

물론, 자신에게는 그 어떤 지팡이보다 군주의 지팡이가 가장 좋겠지만 현질을 해서 제일 비싼 지팡이를 사도 상관없었다.

그래서 월하는 눈류에게 포기를 권유한 것이었다.

하나, 눈류는 절대 놓지 않았다.

아니, 놓지 않은 것도 모자라 그런 와중에 웃으면서 말했다.

"꼭 군주의 지팡이를 네 것으로 만들어줄게……."

월하는 힘겹게 고개를 돌려 눈류를 바라봤다.

눈류의 눈동자에서 피와 함께 물이 섞여 흘렀다.

울고 싶지 않아도 눈물이 나는 지옥 같은 고통!

현재 눈류가 겪고 있는 상황이었고, 던전에 속한 방 안에는 눈류의 비명만이 쉬지 않고 울려댔다.

3일이 지났다.

눈류는 물론 월하 역시 그동안 로그아웃을 한 번도 하지 않으며 그의 곁에 앉아 지켜보고 있었다.

중간에 매니저가 호출을 하기도 했지만 월하는 무시했다.

지금은 당장 눈류의 곁에 있어주는 것이 급선무라고 생각했다.

자신 때문에 저런 고통을 받고 있는데 어떻게 자리를 뜬단 말인가?

"아… 이젠 이 고통도 익숙하다…….."

시체처럼 바닥에 엎드려 누워 있던 눈류가 지친 목소리로 말했다.

그동안 얼마나 비명을 질렀는지 목소리는 마치 쇠를 긁는 듯했으며 잘 들리지도 않았다.

"미안해… 미안해…….."

월하는 눈류에게 그 말밖에 하지 못했다.

3일 내내 통하지도 않았지만 힐과 해독 마법을 시전하며 미안하다는 말만 반복하는 그녀였다.

"미안하긴… 대신 밥 사라…….."

"그래, 살게… 다 살게…….."

눈류는 월하의 목소리가 살짝 떨리는 것을 느꼈지만 몸을 움직이지도 고개를 돌리지도 않았다.

현재 자신의 모습을 본다면 월하가 더욱 괴로워할 것이 뻔하기 때문이었다.

"그런데 이건 언제쯤… 커헉! 끄, 끝나는 거야……."

눈류는 거칠게 숨을 몰아쉬며 정신을 차리려고 노력했다.

다행스럽게 지금까지는 혼절을 해도 절대 군주의 지팡이를 놓지 않았다.

하지만 그런 행운이 언제까지 있을지 알 수 없는 노릇이었고, 지금까지 이겨내 놓고 한 번이라도 지팡이를 놓치면 퀘스트가 종료되기에 절대 정신을 잃을 수 없었다.

'빨리 끝나라… 이제 더 이상 못 버티겠다.'

눈류는 두 눈을 감으며 마음속으로 중얼거렸다.

월하에게는 괜찮은 척을 하고 있었지만… 본인 스스로도 한계가 왔다는 것을 알 수 있었다.

멀쩡한 상태에서 한 대 맞는 것과 아픈 부분을 맞는 것은 차원이 다른 고통이었다.

그런데 처음부터 견디기 힘든 수준의 고통이 쉬지 않고 이어졌으니… 현재 눈류가 느끼고 있는 괴로움은 표현을 할 수 없는 수준이었고, 제아무리 독종인 눈류라도 무너질 수밖에 없었다.

딸그락.

하루가 더 지났다.

그리고 눈류의 손에 들려 있던 군주의 지팡이가 드디어 땅에 떨어졌다.

눈류가 포기한 것도, 정신을 잃은 와중에 놓은 것도 아니었다.

드디어… 퀘스트가 완료됐기에 잡을 이유가 없어진 것이었다.

"밥 산다는 약속… 잊지 마라…….."

월하는 눈류의 모습을 확인하며 고개를 끄덕였다.

그런 월하의 눈동자는 붉게 충혈되어 있었다.

눈류는 4일 만에 온통 고름과 피투성이가 되었으며, 내부에서 어떤 일이 있었는지 피부도 썩어 문드러져 있었다. 더불어 온통 온몸이 까맸고, 마치 미이라처럼 바싹 말라 뼈가 앙상하게 보였다.

"죽는 것이 행복하기는 처음이군…….."

눈류는 진심으로 그렇게 느끼며 두 눈을 감았고, 그때서야 월하는 참았던 눈물을 터뜨렸다.

자신을 위해 희생한 눈류. 그것을 바라만 봐야 했던 자신.

그동안의 감추고 감췄던 고마움과 미안함 등이 봇물 터지듯 터진 것이었다.

그렇게 월하는 눈류의 모습이 사라졌음에도 불구하고, 그 자리를 한참이나 벗어나지 못했다…….

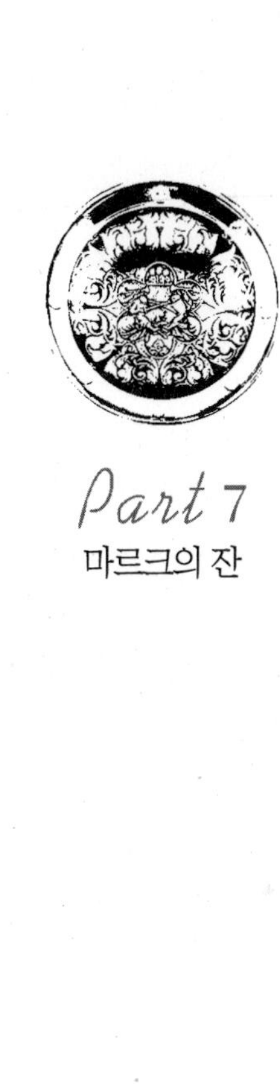

Part 7

마르크의 잔

사아아악…….

바람이 불자 회색빛의 모래가 허공을 정처없이 떠돌았다.

터벅, 터벅.

인적이 존재하지 않을 것 같은 회색빛의 사막 위를 한 남자가 걷고 있었는데, 그의 주변으로 물의 장벽이 형성되어 있었다.

그는 바로 눈류였다.

"더럽게 덥군."

눈류는 짜증난 목소리로 중얼거렸다.

그나마 퀘스트의 위치를 알았기에 미리 더위를 막아주는 아이템을 구입해 올 수 있었다.

현재 눈류가 위치한 곳은 회색빛의 사막이라 불리는 곳으로 레벨 300대 이상의 유저들이 찾는 곳이었다.

그것도 혼자서 오는 유저들은 거의 존재하지 않았다.

그 정도로 이곳에서 출몰하는 몬스터들은 하나하나가 위협적인 놈들밖에 없기 때문이었는데, 만약 여러 마리가 덤벼들기라도 한다면 제아무리 강한 유저라도 혼자서는 힘들기 때문이었다.

그럼에도 불구하고 눈류가 이곳을 찾은 이유는 가면의 기사 4차 전직 퀘스트 때문이었다.

월하의 퀘스트를 끝낸 후, 눈류는 일주일 동안 열심히 사냥을 해 드디어 레벨 300에 도달하게 되었다.

그와 함께 퀘스트 정보가 떴는데 회색빛 사막에 숨겨진 지하 던전을 찾아 레이첼 황녀를 구하라는 것이었다.

그래서 눈류는 위험을 무릅쓰고 회색빛의 사막을 찾게 된 것이었다.

만약을 대비해 인벤토리와 류화의 아공간에 포션과 회복 아이템들, 기능성 아이템들, 음식을 가득 챙겨왔다.

하지만 여기서 변수가 있었으니… 전직 퀘스트여서인지 류화를 소환할 수 없었다.

"하여튼 이놈의 게임은 유저들을 고생시키는 것을 즐기는 거야."

눈류는 다리가 회색빛 모래 속으로 푹푹 빠져들었지만 신경 쓰지 않으며 힘차게 전진했고, 걸어가는 내내 투덜거렸다.

조금만 더 쉽게 해줄 수도 있는데 어찌 된 퀘스트들마다 최악의 상황에서 헤쳐 나가야 하는 것인지!

"분명 이 아이디어도 카르미엔이 낸 것일 거야."

어느덧 고생하는 퀘스트는 운영자 카르미엔의 아이디어라고 확신하는 눈류였다.

"응?"

그렇게 얼마나 걸었을까.

끝이 보이지도 않은 회색빛 사막에서 아무런 단서도 없이 막막한 심정으로 가던 눈류의 발걸음이 멈췄다.

분명 모래 속에서 진동이 느껴졌다.

'젠장.'

눈류의 얼굴에 긴장감이 물들었다.

회색빛 사막에 들어와서 총 세 번의 전투를 치렀다.

그중 두 번은 포션 덕분에 이겼고, 나머지 한 번은 포션을 쓰지 않았지만 힘겹게 승리할 수 있었다.

그리고 포션을 써도 힘이 들어 두 번을 도망쳤는데… 또다시 몬스터가 나타난 것이다.

차차차차차!!

멀리서 모래 돌풍이 일어나기 시작했고, 눈류는 다급히 주변을 둘러봤다.

모래밖에 존재하지 않는 사막.

몸을 숨길 곳이 없었다.

'그렇다면 붙어보는 수밖에.'

눈류는 검을 소환하며 몬스터가 더 근접하기를 기다렸다.

'이때다!'

곧 일정 거리에 몬스터가 접근하자 눈류는 더블 소울을 시전한 뒤, 그림자 조각을 발휘해 빠르게 접근했다.

놈이 더블 소울을 피하던가, 아니면 맞아서 신경이 흐트러진 사이 파멸의 검을 박아버릴 생각이었다.

하지만 눈류는 자신이 얼마나 무모했는지 금세 깨달을 수 있었다.

'컥! 레벨 350대의 몬스터?'

더블 소울이 부딪침과 동시에 파멸의 검으로 몸통을 베려고 했다.

그런데 잘리는 소리가 아닌, 마치 쇠에 부딪치는 듯한 묵직한 음향이 귓속을 파고들었다.

더군다나 크기가 10m 정도의 지네 모습인 몬스터는 큰 부상을 입지도 않은 것 같다.

그래서 눈류는 황급히 놈의 정보를 확인했다가 경악했다.

레벨이 무려 350이다.

몬스터의 경우 레벨이 높을수록 놀라울 정도로 강해진다.

그렇기에 레벨 300대의 몬스터를 잡기 위해서는 300대의 유저들도 안전을 위해 여러 명이 뭉쳐서 사냥한다.

하지만 350레벨이라면 얘기는 달랐다.

현재 차원 판타지에서 레벨이 가장 높은 유저가 340대인 라스트였다.

그런 라스트조차 눈앞에 있는 놈을 이길 수 없다.

그러니 레벨 300이 되었지만 4차 전직을 하지 못한 눈류는 붙어봐야 목숨만 헌납하는 꼴이었다.

'젠장. 그렇다면……'

눈류는 다급히 위기를 벗어날 방법을 궁리했다.

'레벨 350이면 지능이 높을 것이다. 그래!'

눈류는 지네가 재차 움직이려고 하자 과도하게 놀란 표정과 함께 손가락으로 하늘을 가리켰다.

"아니, 저건!!"

그러자 지네의 시선이 잠시 손가락이 향한 방향으로 돌아갔다.

눈류의 예상대로였다.

지능이 낮은 하급 몬스터였더라면 손가락으로 쇼를 해봐야 분명 공격하기에 바빴을 것이다.

그러나 지능이 어느 정도 높은 몬스터였기에 자신도 모르게 본능적으로 시선이 움직인 것이다.

크르르르!

아무것도 없다는 것을 확인한 지네는 분노한 음성을 내며 눈류에게로 고개를 돌렸다.

하지만 그 자리에는 눈류가 존재하지 않았다.

이미 36계 줄행랑을 쳤기 때문이었다.

그림자 조각은 전투에도 도움이 되었지만 도망을 칠 때는 더욱 탁월한 성능을 발휘했다.

눈류가 회색빛 사막에 들어온 지도 일주일이 지났다.

그동안 눈류는 마치 모든 고생을 다한 이처럼 안색이 귀신 영화에 나올 정도였다.

어떻게 보면 당연한 결과였다.

낮에는 더위와 싸우고 밤에는 추위와 싸워야 했다.

더불어 몬스터들과 부딪쳐도 대부분 죽기 살기로 도망쳤으며, 수없이 죽을 뻔했다.

또한, 레이첼 황녀가 어디에 있는지도 모른 채 언제 죽을지 모르는 사막을 막연하게 찾아다니다 보니 심적으로도 힘들었다.

그 결과 눈류의 몰골은 당장 길거리에 앉으면 돈을 부를 정도로 안타까운 꼴이 되었고, 눈류는 빵을 씹으며 주변을 둘러봤다.

그러다 문득 검은 점을 발견했다.

'뭐지?

고개를 갸웃거리며 눈류는 천천히 접근했다.

자신이 모르는 몬스터일 수도 있다는 생각에 언제든 도망칠 자세를 유지하면서 말이다.

그러나 점은 가까이 다가갈수록 커졌고, 눈류는 그것이 구멍이라는 사실을 알 수 있었다.

'구멍?

눈류의 눈빛이 반짝거렸다.

문득 퀘스트의 정보가 머릿속에 떠올랐기 때문이다.

분명 지하라고 했다. 지하와 사막 속 구멍!

하지만 눈류는 쉽게 움직이지 못했다.

자신의 생각대로라면 지하로 가는 길일 수도 있었지만, 최악의 상황이 될 수도 있었다.

혹시 개미지옥일 수도 있지 않은가?

만약에 가까이 접근했는데 몬스터가 잡아먹기 위해 기다리고 있다면?

'어떻게 해야 하지…….'

그런 생각을 하게 되자 눈류는 첫 번째 생각에 대한 확신이 사라지기 시작했다.

그렇지만 곧 고개를 저으며 앞으로 전진했다.

조금이라도 가능성이 있다면 시도를 해봐야 한다는 것이 눈류의 평소 생각이었고, 이때까지 목숨을 버릴 각오로 무엇인가를 했을 때는 항상 자신의 예상이 맞았다.

그래서 이번에도 그러기를 간절히 바라는 마음과 함께 눈류는 어두워 끝이 보이지 않는 구멍에 몸을 날렸다.

쿠우웅!!

떨어지는 와중에 빛나는 검을 꺼내 지면의 위치를 확인한 눈류는, 단단한 돌로 만들어진 지면에 부딪치기 직전 마나의 벽으로 몸을 보호하며 밝은 표정이 되었다.

구멍 속에서 기다리다 덮치는 몬스터는 존재하지 않았고, 만들어진 듯한 바닥을 보니 자신의 예상처럼 지하 던전으로 내려오는 통로였던 것이다.

"역시 나의 예감은!"

눈류는 행복한 표정으로 몸을 일으켰다.

이제 이 던전 안에서 레이첼 황녀를 찾기만 하면 되는 것이었다.

"이제 가볼까!"

힘차게 외치며 고개를 돌리는 눈류!

그리고 눈류는 볼 수 있었다.

어둠 속에서 자신을 노려보고 있는 수십 개의 붉은 눈을.

인생 편한 날이 없는 눈류였다.

투다다다닥!!

눈류는 뛰고 또 뛰었다.

그 뒤로 수십의 몬스터들이 아우성을 지르며 따라오고 있었다.

'식사 때는 개도 안 건드린다 하는데!'

눈류는 입 안 가득 빵을 씹으며 속으로 욕설을 내뱉었다.

던전 안에 들어온 지 3일째, 그동안 눈류는 단 1분도 편하게 쉴 수 없었다.

사막보다 훨씬 좁은 던전이었기에 몬스터들이 띄엄띄엄 있지 않고 밀집해 있었다.

더군다나 끈기와 스피드가 얼마나 대단한지 마나 포션을 흡수하며 쉬지 않고 그림자 조각을 발휘해도 쉽게 떨어뜨리지 못했다.

그래서 겨우 힘겹게 한 무리를 따돌리고 쉴 마음을 먹으면 또 다른 무리들이 나타나고, 계속 반복이었다.

그렇다고 맞설 싸울 생각은 할 수조차 없었다.

한, 두 마리도 상대하기 힘든 300레벨 대의 몬스터들인데 어찌 맞붙겠는가.

그렇기에 눈류는 도망칠 수밖에 없었고, 멈출 수가 없기에 피로도와 배고픔 역시 달리면서 해결해야 했다.

"커헉!"

눈류는 등 쪽에서 따끔한 통증을 느꼈지만 뒤돌아보지 않았다.

한 대 맞기 시작하면 곧이어 공격이 닿는다는 것을 경험으로 인해 잘 알고 있었다.

만약 이럴 때 뒤돌아보다가 조금이라도 속도가 늦춰진다면, 그때는 바로 죽음으로 이어질 것이다!

'도대체 어디야!!'

줄어드는 생명.

먹어도, 먹어도 줄어드는 생명의 속도를 따라가지 못하는 포션.

눈류는 그림자 조각을 쉬지 않고 발휘하며 사방을 두리번거렸다.

던전 안은 좁지만 마치 미로처럼 입구가 수없이 많았다.

뛰다가 한곳으로 들어가면 그 안에도 6~8개의 입구가 존재했고, 그렇다 보니 때로는 왔던 곳을 맴돌기도 했다.

그때였다. 눈류는 아무 입구 쪽으로 들어가다 그 옆에 푸른 빛이 새어 나오는 입구를 볼 수 있었다.

'잠깐…….'

그러나 너무 빨리 뛰는 바람에 미처 방향을 틀지 못했고, 눈류는 뒤를 힐끔 돌아봤다.

아직도 3, 40여 마리의 몬스터들이 따라오고 있었다.

'지금까지 푸른빛이 나오는 입구는 없었다. 젠장, 돌아가야 하나?'

눈류는 자신이 들어온 입구를 기억에 새기며 원형의 공간에서 몸의 방향을 돌렸다.

여기서 다른 입구로 들어가 몬스터들을 따돌릴 수도 있지만, 그럴 경우 푸른빛의 입구가 어디인지 헷갈릴 확률이 높았다. 그렇기에 눈류는 공격을 더 당할 것을 각오하며 방향을 틀었다.

그리고 마나 포션과 생명 포션을 다급히 흡수하며 검을 소환해 푸른빛의 입구가 존재하던 입구 쪽으로 달려갔다.

키에에에!!

캬아아아아!!

몬스터들의 공격이 거셌다.

절대 보내지 않겠다는 의지를 알 수 있었다.

하지만 눈류는 마나의 벽을 사용한 상태!

그러나 눈류의 표정은 밝지 않았다.

'현재 마나의 벽은 35초간 유지된다. 그렇지만 문제는 마나의 벽은 딜레이가 존재한다는 것. 아주 찰나의 순간이지만, 그 시간이면 몬스터들 사이에 끼어 있는 나는 죽는다. 어떻게든 35초 안에 돌파해야 해!

눈류는 파멸의 검을 비롯해 자신이 발휘할 수 있는 모든 스킬을 사용하며, 어느새 자신을 원으로 감싸고 있는 몬스터들을 뚫기 위해 노력했다.

30초, 25초, 20초…….

시간은 점점 줄어들어 갔고, 눈류의 얼굴에는 초조함이 아른거렸다.

현재 자신이 상대하고 있는 몬스터들은 레벨 300대 초반이었는데 파멸의 검을 비롯해 스킬들에 부상을 입었다.

또한, 마나의 벽으로 인해 자신들의 데미지를 일부 돌려받고 있었다.

그럼에도 수가 워낙 많다 보니 쉽게 돌파가 되지 않았다.

하나, 눈류는 진리를 잊어먹지 않았다.

사방이 적에게 둘러 막혔을 때는 한곳만 집중 공략해라!

그 결과 눈류가 쉬지 않고 공격한 몬스터들의 진형 쪽이 점점 허물어지기 시작했고, 5초가 남았을 때 눈류는 몬스터들을 돌파하며 들어왔던 곳으로 다시 나가 푸른빛이 새어 나오는 입구로 신형을 날렸다.

샤아아아아…….

푸른빛이 동굴 안을 가득 채우고 있었다.

언제나 그렇듯 레이첼 황녀는 얼음 같은 결계에 갇혀 있었고, 눈류는 바닥에 주저앉으며 안도의 한숨을 내쉬었다.

다행스럽게도 몬스터들이 이 동굴 안으로 들어오지 않았다.

'자고 있나 보군.'

이전의 경험으로 레이첼 황녀가 얼마나 잠보인지 아는 눈류는, 자신이 들어와도 눈을 감은 채 미동 없는 황녀의 모습으로 인해 그녀의 상태를 쉽게 알아차릴 수 있었다.

"이제 얼마 남지 않았다……."

아직 4차 전직의 1차를 끝냈을 뿐이다.

몇 차가 더 남아 있고 얼마나 힘들지는 모르지만, 막상 레이첼 황녀를 만나게 되자 눈류는 여러 가지 감정을 느꼈다.

기쁘기도 했고, 왠지 무엇인가가 아쉽기도 했다.

두근거리기도 했으며, 문득 이제 다 끝이라고 생각하니 씁쓸하기도 했다.

오랜 시간이 걸렸다.

그 시간만큼 많은 일들도 있었다.

"지금까지는 내가 원하는 대로 됐다……."

가면의 기사가 됐고, 좋은 장비도 가지고 있으며 이제 4차 전직을 눈앞에 두고 있다.

그토록 바라던 시간이었고 꿈꿔왔다.

그런데 왜 웃음이 나오지 않는 것일까.

"눈류님?"

눈류가 과거를 돌이켜 보며 추억에 젖어 있을 때였다.

아름다운 목소리에 눈류는 고개를 돌려 레이첼 황녀를 바라봤다.

그녀는 이제 잠에서 깬 듯 살짝 졸린 눈이었지만, 눈류를 발견하고는 환하게 웃고 있었다.

"조금만 기다리세요. 이제 마지막 결계입니다."

"정… 말… 인가요?"

눈류의 말에 레이첼 황녀는 믿을 수 없다는 눈빛과 떨리는 목소리로 말했다.

300년……. 그 오랜 시간 동안 결계에 갇혀 살아왔다.

영영 풀리지 않을 것 같은 결계 속에서 말이다.

하지만… 드디어 결계가 풀린다니? 레이첼 황녀는 눈류를 믿으면서도 그 말은 믿기가 힘든 듯 보였다.

또르르륵.

곧 그녀의 눈에서 눈물이 방울져 볼을 타고 흘러내렸다.

눈류는 그녀가 민망할까 봐 눈물을 발견하자마자 등을 돌렸다.

레이첼 황녀는 쉽게 울음을 멈추기 힘든 듯 꽤 오랜 시간 고개를 들지 못했는데, 눈류는 기다림이 지루했지만 그녀를 이해하기에 마냥 돌아만 서 있었다.

300년! 말이 300년이지, 자신이 그렇게 갇혀 있었다면?

만약 몸이 자유로웠다면… 스스로 목숨을 끊었을지도 모르는 일이었다.

그만큼 300년이라는 시간은 와 닿지 않을 만큼 긴 시간이었다.

“이제… 괜찮아요.”

눈류는 레이첼 황녀의 떨리는 목소리를 들으며 등을 돌렸다.

그리고 황녀를 바라봤는데, 눈이 토끼처럼 붉게 충혈되어 있었지만 입은 천사처럼 웃고 있었다.

그 모습에 레이첼 황녀 가까이 다가가려던 눈류의 걸음이 멈춰졌다.

갑작스럽게 새로운 퀘스트 알림이 떴기 때문이었다.

[가면의 기사 4차 전직 퀘스트 2차.]
레이첼 황녀의 결계를 풀기 위해서는 신비의 묘약이 필요하다.
묘약의 재료는 각종 몬스터들에게서 얻을 수 있다.
어서 묘약의 재료를 모두 모아 레이첼 황녀를 구해주자!

“…….”

눈류의 얼굴이 살짝 일그러졌다.

일단 묘약에 필요한 재료의 수가 너무 많았다.

거의 대륙을 전부 돌아다녀야 할 정도로 광범위했고, 보스급 몬스터들도 존재했다.

그런데 그보다 더욱 짜증이 나는 것은… 도대체 왜 여기까지 왔냐는 것이다.

아니, 오자마자 이런 심부름을 시킬 것이었으면 애초에 묘약 퀘스트를 먼저 했어야지!!

수없는 죽을 고비를 넘기며 겨우 찾았는데!!

'하여튼 이놈의 게임은!!'

눈류는 자신을 걱정스럽게 쳐다보고 있는 레이첼 황녀를 발견하자 애써 태연한 얼굴로 말했다.

"잠시 다녀와야겠습니다. 마음 편히 계세요. 저만 믿으시고요."

"네… 눈류님만 믿어요."

레이첼 황녀의 말과 함께 눈류는 귀환 주문서를 사용했다.

자신을 위해서, 그리고 황녀를 위해서라도 빨리 퀘스트를 끝낼 생각을 하며.

마을로 귀환한 눈류는 가장 먼저 라스트 월드 내 게시판을 열어 정보를 검색했다.

일반 몬스터들의 경우는 위치만 알아도 찾는 데에 어려움은 없었다.

하지만 보스 급 몬스터들은 리젠 시간이 다 다르기에 미리 알아두려는 것이었다.

'보스는 일단 체크만 해두고……'

눈류는 정보를 확인한 뒤, 주변에 위치한 몬스터들 먼저 잡기로 결심했다.

보스들의 경우는 근처 사냥터에 가면 한 번씩 들릴 생각이었고, 정 안 되면 유저들에게 필요한 아이템을 살 생각까지 하고 있었다.

"류화, 고생 좀 해야겠다."

마을을 벗어나 인적이 드문 곳으로 간 눈류는 류화를 불러 말했다.

"주인, 나만 믿어라!"

평소라면 한번 투덜거렸겠지만, 류화는 짧은 앞발로 가슴 부위를 툭툭 치며 말했다.

월하와 퀘스트를 하던 그때 맛있는 것은 잔뜩 주고 일도 안 시켰기에 눈류를 향한 호감도가 급상승했기 때문이었다.

물론, 류화를 소환할 수 없었기에 어쩔 수 없이 그런 것이었지만 류화는 그 사실을 알 수 없었다.

"그런데 주인, 남자는……."

류화가 말끝을 흐리며 조심스럽게 묻자, 눈류는 표정 하나 안 바뀌며 대답했다.

"걱정 마라! 조만간 네 앞에 나타날 것이다!"

"역시! 주인밖에 없다! 어디로 가면 되는가!"

눈류는 흥분한 류화의 등 위에 올라탄 뒤 가장 가까운 사냥터인 가시 산으로 가자고 했고, 류화는 빠르게 움직였다.

"당장 재료를 내놔!"

스파아앗!!

캬아아아앙!!

메두사의 머리가 피분수와 함께 허공으로 치솟았다.

─메두사의 가루를 습득하셨습니다.

세 마리째에 원하던 퀘스트 아이템을 습득하자 눈류는 빠르게 류화를 소환해 등 위에 올라탄 뒤 근처 사냥터로 재차 움직였다.

'많아도 너무 많다.'

류화의 등 위에서 인벤토리를 확인한 눈류는 한숨을 내쉬었다.

퀘스트 재료는 총 100개였는데, 현재 일주일 동안 노력해서 얻은 것이 40개였고, 장터에 글을 올려 구매한 것이 22개였다.

메두사처럼 빨리 나오면 좋지만, 간혹 너무하다 싶을 정도로 안 나오는 경우도 있었으며, 구하기 힘든 재료들도 존재했다.

그래서 류화를 타고 이동함에도 불구하고 노력한 시간에 비해서는 많지 않은 숫자였다.

더군다나 아직까지 보스 몬스터들이 모두 남아 있는 상황이기에 시간은 해온 것보다 더 오래 걸릴 것이라 예상했다.

그나마 다행인 점은 퀘스트 진행 동안은 레벨 제한을 받지 않는다는 점이었다.

사냥터마다 들어갈 수 있는 레벨에 제한이 존재했다.

하지만 눈류가 필요한 재료들은 레벨 1대부터 300대까지 골고루 포함되어 있었기에 2차 퀘스트 기간에만 어떤 사냥터에도 갈 수 있었다.

"거기 서라!!"

"젠장, 왜 이렇게 아이템이 안 나와?"

"아아… 더럽게 빠르네."

"이놈은 도저히 혼자 못 잡겠다."

그 후 눈류는 각종 사냥터를 돌아다니며 재료 수집에 열중했다.

그러면서 여전히 장터에서 재료를 구매하기 바빴고, 비록 돈은 새어 나갔지만 그만큼 시간이 단축되기에 손해 보는 장사는 아니었다.

그렇게 보름을 더 고생하자 눈류는 한 가지 재료를 제외하고는 모든 재료를 모을 수 있었다. 그리고 마지막 재료는 장터에서 충분히 구입할 수 있는 물건이었지만 눈류는 그러지 않았다.

갚아줄 것이 있는 몬스터들이었기 때문이다.

바로 초보섬의 보스 몬스터인 신랑 오크와 신부 오크!

"크크큭… 그때 잘도 나를 죽이려고 했겠다!"

어떻게 보면 가면의 기사가 되었던 과정 중 시초가 둘로 시작된 것이었지만, 눈류는 자신을 위협한 것만 기억하며 잔인한 미소를 지었다.

당시에는 도망만 쳐야 했을 만큼 강한 둘이었다.

하나, 이제는 아니었다.

아무런 장비 없이 싸워도 둘을 실컷 두들겨 패다 죽여 버릴 수 있었다.

'놈도 그랬지.'

사실 눈류의 소심한 복수는 부부 오크들이 처음이 아니었
다.

이전에 화염의 섬에서 눈류를 비웃었던 불타는 와이번 역시
눈류에게 처참한 고문을 당했다.

"드디어 보이는군."

류화의 등 위에 서 있던 눈류는 초보섬이 보이자 모든 장비
를 해제했다.

괜히 자신의 정체를 알려서 소란스럽게 하기 싫었고, 자신
의 능력을 자랑하고 싶은 마음도 없었다.

"레벨 15 힐러가 파티를 구합니다!"

"저기요, 님아. 올보의 퀘스트는 어디로 가야 하죠?"

"최고급 단검을 단돈 150라르크에 팔아요!"

"쇠사슬 갑옷 팔아요. 법사 로브도 있습니다."

초보섬은 눈류가 처음 시작할 때보다는 유저들의 수가 적었
지만 여전히 활발했고 시끌벅적했다.

눈류는 오랜만에 온 초보섬에서, 처음 라스트 월드를 접해
사냥하던 시절을 잠시 회상하다 부드러운 미소와 함께 빠르게
움직였다.

그런 눈류의 속도에 모두는 두 눈을 동그랗게 뜨고 쳐다봤
다.

세상에! 그 어떤 유저도 초보섬에서 저렇게 빨리 움직일 수
가 없었다.

아니, 움직였다는 표현으로도 부족했다.

마치 텔레포트라도 한 듯 사라졌으니!

눈류가 그림자 조각을 사용한 것이었지만 초보섬에 레벨 300대의 유저가 올 수 없었기에 유저들은 버그 혹은 운영자라고 생각할 수밖에 없었다.

운영자는 레벨에 상관없이 어디든지 갈 수 있으니 말이다.

"키아르, 피해!"

금빛 머리카락을 휘날리는 여성 유저의 외침과 함께 키아르는 기겁한 얼굴로 도망치기 시작했다. 그런 키아르의 뒤를 두 마리의 오크가 분노한 표정으로 따라가고 있었는데 바로 신랑, 신부 오크였다.

"어떻게 하지? 니야."

"후우… 우리가 너무 무모했나 봐."

그 뒤에서 대화를 나누고 있는 금빛 머리카락의 미녀 니야와 보랏빛의 머리카락을 길게 기른 샤이닝은 어쩔 줄 몰라하며 키아르를 쳐다봤다.

그들은 현실에서도 아는 사이로, 오늘도 같이 접속해 게임을 하고 있었다.

그런데 갑자기 보스 몬스터인 신랑, 신부 오크가 리젠되었고 키아르의 설득으로 인해 셋은 오크들을 공격했다.

하지만 오크들은 자신들의 생각보다 너무 강했다.

방어력이 좋다는 키아르조차 공격 한 대에 생명이 반 이상 줄어버렸으니 마법사인 둘은 스치기만 해도 사망이라는 것이었다.

"치료의 손길이여!"

"바보, 마법을 쓰면······."

물리 공격력이 약해 도와주지는 못하고, 그렇다고 구경만 할 수 없었기에 니야는 뱅뱅 도는 키아르에게 힐을 시전했다.

하지만 그와 함께 신부 오크가 니야에게로 시선을 돌렸고, 니야와 곁에 있던 샤이닝은 기겁하며 뛰기 시작했다.

"아악!!"

니야의 입에서 비명이 터져 나왔다.

달리다가 신부 오크의 공격에 맞은 것이다.

그러나 끝만 살짝 스쳤기에 죽지 않았다.

그럼에도 생명은 1/4밖에 남지 않았다.

"누가 좀 도와줘요!"

샤이닝이 겁에 질린 목소리로 외쳤다.

주변에 유저들이 몇 있었지만 그들은 쉽게 도움의 손길을 건네지 못했다.

보스 몬스터인 오크들의 위력을 알기 때문이었다.

"어떻게 해?"

"포션도 없단 말야 이제."

"아, 나도 몰라."

뱅뱅 돌다 보니 어느덧 셋은 한 방향으로 뛰고 있었고, 그 뒤를 신랑, 신부 오크가 따라오고 있었다.

셋의 얼굴에 절망감이 어렸다.

이제 남은 포션도 없고, 달리는 것도 힘에 부쳤다.

그런데 오크들은 숨도 안 차는지 변함없는 속도로 뒤따르고 있었다.

털썩!

그러다 니야가 돌에 발이 걸려 넘어지고 말았다.

어느덧 오크들은 니야의 바로 뒤까지 접근했고, 조금 거리가 떨어진 곳으로 몸을 피한 샤이닝과 키아르는 어쩔 줄을 모른 채 발을 동동 굴렸다.

신랑 오크의 손이 번쩍 올라갔다.

'아… 죽는구나……'

그 모습에 니야는 체념과 함께 두 눈을 질끈 감았다.

이제 곧 고통과 함께 자신은 마을에서 부활할 것이다.

'어?'

그러나 통증은 고사하고 맞지도 않자 니야는 의아함을 느끼며 조심스럽게 두 눈을 떴다.

그리고 볼 수 있었다.

자신을 대신해 신랑 오크의 주먹을 맞은 한 남자를.

"겨우 이 정도였나?"

눈류는 가슴으로 신랑 오크의 공격을 받으며 말했다.

정통으로 맞았음에도 불구하고 생명은 겨우 1이 깎였다.

그것도 금세 회복되었다.

퍼억, 퍼억!

크아아아앙!

크어어어엉!

눈류가 아무렇지도 않아서일까?

오크들은 더욱 분노하며 주먹질과 발길질을 했다.

그것도 모자라 날카로운 이빨로 물어뜯으려고도 했다.

하지만 갑옷을 입지 않았음에도 워낙 레벨 차이가 많이 나기에 눈류는 아무렇지도 않은 표정으로 둘을 구경하듯 바라봤다.

그 모습에 도망을 치던 셋과 근처에서 사냥을 하던 유저들은 기가 찬 얼굴로 눈류를 구경하고 있었다.

"이제 내 차례인가?"

눈류는 목소리에 한껏 느끼함을 발라 말했다.

그만큼 복수할 생각에 들떠 있는 것이었고, 곧 눈류의 소심하고도 잔인한 복수가 시작됐다.

퍼퍼퍼퍼퍼퍽!!!

마치 전광석화와 같은 속도로 눈류의 주먹이 움직였다.

그러던 눈류의 표정이 아쉬움으로 가득해졌다.

힘을 거의 주지 않고 속도만 살려서 때렸지만 워낙 근력이 높은 자신이기에 처음 한 대를 맞자마자 죽어버린 것이다!

뒤이어 몇 번의 공격이 더 들어갔지만 그것은 이미 죽은 뒤였기에 고통을 느끼지 못했을 것이다.

"크흐윽!!"

눈류는 저도 모르게 비통함을 입으로 흘렸다.

그렇게 고대하던 복수를 이렇게 허무히 끝내다니!!

하나, 이미 죽어버린 놈들을 어떻게 살릴 수도 없는 노릇이었고, 눈류는 정말, 정말 너무나 안타깝다는 표정으로 오크들이 죽으며 떨어뜨린 아이템을 주웠다.

그리고 눈류는 덜 괴롭혔다는 슬픔에 사로잡혀서인지, 주변 유저들을 신경도 쓰지 않은 채, 류화를 소환해 초보자의 섬을 떠났고… 초보 유저들은 귀신에게 홀린 표정으로 눈류가 사라진 곳을 멍하니 바라봤다…….

꿈인지 생시인지 구분하기 위해 서로의 볼을 꼬집으면서…….

터벅, 터벅.

폐허와 같은 탑에 도착한 눈류는 목적지인 5층을 향해 계단을 올랐다.

눈류가 이곳에 온 목적은 마르크의 잔 때문이었다.

100가지 재료로 신비의 묘약을 만들기 위해서는 마르크 공작이 사용했다는 황금 잔이 필요했고, 그것이 바로 4차 전직의 3차 퀘스트였다.

"오랜만이군요."

5층에 도착한 눈류는 설마 했던 부분이 현실로 나타나자 쓴웃음을 지으며 말했다.

눈류의 말에 마르크의 잔이 놓여진 돌로 만들어진 테이블에 기대어 있던 키스도 역시… 라는 표정으로 고개를 끄덕였다.

"갑자기 퀘스트가 진행되어서 왔더니, 상대가 눈류님이었군요."

“그렇게 되었습니다.”

눈류와 키스는 서로를 향해 가까이 다가갔다.

스토리상 적이었던 가면의 기사와 마르크 공작.

분명 퀘스트로 인해 재차 만나게 될 것이라고 예상했기에 크게 놀라지는 않았다.

“이러다 다음에 또 적으로 만나는 것이 아닌지 모르겠습니다.”

“그렇게 될 확률이 높겠죠.”

키스의 질문에 웃음과 함께 답한 눈류는 곧 본론을 꺼냈다.

“퀘스트의 내용을 알려주실 수 있습니까? 저는 마르크의 잔이 필요합니다.”

“제 퀘스트의 내용은 마르크의 잔을 노리는 이를 죽이라는 것입니다. 그런데 어떤 퀘스트이신가요?”

“아, 4차 전직 퀘스트입니다.”

“그러시군요!”

키스는 부러움이 가득한 시선으로 대답했다.

현재 키스의 레벨은 295였다.

SS급 퀘스트가 끝난 후 라스트 월드를 많이 하지 못했기 때문이다.

“그렇다면 이렇게 하죠. 서로가 바라는 것이 다르니 둘 다 퀘스트를 완수할 수 있겠군요. 먼저 마르크의 잔은 제가 갖겠습니다. 그리고 키스님은 저를 죽이세요. 어떻습니까?”

눈류의 제안에 키스는 생각하지도 않고 고개를 끄덕였다.

그냥 눈류가 달라고 했더라도 마르크의 잔을 넘겼을 것이다.

자신은 보상이 라르크이지만, 눈류는 4차 전직 퀘스트가 아닌가!

"눈류님의 생각에 찬성입니다. 단, 조건이 있습니다."

"뭐죠?"

"그냥 죽으시는 것보다 저와 대결을 하시는 것이 어떻습니까? 이전에 대결은 사실상 저의 패배였으니 설욕할 기회를 주셔야지요."

"그러죠."

눈류는 거절하지 않으며 검을 소환했다.

눈류와 키스는 단 한 번 정면 대결을 펼쳤었다.

그 당시 퀘스트로 인해 어쩔 수 없이 눈류를 죽여야 했던 키스는 자신의 능력이 아닌 라이트의 도움으로 눈류를 쓰러뜨렸던 것을 잊지 못하고 있었다.

그래서 기회가 닿는다면 언제 한번 눈류와 대결을 하고 싶었는데, 그날이 바로 오늘이었다.

스파앗!!

먼저 움직인 것은 눈류였다.

빛이 일렁거리는 검에서는 조화의 마나가 함께 이글거렸고, 그림자 조각으로 빠르게 접근한 눈류는 파멸의 검을 시전했다.

콰아아아아앙!!

찰나의 순간에 이루어진 공격!

키스는 다급히 실드로 파멸의 검을 막았지만, 실드는 깨져 버렸고 입에서 피를 토하며 몇 걸음 물러섰다.

'강하다!'

자신과 맞붙었을 때보다 더욱 강해진 눈류!

같이 퀘스트를 하며 그 능력을 충분히 알고 있었지만, 직접 부딪치고 보니 생각 이상이라는 것을 확인할 수 있었다.

그러자 키스는 더욱 투지가 끓어올랐다.

"긴장하세요."

키스가 피를 닦으며 말함과 동시에 블링크를 시전했다.

눈류는 뒤에서 위기감을 느끼며 황급히 거리를 벌렸다.

하지만 마법으로 눈류의 다리를 붙잡은 키스는 화염계 마법을 난사했고, 눈류는 가까스로 홀드 마법을 깨버리며 높게 솟아 올랐다.

그러나 그 정도는 예상한 듯 눈류가 움직이는 순간 키스는 다음 마법을 시전했다.

지이이이이잉!

'크윽!'

눈류는 신음을 흘렸다.

허공으로 솟구치자마자 사방에서 레이저 같은 마나들이 자신을 덮쳤다.

다급히 마나의 벽을 시전해 막기는 했지만, 짧은 시간 동안 너무 많은 마나를 소진하고 말았다.

'이거 생각보다 쉽지 않겠어.'

눈류는 재미있다는 듯 웃었다.

이전에 키스와 붙었을 때는 서로가 3차 전직도 하지 않았을 때였다.

그때는 자신이 우세라는 것을 알 수 있었는데, 지금은 장담하기 힘들었다.

그 정도로 키스의 마법 공격은 변수가 많았고, 눈류는 긴장을 놓지 않으며 키스를 향해 쇄도했다.

그러자 키스 역시 마법을 발휘하며 눈류와 맞섰다.

목숨을 건 치열한 전투임에도 불구하고 두 남자의 얼굴에는 미소가 맺혀 있었다.

Part 8

가면의 시험

—신비의 묘약을 습득하셨습니다.

—가면의 기사 4차 전직 퀘스트를 완료하셨습니다.

—가면의 기사 4차 스킬을 배우실 수 있습니다.

'드디어……'

눈류는 떨리는 표정으로 알림 창을 바라봤다.

키스와의 대결… 그 후 새로운 퀘스트가 떴었다.

바로 지금까지 모은 재료들을 마르크의 잔에 넣어 묘약을 만드는 것이었는데, 그 일이 쉽지 않았다.

마나를 이용하여 재료들을 모두 가루로 만들어야 했으며, 혼합을 할 때 가루의 양도 모두 일치해야 했다.

그나마 일치하는 순간에 알림으로 알려줘서 다행이었지, 만약 그것마저도 없었더라면 눈류는 아직도 묘약을 만들기 위해 시간을 보내고 있었을 것이다.

하지만 알려줌에도 불구하고 쉽지 않은 일이었다.

알람 소리에 정확히 멈춰야 하는데, 0.1초라도 늦으면 미세한 양일지라도 혼합이 실패하여 처음부터 다시 시작해야 했기 때문이다.

그 결과 눈류는 마르크의 잔을 얻었음에도 불구하고 일주일의 시간을 더 보낸 뒤에야 퀘스트를 완수할 수 있었다.

―추가 스텟 혼돈이 생성되었습니다. 스킬 포인트를 부여할 수 없으며 레벨 업과 함께 상승됩니다.

―추가 스텟 캔슬이 생성되었습니다. 스킬 포인트를 부여할 수 없으며 레벨 업과 함께 상승됩니다.

―추가 스텟 축복이 생성되었습니다. 스킬 포인트를 부여할 수 없으며 레벨 업과 함께 상승됩니다.

'스텟이 세 개다!'

눈류의 표정이 환해졌다.

처음만 세 개를 주더니 2차, 3차 전직 때는 두 개씩 생성되었다.

그런데 드디어 세 개의 스텟이라니! 스텟의 개수는 대단히 중요한 것 중 하나였다.

특히 추가 스텟의 경우는 스텟 레벨을 올릴 수는 없지만, 레벨 업과 함께 자동적으로 하나씩 오르니 많으면 많을수록 좋은 것이었다.

　―패시브 스킬 더블 데미지가 생성되었습니다.
　―패시브 스킬 조화의 검이 조화의 선으로 한 단계 상승되었습니다.

　'에, 패시브 스킬은 하나?'
　기뻐하던 것도 잠시, 눈류의 이마가 찌푸려졌다.
　언제나 두 개씩 생성되었던 패시브 스킬이 이번에는 단 하나밖에 생성되지 않았기 때문이다.
　'패시브도 스텟처럼 많을수록 좋은 것인데… 하지만 스텟이 세 개였으니 만족하자.'

　―생명이 5,000 증가됩니다.
　―마나가 5,000 증가됩니다.
　―명성이 1,000 상승하였습니다.
　―전체 스텟이 400 상승하였습니다.
　―최고 스텟이 300 상승하였습니다.
　―스텟 포인트가 500 주어집니다.
　―전체 패시브 스킬이 100 상승하였습니다.
　―스킬 포인트가 100 주어집니다.
　―전투 숙련치가 5% 상승하였습니다.

'컥, 대박!'

눈류는 알림 창을 보고, 소리를 귀로 들으며 주먹을 불끈 쥐었다.

지금까지 한 전직 중 가장 많은 포인트를 주는 전직이었다.

더군다나 명성은 1,000이나 상승했고, 전체 패시브 스킬이 100 상승했다!

─레이첼 황녀와 가면의 기사가 만나는 즉시, 스킬 수련의 방으로 이동됩니다.

눈류는 마지막 알림 말과 함께 레이첼 황녀를 바라봤다.

그녀는 더 이상 결계에 갇혀 있지 않았다.

신비의 묘약을 완성시키자, 레이첼 황녀가 있는 곳으로 강제 텔레포트가 되었다.

그래서 눈류는 정보에 나온 대로 신비의 묘약을 황녀가 갇혀 있던 얼음 같은 결계에 부었고, 신비한 빛과 함께 결계는 유리 조각처럼 산산조각이 나며 사라졌다.

레이첼 황녀는 드디어 자유가 된 것이다.

"황녀님, 이제 가시죠……."

눈류가 전직 알림에 정신이 팔려 있는 동안에도 연신 고맙다는 말만 되풀이하던 레이첼 황녀는 눈류의 말에 꽃보다 아름다운 미소를 지으며 고개를 끄덕였다.

얼마나 울었는지 퉁퉁 부은 눈이… 그녀의 기쁨을 대신하고 있었다.

"화, 황녀 전하!!"

카르엔 공작은 레이첼 황녀를 보자마자 무릎을 꿇으며 눈물을 글썽거렸다.

아아… 스스로 인간이기를 포기하며 얼마나 오랜 시간을 기다려 왔던가…….

그 모습에 레이첼 황녀 역시 바닥에 함께 앉으며 카르엔 공작을 끌어안았다.

만약 예전에 황녀가 이런 행동을 보였더라면 카르엔 공작은 깜짝 놀랐을 것이다.

하지만 그런 것들을 생각할 수 없었고, 둘은 어린아이처럼 서로를 품에 끌어안은 채 한참이나 눈물을 멈추지 못했다.

그 광경을 지켜보던 눈류는 괜히 눈시울이 찡해지는 것을 느끼며 창 쪽으로 고개를 돌렸고, 한참의 시간이 지난 후… 눈류는 카르엔 공작의 부름에 고개를 돌렸다.

"자네에게 너무나 큰 은혜를 입었네……. 내 어찌해야 보답을 할 수 있을지 모르겠어……. 고맙네, 고마워."

눈류는 카르엔 공작의 진심을 느끼며 괜찮다는 듯 고개를 저었다.

그렇다고 눈류가 준다는 것을 거절할 사람도 아니었다.

다만, 예의상 한 번 겸손해 주는 센스를 발휘하는 것이었다.

"아참, 내가 이럴 때가 아니지. 얼른 가세. 누구보다 그가… 그가 기다리고 있을 테니!"

"아…….."

카르엔 공작의 말에 황녀는 신음에 가까운 목소리를 흘리며 비틀거렸다.

드디어 가면의 기사를 만난다고 생각하니 온몸이 떨려왔고, 호흡조차 힘들어졌다.

"괜찮으십니까?"

그런 황녀를 다급히 부축한 눈류가 묻자, 레이첼 황녀는 애써 웃으며 고개를 끄덕였고… 같이 가자는 카르엔과 레이첼의 제안에 눈류는 고개를 저었다.

길 안내는 카르엔 공작만으로도 충분하고 안에 들어갈 이유가 없었으며, 둘만의 시간을 방해하고 싶지 않았다.

'가면의 기사가 되기를 잘했군…….'

둘이 사라진 문을 바라보던 눈류는 저도 모르게 환한 미소를 지었다.

레전드라는 사실은 좋았지만 너무나 고생이 많은 퀘스트에 투덜거리기도 참 많이 했다.

그렇지만 오늘로 인해 그동안의 고생이 기억 속에서 싹 사라지는 것 같았고, 보람이 가슴 가득 차올랐다.

―스킬 수련의 방으로 이동됩니다.

그때 알림 창과 말이 동시에 나타나며 들렸고, 눈류는 빛에 휘감기며 두 눈을 감았다.

대륙이 떠들썩했다.

비단 대륙뿐 아니라, 라스트 월드 게시판은 물론 방송국들조차 분주해졌다.

스토리에만 존재하던 레이첼 황녀가 나타났고, 가면의 기사가 모습을 드러냈다.

유저들은 흥분하기 시작했고, 재회를 하게 된 둘의 사랑을 축복했다.

그리고 모두는 알 수 있었다.

그 모든 것을 이뤄낸 이가 바로 눈류라는 사실을!

레이첼 황녀가 돌아오고 두 달이라는 시간이 지났다.

눈류는 그때서야 스킬 수련의 방에서 벗어났는데, 두 달 동안 새로운 스킬 습득은 물론, 랜덤 스텟도 올릴 수 있는 한 올린 상태였다.

"정보."

생명:39,830 마나:34,750

이름:눈류 레벨:300 성향:중립 길드:레전드
칭호:없음 명성:4,362 직업:가면의 기사

근력:4,273(+2,059) 체력:600(+1,108)

민첩:421(+1,108) 지식:142(+1,100)

재치:125(+1,103) 정신:650(+1,107)

예술:87(+1,103) 상술:105(+1,105)

검폭:321(+1,108) 신속:407(+1,108)

투혼:570(+1,058) 가호:346(+1,058)

심안:318(+1,028) 마나:440(+1,028)

가면:457(+1,028) 암흑:242(+878)

저항:272(+778) 혼돈:8(+400)

캔슬:4(+400) 축복:3(+400)

공격력:18,996(+801) 방어력:3,316(+1,150)

마공력:3,626(+410) 마방력:3,514(+510)

스텟포인트:0 스킬포인트:0 전투 숙련치:37.07%

[혼돈]

생명이 줄어들수록 방어력과 공격력이 증가된다.

[캔슬]

일정확률로 마법을 캔슬시킨다.

[축복]

생명이 10% 미만일 때 일정 확률로 생명이 증가된다.

눈류는 그동안의 고생한 것을 정보를 통해 눈 녹이듯 녹였다.

전직하기 이전에 비해 대단히 높아진 스텟 수치들.

더군다나 전투 숙련치는 37%나 되었고, 생명과 마나 역시 스텟의 영향과 전직 보상으로 인해 많이 증가한 상태였다.

"스킬창."

패시브 스킬.

조화의 선　　　　Lv.238:조화의 마나를 사용할 시 데미지를
　　　　　　　　증가시킨다.

크리티컬　　　　Lv.237:크리티컬 성공 확률이 높아진다.

어둠의 가면　　　Lv.228:빛이 어둠이란 가면에 가려질 때, 공
　　　　　　　　격력과 방어력이 상승된다.

빛의 가면　　　　Lv.228:어둠이 빛이란 가면에 가려질 때, 공
　　　　　　　　격력과 방어력이 상승된다.

증폭　　　　　　Lv.225:액티브 스킬의 위력이 증가된다.

어둠의 눈　　　　Lv.207:어둠조차 관통할 수 있는 눈을 갖게
　　　　　　　　된다.

어둠의 지배　　　Lv.205:밤이 되면 모든 능력치가 상승된다.

빛의 가호　　　　Lv.169:생명의 회복 속도가 빨라진다.

조화의 빛　　　　Lv.166:전체 능력이 상승된다.

더블데미지　　　Lv.101:일정 확률로 두 배의 데미지를 입힌
　　　　　　　　다.

액티브 스킬.

혼돈의 검　　　　Lv.514:빛과 어둠이 조화되어 모든 것을 파괴
　　　　　　　　한다.
　　　　　　　　소모마나:6,000 제한:조화를 이룬 자.

| 폭주 | Lv.200:생명이 50% 이하일 때 사용 가능하며, 공격력과 공격 속도를 27% 증가시킨다. 소모마나:5,000 제한:조화를 이룬 자. |

폭주   Lv.200:생명이 50% 이하일 때 사용 가능하
며, 공격력과 공격 속도를 27% 증가시킨다.
소모마나:5,000 제한:조화를 이룬 자.

광속   Lv.200:육체가 황금빛에 휩싸이며 빛과 같은
속도로 움직인다.
소모마나:3,000 제한:조화를 이룬 자.

폭발   Lv.195:검을 휘둘러 주변에 마나를 폭발시킨
다.
소모마나:3,200 제한:조화를 이룬 자.

공간   Lv.350:마나와 혼을 검에 실어 공간을 베어
원하는 곳에서 발출한다.
소모생명:3,500 소모마나:3,500 제한:조화를
이룬 자.

지배   Lv.126:마나를 목을 통해 발휘해 상대를 제압
한다. 적에게는 스턴 효과와 함께 일정 데미
지를 입히며, 마법 방어력이 약한 적은 짧은
시간 동안 아군이 된다. 더불어 아군은 20분
동안 전체 스텟이 15 상승된다.
소모마나:1,400 제한:조화를 이룬 자.

블러드소드   Lv.150:자신의 피와 마나로 검을 만들어내어
자유롭게 조절할 수 있다.
지속 시간:30초. 소모마나:5,000 제한:조화를
이룬 자.

마나 미러　　　　Lv.177:10초 동안 그 어떤 공격이든 적에게
다시 돌려보낸다.
소모마나:5,000 제한:마나를 초월한 자.

'이제…….'

정보와 새롭게 익힌 스킬, 추가 스텟을 확인한 눈류는 진지
해진 표정으로 하늘을 쳐다봤다.

하늘에는 처음 라스트 월드를 접속했을 때처럼 맑고 아름다
웠다.

'내가 원하던 시간이 되었다…….'

목표였던 4차 전직을 했다.

이제는 망설일 이유가 없어졌다.

오로지 한 가지 목표만을 바라보며 지금까지 달려오지 않았
던가.

때론 마음속에서 원하지 않는 감정들이 휘몰아쳤지만, 상관
하고 싶지도 휩쓸리기도 싫었다.

만약 그런 것들에 휩쓸린다면… 지금까지 해온 것들이 의미
를 잃기 때문이다.

'바쁘겠어.'

눈류는 앞으로 자신이 해야 할 일을 떠올렸다.

일단 스킬 수련의 방에서 나오자마자 뜬 퀘스트를 해야 했다.

퀘스트는 칭호의 퀘스트였는데, 어려운 것은 없어 보였다.

가면의 기사와 레이첼 황녀의 일로 칭호를 받게 되는 것이

라 참석만 하면 되는 것이다.

그 후에는 라스트를 만나 스스로 한 말을 지켜야 한다.

4차 전직을 한다면 가장 먼저 베어주겠다고 한 말을 말이다.

그리고 마지막으로 진은, 은진을 만나야 했다.

눈류가 생각을 정리하던 그때 라일라에게서 음성 채팅 신청이 들어왔고, 눈류는 오랜만에 길드원들을 만나기 위해 움직였다.

"행님, 말 좀 해보세예! 매번 혼자 스타 되면 좋습니꺼!"

"으하하! 아들아, 4차 퀘스트는 어땠냐?"

"오빠, 보상은 웅?"

"오라버니, 얼마 만이에요! 안 그래도 유명했는데 더 유명해지신 거 알아요?"

바람이 머무는 곳에 도착한 눈류는 안쪽에 위치한 방에 들어가자마자 밀려드는 질문 쇄도에 실소를 흘렸다.

물론, 그만큼 자신이 오랫동안 퀘스트로 인해 지인들과도 접촉이 적었기에 내심 이해는 했다.

"이렇게 모이는 것이 얼마 만인지 모르겠네요."

눈류는 라일라의 곁에 앉으며 주변을 향해 말했다.

현재 이곳에는 초기 길드원들이 대부분 모여 있었다.

먼저 박하다와 만파, 진석, 그리고 샤인과 카르마, 기적과 레몬, 라일라.

또 일리아와 페르탄, 루크와 리야, 에시와 아린, 라렐까지…….

이 자리에 있는 것만으로도 기분이 좋아진 눈류는 퀘스트를 하며 있었던 에피소드들은 물론, 그들이 모르는 얘기들을 해 주며 대화를 이끌었다.

그렇게 시간이 일정 흐르자 오랜만에 취할 만큼 술을 마신 눈류는 모두를 바라보며 조심스럽게 말문을 열었다.

이전부터 계획해 왔던 것인데, 아직 아무에게도 말하지 않았었다.

더불어 괜히 자신의 목적을 위해 길드원들을 휘말리게 하는 것 같아 미안한 마음도 존재했다.

그렇기에 미리 얘기를 한 뒤, 만약 반대하는 이들이 있다면 눈류는 계획을 바꿀 생각이었다.

"조만간……."

눈류가 말을 시작해서 끝낼 동안 모두는 집중해서 얘기를 들었다.

분위기가 진지해서인지 술에 취한 만취 길드의 멤버들도 집중했다.

그리고 눈류의 얘기가 끝나자 모두는 자신의 귀를 의심하는 표정이 되었다.

"오빠, 그건 좀 위험할 것 같은데."

"행님, 지 생각도 같습니더. 저희들의 세력이 아직……."

"눈류님, 저도 찬성은 아닙니다."

눈류는 애써 표정 관리를 유지하며 길드원들의 얘기를 경청했다.

가슴속에서는 아쉬운 웃음이 흘러나왔지만 눈류는 그들이 이해가 되었다.

스스로가 생각해도 무모한 계획이었다.

하지만 눈류는 가능성이 있다고 생각했다.

또한, 재회에 있어서 그만큼 좋은 상황도 없다고 생각했다.

'그러나 길드원들이 반대하면 어쩔 수 없지……'

눈류가 안타깝지만 마음을 돌리려는 순간이었다.

반대를 하던 길드원들이 눈류를 바라보며 어쩔 수 없다는 듯한 표정으로 말했다.

"그래도 오빠가 원한다면 난 하겠어."

"에? 내도 같은 생각인디."

"오라버니, 저도 좋아요. 뭐, 성공할 확률은 낮지만 좋은 경험이 될 테니."

"저 역시 마찬가지입니다. 상황만 본다면 찬성할 수 없지만… 눈류님이 바라시는 일이니 힘이 되겠습니다."

그 외에도 모든 길드원들이 한 마디씩 눈류를 위하는 말을 해 주자, 눈류는 저도 모르게 눈시울이 뜨거워지는 것을 느꼈다.

어쩌면 길드 내에도 타격이 있을 수 있었다.

그럼에도 불구하고 하나같이 도움을 주겠다니… 눈류는 이들을 알게 된 것이 자신의 인생에 행운이라는 생각이 들었다.

"너는?"

눈류가 마지막으로 고개를 돌려 라일라를 쳐다봤다.

그러자 라일라는 당연하다는 듯 생각도 하지 않고 대답했다.

"오빠가 가는 길이면 저는 언제든 같이 가요."

눈류는 진심으로 고마운 마음을 담아 고개를 끄덕였다.

"아… 피곤하다."

게임에서 로그아웃을 한 진하는 온몸의 근육이 뭉쳐 있는 것을 느끼며 힘껏 기지개를 켰다. 또한, 그것만으로는 부족한지 스트레칭을 10여 분 정도 했다.

그런 진하의 표정에는 짙은 피곤이 묻어 있었다.

스킬 수련을 한다고 잠을 거의 못 자며 지냈기 때문이었다.

'일단 한숨 자고 접속하면 되겠군.'

현실 시간으로 8시간 정도 뒤에 호칭을 받도록 되어 있었다.

그로 인해 현재 라스트 월드 게시판은 떠들썩했고, 많은 이들이 관심을 가지고 있었다.

이미 호칭을 받은 유저들이 많았다.

하나, 진하의 경우는 조금 특별했다.

NPC들의 소문에 의하면, 황제가 직접 호칭을 하사하기로 한 것이었다.

더군다나 유저 가면의 기사와 NPC 가면의 기사가 한 자리에 있을 것이 분명하기에 유저들의 관심이 커질 수밖에 없었다.

다만 아쉬운 점은 공개된 장소가 아닐 수도 있는데, 만약 그렇다면 눈류가 영상을 공개해 줄 것이라 유저들은 믿었다.

“빨리 자자.”

진하는 시간이 많지 않다는 것을 확인하자, 알람을 설정하고는 씻지도 않은 채 잠이 들었다. 그러나 4시간 뒤 잠에서 깨어나야만 했다.

휴대폰으로 계속 전화가 왔기 때문이다.

“아… 젠장.”

진하는 짜증난 얼굴로 잠에서 깨어나며 휴대폰을 쳐다봤다.

너무나 피곤했기에 혹시 늦잠이라도 잘까 봐 알람을 맞추고 폰을 꺼두지 않았었는데… 그로 인해 잠을 방해받을 줄이야.

“도대체 누구야?”

보통 이들은 한 번 전화를 해서 안 받으면 바로 전화를 하지 않는다.

급하거나, 상대가 부탁을 하지 않은 이상 말이다.

진하는 곧 부스스한 눈으로 휴대폰을 쳐다봤고, 발신자의 이름을 확인하자 한숨을 길게 내쉬었다.

왜 연락이 안 오나 했었다.

바로 박진우 PD였다.

‘그러고 보니 내 동영상을 다들 탐낸다 했었지……’

진하는 방송국에서 온 수없이 많은 쪽지들을 떠올리며 실소를 흘렸다.

안 그래도 관심을 많이 받고 있었는데 가면의 기사와 레이첼 황녀가 나타나면서 화제가 되었고, 자신이 가지고 있는 동영상을 계약하기 위해서였다.

그러니 박진우 역시 연락이 되지 않는 진하로 인해 답답함을 참지 못하고 깰 때까지 전화를 한 것이었다.

그때 또다시 전화벨이 울렸다.

"여보세요?"

진하의 목소리에 살짝 짜증이 묻어 있었다.

4시간밖에 잠을 못 자 머리가 아팠다.

그렇다고 다시 잠을 청하자니 쉽게 잠들 것 같지도 않았다.

그렇기에 자신을 피곤하게 만든 장본인에게 기분이 좋지 않다는 사실을 티내는 것이었다.

"아, 진하 씨!"

"네. 무슨 일이시죠?"

"그게… 어디시죠? 만나서 얘기할 수 없을까요?"

진하는 시간을 확인했다.

칭호를 수여받기까지는 4시간이 남아 있었다.

씻고 박진우를 만나고 와도 시간이 부족하지 않을 것이다.

"어디로 가야 되나요?"

"전에 만났던 고기 집에서 뵙죠."

"알겠습니다."

진하는 전화를 끊고 지친 몸을 일으켜 부엌으로 향했다.

그리고 탄산음료를 하나 꺼내 마신 뒤 욕실로 향해 오랜만에 샤워를 했고, 곧 모든 준비를 마친 진하는 하품을 길게 하며 박진우가 있는 고기 집을 향해 집을 나섰다.

"앗! 진하 씨!"

"에, 초아 씨도 있으셨네요."

고기 집에 들어선 진하는 예상하지 못한 초아를 발견했지만 이전처럼 불편한 티를 내지 않았다.

초아랑 가까워진 점도 이유였지만, 이미 모든 것을 다 아는 그녀이기에 이제는 그녀가 있든 말든 상관이 없었다.

"잘 지내셨나요?"

"네, PD님은요?"

"저야, 승진도 하고 행복한 나날을 보내고 있습니다."

"아, 그러시군요. 축하드립니다."

박진우와 악수를 하며 사소한 잡담을 나눈 진하는 자리에 앉아 배를 살짝 만졌다.

배에서 꼬르륵거리는 소리와 함께 배고픔이 느껴졌다.

너무 피곤해서 밥도 먹지 않고 잠이 들었기 때문이다.

그 모습에 박진우는 털털한 웃음과 함께 벨을 눌렀고, 종업원이 들어오자 진하가 좋아하는 갈비살을 넉넉히 시켰다.

가격은 비쌌지만 진하로 인해 얻게 된 이득에 비하면 아무 것도 아닌 수준이었다.

치이이이익!

갈비살이 맛있는 소리를 내며 불판 위에 올라갔다.

진하는 고기가 올라가자마자 속으로 5초를 센 뒤, 뒤집었다.

사람마다 입맛이 다르겠지만 진하는, 질이 좋은 소고기를 먹을 때는 살짝만 익혀서 먹었다.

"그런데 무슨 일이죠?"

주문한 고기가 반 정도 줄어들었을 때, 진하가 음료수를 한 잔 마시며 물었다.

"아, 가면의 기사와 레이첼 황녀에 대한 유저들의 반응이 뜨거워서요. 가능하시다면 퀘스트 영상을 저희가 입수할 수 있을까 해서 연락드렸습니다."

"그렇군요. 알겠습니다."

진하는 길게 생각하지 않고 말했다.

사실 나오면서부터 예상했었다.

유저들의 관심과 반응도 알고 있었고, 이전에 계약을 할 때 4차 전직 이전까지는 3차의 동영상을 공개하지 않겠다고 했었다.

그러니 지금은 전직 퀘스트 동영상뿐 아니라, 3차 시절에 촬영한 모든 동영상을 넘길 계획이었다.

그런 진하의 태도에 박진우는 반색하며 되물었다.

"어, 정말이죠?"

"그럼요."

"그럼 계약합시다!"

박진우는 혹여나 진하의 마음이 바뀔까 봐 식사를 하는 도중이었지만 계약서를 내밀었다.

이전에는 2차 전직 상태의 동영상만 계약했기에 3차는 새롭게 해야 했다.

진하는 계약서를 천천히 바라보다 살짝 놀란 눈으로 박진우를 바라봤다.

생각보다 계약 조건이 좋았다.

그 정도로 현재 라스트 월드가 전 세계의 많은 이들이 즐기는 게임이었으며, 진하의 영향력이 커서였다. 진하로서는 거절하기 힘든 조건이기에 망설이지 않고 싸인을 했다.

"그리고……."

진하는 고개를 갸웃거리며 박진우를 쳐다봤다.

박진우는 무엇인가 할 말이 있지만 망설이는 듯했다.

"무슨 일이죠?"

"아, 그게… 황제에게 직접 칭호를 받게 되셨다고. 그런데 만약에 공개된 장소가 아니라면……."

진하는 박진우의 의도를 알아차렸다.

만약 비공개 장소에서 진행된다면 동영상을 자신들이 독점할 수 있도록 해달라는 말이었다.

"알겠습니다. 그 동영상은 대가 없이 넘기겠습니다."

"정말이시죠?"

"네."

박진우는 기쁜 표정으로 외쳤다.

이번 계약 역시 이전 계약과 똑같은 형식이었고, 계약의 내용은 3차 전직 상태일 때의 모든 동영상과 정보였다.

그런데 칭호를 받는 지금은 4차 전직 상태이기에 쉽게 말을 꺼내지 못했다.

하지만 이렇게 흔쾌히 승낙해 주다니? 그것도 공짜로 말이다!

"앞으로도 잘 부탁드립니다."

"저야말로 잘 부탁드립니다."

재계약을 원만하게 마친 진하와 박진우는 밝은 얼굴로 악수를 나눴다.

그리고 그때 뜻밖의 축포가 들렸다.

뿌우우우… 부르르릉!

"……."

"……."

박진우와 진하는 동시에 초아를 바라봤다.

그녀의 예민한 괄약근은 어떠한 상황에서도 거침없었다.

후르르륵.

눈류는 김이 모락모락 나는 차를 한 모금 마시며 주변을 둘러봤다.

카르엔 공작의 집무실은 올 때마다 느끼지만 화려함보다는 수수함이 돋보였고, 눈류는 목을 이리저리 돌리며 카르엔 공작이 오기를 기다렸다.

'떨리는군.'

눈류는 기분 좋은 긴장감을 느꼈다.

오늘은 바로 칭호를 받게 되는 날이었다.

더군다나 황제가 직접 내리는 것이기에 내심 기대도 컸다.

칭호는 어려운 퀘스트나 왕국에 도움이 되는 퀘스트 등등을 완수했을 때 받게 되는데, 칭호는 단지 칭호에서 끝나는 것이 아니었다.

각기 받은 칭호마다 특별한 능력치와 옵션이 붙어 있었고,

눈류가 받을 칭호도 마찬가지였다.

황제가 주는 칭호, 도대체 얼마나 대단한 능력이 붙어 있을까!

많은 유저들이 궁금해하는 부분 중 하나였다.

"가세."

그때 문이 열리며 카르엔 공작이 황금빛 중갑을 걸친 기사 둘을 대동한 채 나타났고, 공작의 말에 눈류는 자리에서 일어섰다.

터벅, 터벅.

눈류는 카르엔 공작을 따라 화려한 내부를 걷다 이전에 봤던 두 명의 기사가 나타나자 걸음을 멈췄다.

'지금은 어떨까……'

예전에 그들을 처음 봤을 때 눈류는 숨이 멎는 줄 알았다.

그 정도로 그들에게서는 자신보다 월등히 뛰어난 기세가 풍겼기 때문이었다.

하지만 4차 전직을 하며 눈류 역시 많은 발전을 한 상태.

만약 NPC와 자유롭게 대결을 할 수 있었더라면, 눈류는 지금 검을 뽑아 그들과 맞붙고 싶었다.

스르르륵.

몸수색이 끝나자 기사 둘이 고개를 숙이며 문을 열었다.

그러자 눈류는 심장이 더욱 빨리 뛰는 것을 느끼며 힘차게 걸음을 내딛었다.

"미천한 신이 황제 폐하를 뵙습니다."

"일어나시오."

들어서자마자 카르엔 공작이 한쪽 무릎을 꿇고 고개를 숙이며 외치자 황제의 묵직한 음성이 들렸고, 공작을 따라 같은 자세를 취하던 눈류와 두 명의 기사 역시 자리에서 일어섰다.

'보기 좋군……'

눈류는 황제의 앞인지라 표정을 최대한 숨기며 마음으로 흐뭇해했다.

눈앞에는 황제가 앉아 있었는데, 그 옆으로 화려한 의자가 두 개 더 있었다.

그리고 그 자리에는 레이첼 황녀와 가면의 기사가 앉아 있었다.

원래 황제는 레이첼 황녀와 가면의 기사를 자신보다 윗자리에 앉히려고 했었다.

공개 석상이라면 또 모를까, 현재 이곳은 측근들을 제외하고는 그 누구도 볼 수 없었고, 자신이 레이첼 황녀와 가면의 기사보다 높은 존재라고 생각하지 않았기 때문이다.

그러나 레이첼 황녀와 가면의 기사가 극구 사양했다.

그 결과, 눈류를 만나는 이 자리에서 만큼은 셋 모두 똑같은 위치에 앉게 된 것이었다.

"미천한 신이 황녀 전하를 뵙습니다."

그때 카르엔 공작이 레이첼 황녀를 향해 조금 전처럼 재차 무릎을 꿇으며 인사를 했고, 눈류 역시 뒤따라했다.

"일어나세요."

레이첼 황녀의 맑은 목소리가 들렸다.

눈류는 고개를 들어 황녀를 바라봤다.

레이첼 황녀는 눈류와 눈이 마주치자 방긋 미소를 지었으며, 가면의 기사는 여전히 무표정을 지키고 있었다.

'많이 달라졌어…….'

눈류는 결계에 갇혔던 가면의 기사만 봐왔다.

영상으로 나타난 예전에 가면의 기사도 봤지만 실제 눈앞에서 보는 것과는 와 닿는 것이 달랐다.

현재 가면의 기사는 황금빛에 붉은색으로 문양이 새겨진 갑옷을 걸치고 있었는데, 허리까지 오는 긴 머리카락도 이전과는 달리 깔끔하게 단정되어 있었다.

더불어 이전에는 위협적이고 두려움을 주던 눈빛이, 온화하고 따스하게 변해 있었다.

처음처럼 표정은 같지만 전체적으로 흐르는 분위기는 180도 변한 것이었다.

"허허. 자네가 이리 큰 일을 해낼 줄이야. 정말 대단하군."

"당연히 해야 할 일을 했을 뿐입니다."

황제의 칭찬에 눈류는 고개를 숙인 채 대답했다.

하지만 황제는 손사래를 치며 눈류의 겸손을 부정했다.

평소에는 보기 힘든 행동이었고, 그만큼 황제는 기뻐하고 있었다.

레이첼 황녀와 가면의 기사가 나타난 것은 개인적으로도 충분히 감사한 일이지만, 크로아 왕국에 큰 힘을 실어주는 일이기도 했다.

"자네로 인해 나라에 경사가 생겼고, 두 분이 재회를 하게 되었으니 어찌 큰일이 아니겠는가. 내 그대에게 상을 내리리라.”

눈류는 황제의 말에 대답 없이 고개만 숙이고 있었다.

그리고 보상의 내용을 들으며 마음속에서 미친 듯한 짐승이 되어가고 있었다.

“나, 크로아 드폰 라시르는 위대한 공을 세운 눈류에게…….”

―5,000,000 라르크를 습득하셨습니다.

―칭호 구원자를 습득하셨습니다.

―백작의 작위를 습득하셨습니다.

“지금처럼 언제나 짐의 힘이 되어주게.”

눈류는 황제의 말에 애써 태연한 표정을 유지하며 무릎을 꿇었다.

“감사합니다, 폐하.”

눈류의 가슴이 떨렸다.

라르크와 칭호는 이미 예상했던 일이었다.

그런데 전혀 생각도 못한 백작의 작위까지 얻게 되었다.

그 말인즉 자신의 앞으로 영지가 생겼다는 것이고, 그 영지를 발전시켜 수입을 얻을 수도 있게 되었다. 더불어 자신만을 위한 병사들과 기사단들 역시 키울 수 있었다.

물론, 그렇게 하기 위해서는 초반에 라르크의 출혈이 클 것이다.

하지만 눈류는 걱정하지 않았다.

분명 투자한다면 그 이상을 얻게 될 것!

눈류는 설레는 가슴을 진정시키며 주먹을 불끈 쥐었다.

"정보."

[칭호 구원자.]
공격력 10% 증가.
마법 방어력 15% 증가.
공격속도 5% 증가.
이동속도 5% 증가.
스킬 데미지 10% 증가.
크로아 왕국의 모든 NPC들과의 호감도 증가.

황제와 대면이 끝나고 카르엔 공작의 거처로 다시 자리를 옮긴 눈류는 공작이 잠시 자리를 비운 틈을 타 칭호 구원자의 능력치를 확인했다.

그 결과 S급 아이템의 능력치와 맞먹는 능력치였고, 모든 NPC들과의 호감도 증가라는 옵션도 붙어 있었다.

스르르륵.

그때 문이 열림과 동시에 인기척이 느껴졌고, 눈류는 카르엔 공작이 왔다고 생각하며 고개를 돌리다 낯익은 한 남자와 눈이 마주쳤다.

그는 카르엔 공작이 아닌… 가면의 기사였다.

"고맙다."

레이첼 황녀가 손수 끓여준 차를 마시며 둘의 맞은편에 앉아 있던 눈류는 기사의 말에 웃음과 함께 대답했다.

"제가 더 감사합니다. 저에게 힘을 주셔서."

눈류는 진심으로 그렇게 생각했다.

사실 자신은 한 일이 없었다.

아니, 했다고 할지라도 그것은 자신을 위해서였지 그들을 위해서가 아니었다.

하지만 NPC인 그들이 알 수 있는 부분이 아니었기에 눈류는 고마움을 받기보다 자신이 고마워한다는 것을 표현했다.

만약 레이첼 황녀와 가면의 기사를 만나지 못했더라면, 자신은 어쩌면 레전드가 되기 위해 계속해서 레벨을 50까지 키웠다가 지우고 있을지도 모르는 일이었다.

"자네에게 보답을 하고 싶은데… 바라는 것이 있나?"

레이첼 황녀가 주로 대화를 이끈 지 20분 정도가 지났을 때, 눈류는 기사의 말에 곧바로 대답했다.

"강해지고 싶습니다."

"강해지고 싶다라?"

"네……."

기사와 눈류의 두 눈이 마주쳤다.

순간 눈류는 무엇인가가 자신을 밀어내는 듯한 강한 압력을 받았지만, 이를 악물며 버텼다.

그 모습에 가면의 기사는 헛웃음을 터뜨리며 말했다.

"자네는 지금도 충분히 강하네. 과한 것은 좋지 않아……."

"강해져야 합니다."

눈류는 물러서지 않고 말했다.

그러자 가면의 기사는 잠시 고민하는 표정이었다.

그러다 곧 결심한 듯 작은 한숨을 내쉬며 물었다.

"정말 강해지고 싶은가?"

"네."

"알겠네. 따라오게."

눈류는 기사를 따라 자리에서 일어났다.

"으윽, 으아아악!!"

눈류의 신형이 비틀거리며 바닥에 쓰러졌다.

그런 눈류는 마치 전기에라도 감전된 듯 신형을 쉬지 않고 부르르! 떨었는데, 쉴 새 없이 밀려드는 어떤 힘 때문이었다.

"으으윽."

입에서 침과 피를 질질 흘리며 광기에 젖은 짐승의 눈이 된 눈류는 애써 정신을 차리기 위해 노력했다.

'이런 망할… 난 지지 않아!!'

눈류는 스스로의 혀를 깨물었다.

찌릿한 통증과 함께 지금까지 쉼없이 흘린 피가 입 안을 가득 채웠다.

'이겨야 해… 이겨야 해……!!'

순간적으로 자신의 머릿속을 지배하려는 힘이 주춤거리자, 눈류는 자연스럽게 가면의 기사를 떠올렸다.

"가면에는 봉인이 되어 있다."

가면의 기사를 따라, 기사가 자신을 가두었던 공간에 도착하자 그는 눈류를 향해 말했다.

"그 봉인을 푼다면 네가 원하는 힘을 얻게 될 것이다. 다만, 봉인을 푸는 과정은 절대 쉽지 않아. 가면의 인정을 받아야 하니 말이네."

"가면의 인정이라면……."

"너를 시험할 것이다. 그래서 네가 자격이 된다면 가면은 스스로 봉인을 풀 것이고, 만약 자격이 되지 않는다면 가면은 너를 떠날 것이다. 그래도 하겠는가?"

눈류는 잠시 대답을 하지 못했다.

그 말인즉… 지금보다 더욱 강한 가면을 얻을 수도 있지만, 잘못될 경우 가면을 잃을 수도 있다는 말이었다.

'만약 잃게 된다면?

기사의 가면은 능력치가 좋았다.

다섯 가지의 옵션이 있는 S급의 아이템이었다.

혹여나 잃게 된다면 어디서 구할 수도 없는 아이템인 것이다.

'불안해 말자. 불안해하지 마. 내가 나를 믿지 않으면 어떻게 살아가겠어.'

눈류는 결심과 함께 가면의 기사에게 대답했다.

"하겠습니다."

그 말과 동시에 가면의 시험이 시작되었다.

"끄아아아악!!"

눈류의 처참한 비명이 넓은 방 안을 가득 채웠다.

벌써 5시간째 가면의 시험을 받고 있는 중이었는데 정말 미
쳐 버릴 것 같았다.

"하아… 하아……."

눈류의 눈동자가 핏빛으로 물들기 시작했다.

자신의 몸속을 파고드는 어떤 기운에 점점 점령당하기 시작
한 것이었다.

"으아아악!! 견뎌!!"

스스로를 향한 외침!!

눈류는 주먹으로 자신의 얼굴을 강하게 후려쳤다.

그것도 부족한지 갑옷을 입지 않은 몸을 벽에 부딪치며 정
신을 놓지 않기 위해 수단과 방법을 가리지 않았다.

만약 이 어둡고 타락한 기운에 자신이 점령당한다면, 그땐
가면을 잃게 된다.

그럴 수 없었다. 그럴 수 없었다!

"아직도군……."

그때 가면의 기사가 방 안에 들어오며 중얼거렸다.

그런 그의 눈빛에는 안타까움이 가득했는데, 사실 그조차도
눈류가 시험을 이겨내지 못할 것이라 생각하고 있었다.

그 정도로 가면의 시험은 자신 역시 겨우 통과했을 만큼 힘
이 들었고, 인간의 한계를 뛰어넘는 정신력과 독기가 필요했
다.

더불어 저항을 하면 할수록 심해지는 고통도 이겨내야 했
다.

만약 기절이라도 했다가는 순식간에 정신과 몸이 지배당하기 때문이었다.

"으으윽……."

눈류는 가면의 기사를 보자마자 알 수 없는 살심이 솟구쳐 올라왔다.

그의 몸과 정신 속을 휘젓던 자욱한 안개 같은 힘이 미쳐 날 뛰기 시작한 것이다.

피가 필요해… 피를 적셔라… 피를 마셔라… 저놈을 죽여라!!

머릿속에서 정체를 알 수 없는 목소리가 메아리 되어 울렸다.

그 반복되는 목소리에 눈류는 자신이 세뇌당하고 있다는 것을, 점령당하고 있다는 것을 알면서도 끓어오르는 살심에 검을 소환했다.

안 돼, 안 돼!!

마음속으로 크게 울부짖는 눈류.

하지만 육체는 더 이상 자신의 말을 듣지 않았다.

비틀, 비틀.

몸 곳곳에서 피를 흘리고, 걸음걸이에 기운조차 없었지만 눈류는 무엇인가에 홀린 듯 가면의 기사를 향해 움직였다.

지이익. 지이익.

소환된 검이 바닥을 긁었다.

그리고 마찰음이 사라지는 순간, 눈류는 기사의 가면 속 두 눈을 마주 봤다.

그런 눈류의 눈동자는 흰자위가 없어지고 검은색으로 가득 차 있었다.

'틀렸군.'

기사는 아쉬움을 느끼며 등을 돌렸다.

가면의 힘에 정신과 육체를 지배당한 지금의 눈류는 이전보다 더욱 강한 힘을 발휘할 것이다.

눈류의 힘에 가면의 힘까지 합쳐졌기 때문이었다.

그러나, 그렇다 해도 자신의 상대가 될 수 없었다.

현재 눈류가 착용하고 있는 가면은, 자신이 착용한 가면의 능력보다 한참이나 아래였고, 그리고 눈류의 힘 역시 자신보다 많이 부족했다.

그래서 등을 돌리고 있다 하지만 눈류가 공격을 시도한다면 곧바로 가면을 베어버릴 생각이었다.

현재 눈류의 얼굴에 착용된 가면이 사라지면… 눈류는 이전 가면의 힘은 잃겠지만 목숨은 구할 수 있으니.

"으아아악!!"

그 순간 눈류의 괴성이 들렸고, 기사는 살기를 느끼며 뒤돌아섰다.

그런 기사의 손에는 어느덧 빛의 검이 쥐어져 있었는데… 기사는 검을 움직이지 않았다.

예상치 못한 상황이 눈앞에 펼쳐졌기 때문이었다.

푸우욱! 주르르르륵.

"쿠, 쿨럭… 크큭……."

눈류는 당황한 기사를 바라보며 힘겹게 웃었다.

웃을 때마다 입에서 피가 토해졌지만 상관없었다.

"죽을 생각인가?"

"저는 지지 않습니다….절대 지지 않습니다!! 하, 하하!! 커흑!!"

눈류는 미친 사람처럼 소리를 지르며 웃다 비명을 질렀다.

모든 것이 점령당했다고 느꼈던 그때, 눈류는 최후의 정신력을 불태우며 팔을 움직였다.

그러자 빛이 이글거리는 검이 빠르게 눈류의 복부를 관통했다.

그와 함께 눈류는 정신을 차릴 수 있었다.

눈류는 생각했다.

퀘스트는 분명 시험이었다.

가면의 힘에 굴복하느냐, 이겨내느냐를 테스트하는 것이다.

그래서 눈류는 차라리 죽음을 택했다.

어차피 자신은 죽어도 죽는 것이 아니었고, 절대 굴복은 하지 않겠다는 뜻이었다.

"나는… 지지 않……."

눈류는 눈앞에 모든 것이 흐려지는 것을 느꼈다.

과다 출혈과 함께 생명이 끊어지려는 것이었다.

그러나 그 순간에도 자신의 의지를 표현하는 눈류…….

곧 눈류의 신형이 바닥에 쓰러졌고, 가면의 기사는 놀랍지만 흡족한 미소를 지었다.

라스트 월드 차원 판타지 게시판에 한 게시물이 올라왔다.
'약속을 지킵니다' 라는 제목의 글은 그냥 흔한 게시물 중 하나였지만, 유저들은 클릭을 하기 시작했다.
어느덧 클릭과 추천수가 점점 높아지기 시작했고, 그 게시물은 베스트에 올라가며 더욱 많은 유저들이 볼 수 있었다.
유저들이 클릭을 하게 된 이유는 단 하나였다.
글의 작성자가 바로 눈류였기 때문이다.

1lusion:이 글, 정말 가면의 기사가 적은 것인가?
샤은s:그렇지 않을까요? 이전에 눈류님이 약속을 했었죠. 자신이 4차 전직을 하게 된다면 가장 먼저 베어버리겠다고. 그리고 눈류님은 4차 전직을 하신 것으로 압니다.
현쩨:이야! 이거 대박인데요? 눈류가 라스트에게 보내는 도전장이라. 그것도 공개 도전장? 자신이 있다는 것인가?
새드:뭐, 저희는 즐거운 구경만 하면 되겠네요. 보자. 일주일 뒤군요. 기다려지는데요?

눈류가 남긴 게시물에 코멘들이 수없이 이어졌고, 많은 유저들은 얼른 일주일이 지나기를 바랐다.
그만큼 눈류와 라스트의 대결은 모두가 관심있어 하는 대결 중 하나였으며, 둘이 예전에 신경전을 펼친 적이 있기에 기대치는 하염없이 높아만 갔다.

그리고 시간은 빠르게 흘러 어느덧 일주일 후가 찾아왔다.

"괜찮겠어요?"

라일라의 걱정이 가득한 목소리에 눈류는 웃음으로 대답을 대신했다.

라스트, 대단히 어려운 상대이며 승산은 높지 않았다.

그러나 진다는 생각도 하지 않는 눈류였다.

전체적인 밸런스로는 라스트가 높겠지만, 자신의 4차 이후 스킬은 아직 공개가 되지 않았기 때문이었다.

더군다나, 비장의 무기도 존재했다.

바로 가면의 시험을 통과하면서 얻게 된 능력이었다.

눈류의 예상대로 가면의 시험은 가면의 힘에 제압당하지 않으면 되는 것이었다.

그래서 죽음을 선택하는 순간 가면의 인정을 받을 수 있었고, 죽기 직전에 가면의 기사의 도움으로 살아날 수 있었다.

'기사의 가면의 능력도 높아졌지만, 더욱 중요한 것은 바로 스킬이다.'

눈류는 인벤토리에서 가면을 확인했다.

전체적인 능력치가 거의 두 배로 오른 상태였다.

또한, 새로운 스킬이 생성되었는데 바로 진화였다.

진화는 이전에 진은이 보여줬던 변신 스킬이었는데, 변신을 할 경우 육체가 변하며 능력치가 대폭 상승하게 된다.

하지만 좋은 만큼 문제점도 있었다.

진화는 생명이나 마나로 발휘하는 스킬이 아니었다.

바로 일정량의 경험치와 스텟으로 사용할 수 있는 스킬이었다.

한마디로, 진화는 웬만해서는 쓰지 않는 스킬이라는 것이다.

힘들게 올린 경험치를 떨어뜨리고 스텟도 랜덤 형식으로 5개나 떨어진다.

더군다나 1분이라는 짧은 시간 동안만 변신 상태가 유지된다.

아무리 좋아도 차라리 안 쓰고 말 스킬이 바로 진화였다.

'그러나 진화는 최후의 방법이다. 스텟이나 경험치도 문제였지만, 더욱 중요한 것은 진은이 미리 알아서는 안 돼. 그러니 최대한 아끼고 아껴야 한다.'

눈류는 아직도 불안해 보이는 라일라에게 재차 안심을 주기 위해 품 안에 따스하게 안아줬다. 그러자 라일라의 몸이 살짝 떨렸다.

"나만 믿어. 나는 절대 지지 않아. 약속할게."

"네… 믿을게요."

라일라가 얼굴에 웃음을 찾자, 눈류는 그런 라일라의 하늘거리는 머리카락을 쓰다듬어 줬다.

그리고 곧바로 류화를 소환해 라일라와 함께 등 위에 올라탔다.

이제는 격전을 치러야 될 시간이기 때문이다.

"아, 왜 이렇게 안 와?"

"기다려 봐. 아직 시간 남았잖아."

"그래도 그렇지. 라스트님은 이전부터 와서 기다리고 있는데. 감히 우리 길드와 라스트님을 무시하는 거야?"

"참으라니까. 라스트 형도 가만히 있는데 네가 왜 그래?"

눈류가 글에서 지정한 롤페드 언덕에는 많은 유저들이 모여 있었다.

그 수만 대략 잡아도 천 명이 넘는 수준이었고, 넓고 넓은 사냥터인 롤페드 언덕이 유저들로 가득 차 있었다.

그중 라스트의 길드원인 듯한 유저들이, 라스트가 먼저 도착했음에도 눈류가 나타나지 않자 짜증을 내기 시작했고, 수많은 유저들이 만들어준 공간 한가운데에 있던 라스트 역시 화가 난 기색이었다.

'네놈이 정말……'

라스트가 눈류의 도전장을 보게 된 것은 길드원이 알려줬기 때문이었다.

그 얘기를 들은 라스트는 게시판에 들어가 눈류의 글을 확인했는데 어이가 없었다.

사실 눈류가 그런 발언을 했지만 언제까지고 도망칠 줄 알았다.

아니, 적어도 자신과 레벨이 어느 정도 비슷해졌을 때 도전할 줄 알았었다.

그런데 눈류의 레벨은 겨우 레벨 300이었다.

자신처럼 4차 전직을 하기는 했지만 레벨 차이가 무려 40 이상이나 났다.

그것인즉 자신을 무시하는 것밖에 되지 않는다.

자신이 일반 유저라면 또 모를까, 레전드 소울 브레이커였다.

감히 그런 자신에게 만인이 보는 곳에서 도전장을 내밀었다?

라스트는 자신을 깔보는 듯한 눈류의 행동에 분노했다.

그리고 고마워했다.

드디어 모든 유저들 앞에서, 라일라 앞에서 눈류를 짓밟을 수 있게 되어서 말이다.

하지만 먼저 도전을 한 놈이 자신보다 늦게 오자 화가 치밀어 올랐다.

사아아아악!!

그 순간이었다.

모두는 인기척을 느끼며 하늘을 향해 고개를 들어 올렸다.

그와 함께 유저들은 볼 수 있었다.

눈류와 라일라를 태운, 붉은빛의 류화를…….

“빨리 왔군.”

눈류는 류화에게서 내리며 라스트를 향해 웃으며 말했다.

그 모습에 라스트의 얼굴이 일그러졌다.

안 그래도 자신보다 늦어서 화가 나 있었는데, 라일라와 함께 오다니!

그것도 모자라 눈류의 웃음이 마치 자신을 비웃는 것처럼 느끼는 라스트였다.

"네놈을 죽이고 싶어서 기다릴 수가 있어야지."

"그래. 하지만 어쩌지? 죽는 것은 너일 텐데. 아참, 기다리게 해서 죄송합니다."

눈류는 라스트의 말에 반격을 하다 곧 수많은 유저들을 떠올리며 그들에게 고개를 숙여 사과를 했다.

비록 약속 시간에는 늦지 않았지만 어쨌든 자신으로 인해 많은 이들이 기다렸기 때문에 하는 행동이었으며, 그런 눈류의 모습에 유저들은 괜찮다며 빨리 싸우라고 부추겼다.

'많군.'

눈류는 고개를 들며 주변을 둘러봤다.

그중에는 낯익은 유저들도 몇 보였다.

일단 자신이 속한 레전드 길드원들이 한곳에 모여 응원을 하고 있었고, 진은과 라이트, 키스도 눈에 들어왔다.

또한 카르미엔을 포함한 운영자들도 있었다.

'생방송이라… 지면 개쪽이야.'

눈류는 실소를 흘렸다.

자신의 도전장이 공개된 이후 라스트 월드 측에서 방송을 해도 되겠냐고 연락이 왔고, 눈류와 라스트 모두 승낙했다.

그래서 현재의 대결은 라스트 월드 내에서는 물론 TV로도 볼 수 있었다.

그러니 눈류와 라스트의 대결을 보는 이는 모든 것을 총합할 경우, 천 단위는 가볍게 넘을 것이었다.

"이제 시작할까?"

"좋지. 크아압!"

라스트의 말에 눈류는 대답과 함께 지배를 발휘했다.

라스트가 마법 방어력이 높아 그에게 충격을 주진 못하겠지
만 스스로에게 버프를 건 것이었다. 그와 함께 빛이 일렁거리
는 검을 소환했고, 류화의 등 위에 올라탔다.

일 대 일 대결에서는 펫도 능력의 하나이기에 사용해도 반
칙이 아니었으며, 라스트 역시 붉은빛의 반투명한 요정 같은
펫을 소환한 상태였다.

"멍청한 놈!"

먼저 공격을 한 것은 라스트였다.

라스트는 비웃음과 함께 눈류가 아닌 류화에게 홀드와 함께
슬립을 동시에 시전했다.

하지만 눈류는 이전의 경험을 통해 그럴 것이라 예측했었
다.

'광속!!'

콰콰콰콰!!

눈류의 신형이 황금빛에 물들며 순식간에 라스트를 향해 쇄
도했다.

그 모습에 라스트는 흠칫 놀라며 블링크를 발휘해 눈류의
뒤로 움직였다.

그러나 눈류의 신호와 함께 류화가 입을 벌렸다.

푸하아아아아아!

브레스에 물은 담은 류화의 유일한 공격이, 라스트가 눈류의 등 뒤에 나타나는 순간 발출되었고 라스트는 전혀 생각도 못한 공격에 적중되고 말았다.

"커허억!!"

라스트의 입에서 피가 흘러내렸다.

그런 찰나를 눈류는 놓치지 않으며 재차 광속을 발휘해 달려들었다.

'혼돈의 검!'

"젠장, 실드!!"

눈류의 검에서 막강한 위력의 마나가 일렁거리자 라스트는 황급히 실드를 발휘함과 동시에 순간 텔레포트 마법으로 자리를 피했다.

그렇지만 육체가 미처 사라지기 전에 혼돈의 검에 적중했고, 실드가 부서짐과 동시에 라스트는 재차 부상을 입었다.

"죽어라!!"

눈류는 입술을 잘근 깨물며 황급히 광속을 사용해 원래의 자리에서 몸을 피했다.

콰콰쾅!!

허공에서 불꽃들이 비가 되어 내리며 눈류가 있던 자리를 초토화시켜 버렸다.

"감히… 네놈이 감히!!"

라스트의 목소리에는 분노가 담겨져 있었다.

얕보다가 망신을 톡톡히 당했기 때문이다.

가면의 기사! 황제에게 칭호를 받은 자!

레벨도 낮으면서 자신보다 더 유명한 레전드!

라스트의 분노에는 자존심과 질투심이 함께 자리 잡고 있었다.

"죽어! 죽어!!"

분노한 라스트는 마법 공격을 쉬지 않고 발휘했다.

어둠과 빛이 조화가 되어 대지를 녹여 버렸고, 바람이 눈류를 붙잡았다.

그리고 정신계 마법은 물론 폭발형, 기술형 모든 마법이 총동원되었다.

그러자 눈류는 피하는 것밖에 할 수 있는 일이 없었다.

어떻게든 반격을 하려고 하면 또 다른 마법 공격이 자신을 노리며 혀를 낼름거렸기 때문이다.

'젠장, 마나의 벽만 있었어도…….'

눈류는 이를 악물며 광속과 류화를 번갈아가며 발휘해 마법을 피하도록 노력했다.

하지만 그것에는 한계가 존재했고, 눈류의 생명은 줄어들고 있었다.

그와 함께 마나의 벽이 간절했다.

만약 이 순간 마나의 벽이 있었더라면, 마나의 벽을 발휘해 공격을 당해줄 것이다.

그러면 자신은 아무런 데미지를 입지 않으며 접근할 수 있고, 라스트는 자신이 공격한 마법의 일부 데미지를 입게 되니.

하지만 4차 전직을 하며 마나의 벽은 사라졌다.

때론 사라진 스킬들이 탐날 때가 있지만 그것은 새로운 스킬들이 몸에 배지 않기 때문이었고, 눈류는 자신의 스킬들을 떠올리며 어떻게든 역공을 시도하려고 머리를 굴렸다.

만약 이대로 가다가는 라스트의 마나가 떨어지기 이전에 자신이 죽을 것이었다.

'일단 범위 공격인 폭발은 제외하자. 마나 소모에 비해 라스트에게 큰 데미지를 입히지 못한다. 그렇다면……'

"류화! 나와라!"

눈류는 류화가 마법에 걸리면 역소환했다가 재차 소환을 하는 방식으로 끊임없이 류화를 이용하려고 노력했다.

광속이 움직임은 더 편했지만, 마나의 소모가 있기 때문이었다.

스텟 마나의 수치가 높아지면서 이제는 회복되는 속도가 대단히 빨랐지만 그래도 모든 마나는 공격에 집중해야 했다.

"주인, 나 무섭다."

"알몸의 남자!"

"주인, 나에게 두려움이란 개념은 가출한 지 오래다!"

눈류는 류화의 등 위에 탄 채 조금의 틈을 찾아 죽기 살기로 공격을 시도했다.

정 위급하면 마나 미러를 발휘할 생각이었다.

그러자 라스트 역시 방어를 해야만 했고 공격의 횟수가 자연적으로 줄어들었다.

'이상해. 라스트는 마나가 얼마나 되는 것이지?'

문득, 눈류는 라스트가 대단히 많은 공격을 했음에도 계속 마법을 시전한다는 것을 깨달았다. 자신은 콤보로 몇 번 발휘하면 3만이 넘는 마나가 사라지는데 말이다.

'그렇지!'

그때서야 눈류는 중요한 사실을 깨달았다.

이전에 라스트가 자신의 펫에 대해 인터뷰를 한 적이 있었다.

그때 분명 펫의 능력은 스킬을 발휘하면 사용한 마나의 50%를 채워주는 것이었다.

"공간!!"

눈류가 라스트를 향해 검을 휘둘렀다.

그러자 검에서 마나의 기운이 반월형으로 발출되었고, 라스트는 다급히 마법을 발휘해 허공으로 치솟았다.

그런데 놀라운 일이 발생했다.

반월형의 마나가 발출됨과 동시에 사라지더니 라스트의 펫의 뒤에서 공간을 베며 나타난 것이다.

"크윽! 뭐, 뭐냐!"

라스트는 당황하며 펫을 역소환하려고 했다.

하지만 한발 늦은 대처!

키에에에!!

라스트의 펫이 반으로 갈라지며 끔찍한 비명을 질렀다.

그리고 곧 연기로 변하며 사라졌다.

죽은 것이었다.

'망할!'

라스트는 짜증이 치밀어 올랐다.

분명 자신을 향해 스킬을 시전했기에 펫을 보호하지 않고 자리를 피했다.

하나, 저런 기술이 있었을 줄이야!

더군다나 펫은 당장에 살릴 수도 없었다.

'시간을 끌면 내가 불리하다.'

펫은 전투에도 큰 도움이 되었기에 라스트는 이를 악물며 눈류를 향해 접근했다.

이제는 계속해서 류화에게 마법을 걸어 묶을 수도 없는 입장이 되었다.

그렇게 한다면 눈류는 분명 역소환, 소환을 반복할 것이고 자신은 마나만 잃는 꼴이었다.

더군다나 류화의 속도는 놀라울 정도라서 제아무리 라스트라 할지라도 공격 마법으로는 맞추기가 힘이 들었다.

그리고 류화의 물의 브레스도 처음 이후는 계속 피했지만 신경이 쓰였다.

그러자 눈류는 속으로 미소를 지었다.

싸움에서는 흥분하는 쪽이 전력의 약화가 생긴다.

그런데 라스트는 자신의 성격을 이기지 못하고 처음부터 계속 흥분하고 있었다.

콰아아아아앙!! 차아아아악!!

전투는 치열하게 진행되었다.

일반적인 전력은 라스트가 우위이나, 눈류에게는 류화가 있었기에 점차 라스트가 밀리기 시작했다.

하지만 라스트는 괜히 랭킹 1위가 아니었다.

"커어억!!"

눈류의 입에서 비명이 터져 나왔다.

라스트의 주 특기 중 하나인 빛과 어둠이 조화된 마법을 피하려다가 이차적으로 발휘된 바람의 칼날에 왼쪽 팔이 날아가 버렸다.

그러자 라스트는 눈류를 몰아붙이기 시작했다.

한쪽 팔이 없다는 것은 전투에도 불리하지만 계속해서 생명이 줄어들 것이었고, 라스트는 승리를 장담했다.

"폭주! 블러드 소드!"

눈류는 위기를 느끼며 생명과 마나를 확인한 뒤 두 가지 스킬은 연달아 발휘했다.

공격력과 공격 속도가 급증했다.

그와 함께 허공에는 눈류의 잘린 팔에서 흐른 피로 만들어진 혈검이 생성되었다.

"라스트, 난 지지 않는다!"

눈류의 외침과 함께 블러드 소드는 추적 기능이라도 있는 듯 라스트를 따라다니기 시작했다. 유지 시간이 30초밖에 되지 않지만 그 정도 시간이면 현재 상황에서는 충분한 수준!

눈류는 라스트의 블링크 경로를 살피며 곧 공간을 사용했다.

스파이아아앗!!

공간을 베며 마나의 기운이 라스트의 등 뒤로 나타났다.

그렇지만 라스트는 재차 블링크를 사용하며 허공에 나타났다.

하지만 그것조차 눈류가 확인한 경로에 들어 있는 것이었다.

"광속, 혼돈의 검!!"

눈류의 신형이 황금빛에 물들었고, 검에서는 모든 것을 자를 듯한 마나가 형성되었다.

그 모습에 라스트는 당황하며 재차 블링크를 시도했지만, 라스트가 공간을 피하기 위해 블링크를 시전했을 때 눈류는 이미 움직인 상태였다.

그 결과 라스트는 눈류의 검을 피할 수 없었다.

사아아악!!

라스트의 신형이 반으로 쪼개졌다.

그 모습에 라스트를 응원하던 유저들은 믿을 수 없다는 표정이 되었고, 눈류를 응원하던 이들은 환호를 질렀다.

하나, 눈류는 이질감을 느꼈다.

'비명도 없다!'

고통을 스스로 조절할 수 있게 바뀌면서 원한다면 안 아프게 할 수도 있었다. 그러나 처음 라스트가 류화의 물대포에 당했을 때는 분명 비명을 질렀다.

어느 정도 고통을 느끼는 상태에서 게임을 플레이한다는 것이었다.

그런데 죽음의 순간 아무런 고통도 느끼지 못한다?

아무리 혼돈의 검이 빠르게 그를 베었다 할지라도 신음이라도 났어야 했다.

"죽어라!"

그때였다.

눈류는 경악하며 뒤를 쳐다봤다.

그곳에는 어느새 나타난 라스트가 마법을 시전하고 있었다.

찌릿찌릿!

눈류는 몸을 움직이려고 노력했다.

하지만 아무리 힘을 줘도 몸은 움직이지 않았고, 라스트의 손에서 완성된 강력한 빛과 어둠의 스킬이 눈류를 잡아먹기 위해 달려들었다.

라스트가 자신의 스킬 중, 현재 시전한 스킬을 최고로 뽑은 이유가 바로 이것이었다.

모든 것을 파괴하는 데미지! 그와 동시에 상대를 붙잡는 추가 효과까지!

"크큭. 나 역시 네놈의 행동을 예측하고 순간적으로 분신이라는 스킬을 발휘한 것이었다."

라스트는 죽음 직전의 눈류에게 큰 소리로 외쳤다.

마나는 다 사용했지만 라스트의 얼굴에는 행복함이 가득했다.

승리를 자신하기 때문이었다.

만약 변수가 있다면 마나의 벽이었는데, 눈류가 전직을 했고 전투 내내 사용하지 않았었다. 썼더라면 자신이 유리할 수도 있는데 말이다.

그것은 즉, 마나의 벽을 쓸 수도 없다는 것!

더불어 만약을 대비해 류화에게도 홀드 마법을 걸어놨기에 라스트는 느긋한 표정으로 눈류의 최후를 지켜봤다.

하지만… 라스트에게는 약점이 있었다.

바로 눈류의 스킬이 어떤 것들이 있는지 모른다는 점이었다.

"죽는 것은 너다. 마나 미러!"

눈류는 라스트의 가공할 만한 스킬이 몸에 닿기 직전에 마지막 남은 마나로 마나 미러를 발휘했다.

그러자 라스트의 스킬은 거울 형상의 마나에 부딪치며 날아올 때보다 더욱 빠른 속도로 라스트를 덮쳤고, 여유롭게 승리를 낙관하던 라스트는 말도 안 된다는 표정과 함께 자신의 스킬의 먹잇감이 되었다.

콰콰콰쾅!!

"우와!! 눈류님이 이기셨다!!"

"행님, 행님이 최고라예!"

"저는 레전드 길드원인게 행복합니다!"

"저놈이 내 아들이다! 으하하!"

'오빠……'

눈류는 온몸에 힘이 빠지는 것을 느끼며 바닥에 쓰러졌다.

그 광경에 라일라와 레전드 길드원들이 모두 달려왔다.

"내가… 이긴 건가?"

눈류는 자신의 승리가 믿기지 않았다.

하지만 환하게 웃고 있는 모두의 표정이, 눈류를 외치는 유저들의 함성이… 자신의 승리를 알려주고 있었다.

Part 9
목표

눈류는 칸막이가 처진 술집에서 세라와 마주하고 앉아 있었다.

그는 현재 세라의 대답을 기다리고 있었는데, 한참이나 생각에 잠겼던 세라는 술을 한 모금 마시더니 말문을 열었다.

"미안하지만 이번 부탁은 힘들겠어."

눈류는 재차 세라를 설득했다.

하지만 그녀의 대답은 똑같았고, 눈류는 결국 체념할 수밖에 없었다.

자신의 계획이 완성되기 위해서는 세라의 도움이 꼭 필요했다.

그렇지만 세라는 길드 마스터였다.

자기 혼자가 아닌 299명의 유저들을 거느리고 있는 것이었다.

그렇기에 그녀는 최선의 선택을 한 것이고, 눈류는 더 이상 강요할 수 없었다.

"미안해."

세라는 그 말과 함께 일어나 술집을 빠져나갔다.

그러나 눈류는 자리를 뜨지 않았다.

조금 있다가 또 누군가를 만나야 했기 때문이고, 한 시간 정도 흐르자 진은이 모습을 나타냈다.

"무슨 일이시죠?"

진은은 의아한 표정으로 술이 오른 눈류에게 물었다.

눈류가 자신을 찾은 것도 놀라웠지만, 이런 모습을 보는 것도 처음이었다.

이전에 SS급 퀘스트에서 얘기를 나누며 술을 마신 적이 있었다.

하지만 살짝 취하는 수준이었지, 지금처럼 취했다고 확연히 알 수 있을 정도는 아니었다.

"부탁이 있습니다."

"네."

"지배자 길드에게 공성전을 신청합니다."

"네……?"

진은은 눈류를 바라봤다.

그의 눈빛은 장난이 아니라고 말하고 있었다.

하나, 진은의 입장에서는 당혹스러웠다.

일단 한 길드에서 공선전을 제의하고, 제의를 받은 길드가 승낙한다면 공성전은 진행된다.

그렇지만 눈류의 레전드 길드와 자신의 지배자 길드는 흔히 말하는 레벨이 달랐다.

"제가 받아들일 것이라 생각하십니까?"

진은은 거절할 생각으로 눈류를 향해 물었다.

보통 순위가 한참 낮은 길드가 높은 길드에게 공성전이나 길드전을 신청하면 대부분 거절한다. 그 이유는 간단했다.

낮은 길드와 붙어봐야 얻을 것이 없기 때문이다.

그런데 반대로 자신들은 잃을 것이 많았다.

"받아들여야 합니다."

진은은 눈류의 강압적인 태도에 의아함을 느꼈다.

그는 언제나 예의를 차리려고 하는 유저였다.

그러나 지금의 모습은 그동안 봐온 눈류가 아니었다.

"그래야……."

눈류는 말끝을 흐리더니 술을 한 잔 더 비웠다.

그리고 진은의 시선을 피하지 않으며 말했다.

"내가 너를 찾아 이 게임을 한 목적이 달성되니까."

진은의 손에 들린 술잔이 바닥에 떨어졌다.

진은과 만난 이후 눈류는 고민이 많아졌다.

지배자 길드와의 공성전이 일주일밖에 남지 않았는데 인원이 너무나 부족했다.

가장 큰 문제는 바로 레전드 길드에게는 동맹과 라인이 없다는 것이었다.

원래 눈류의 계획은 세라의 길드를 동맹으로 설정하고 나머지 인원들은 용병을 뽑으려고 했지만, 세라가 제안을 거절했기에 대부분의 인원을 용병들로 구성해야 했다.

하지만 그럴 경우 너무나 많은 라르크가 필요했다.

그렇다고 가격이 싼 NPC 용병들을 쓸 수도 없는 노릇이었다.

상대는 상위 중에서도 상위 길드인 지배자였다.

최소 레벨 300대의 용병들로 구성을 해야 한다는 것인데, 라르크가 너무나 부족했다.

'장비를 조금 늦게 살 걸 그랬나.'

눈류는 라스트와의 대결 이후 A급의 고급 장비를 구입했다.

그와 더불어 박하에게 옵션을 달기 위해 추가 라르크를 사용해야 했다.

그래서 현재 눈류에게 있는 라르크는 많지 않았다.

"어떻게 하지?"

눈류의 말에 샤인은 잠시 생각을 하더니 일단 길드원들을 불러 의견을 듣자고 했고, 그날 저녁 1기 멤버라 불리는 20명을 비롯해 총 110명의 길드원들이 한자리에 모였다.

그들은 각자의 의견을 내놓았는데, 그중 가장 괜찮은 아이디어는 길드원들 중 원하는 이들에 한해 모금을 하는 것이었다.

물론 승리를 할 경우 수익을 보장한다는 조건하에 말이다.

한 명, 한 명의 액수는 작겠지만 모두가 조금씩 보탠다면 분명히 큰 액수가 될 것이었고, 참석한 길드원들은 대부분 찬성했다.

그리고 눈류가 걱정했던 부분이 하나 더 사라졌다.

월하가 동맹을 맺을 만한 길드를 소개해 줬기 때문이었다.

그들은 바로 한때 차원 판타지에서 말도 많고 탈도 많았던 길드 인마였다.

인마의 대표로 눈류와 만난 이들은 예전에도 본 적이 있던 크로우와 제일라였는데, 그들은 월하가 떠난 이후 많은 생각을 하게 되었고 더 이상 카오짓을 하지 않았다고 한다.

더군다나 현재 인마 길드는 대부분 레벨 300대로 구성이 되어 있으며, 월하를 위해서 도움을 주고 싶다고 했다.

눈류는 사양하지 않고 그들과 동맹을 맺었다.

월하는 눈류에게 힘이 되었고, 자신으로 인해 변한 제일라와 크로우가 보기 좋은지 연신 미소를 지었다.

그 후 눈류에게 또 다른 기쁜 소식이 전해졌는데, 바로 용병들 문제였다.

레전드 길드는 회의를 한 날부터 용병들을 모집하기 시작했다.

여러 가지 일들로 유명한 눈류로 인해 많은 유저들이 싼 가격에 동참하기를 원했다.

그래서 눈류는 마음 편히 부족한 인원수를 최대한 레벨이

높은 유저들로부터 선택할 수 있었고, 눈류가 그리 바쁘게 시
간을 보내는 사이… 어느덧 결전의 날이 찾아왔다.

많은 이들이 관심을 가지는 공성전이다.

길드 지배자 대 레전드의 대결.

두 길드 다 유명세는 떨치지만, 지배자 길드에 비해 레전드
길드는 아직 낮은 순위의 길드였기에 두 길드가 붙을 것이라
고는 그 누구도 생각하지 못했다.

그래서 혹자에서는 눈류와 진은이 예전 대회에서 보여준 모
습으로 인해, 둘 때문에 생긴 공성전이 아니냐는 등 여러 가지
추측이 난무했고 대부분 길드 지배자의 승리를 점쳤다.

거대 길드인 것도 이유였지만 그만큼 공성전의 경험이 많았
고, 더군다나 고레벨들이 많이 포함된 길드였다.

그에 비해 레전드 길드는 눈류와 월하를 제외하고는 그렇게
부각되는 인물이 없었다. 물론 레전드 길드에서 많은 유저들
이 300을 찍었다 할지라도, 같은 300레벨이라도 지배자 길드
와는 질이 달랐다.

'이겨야 한다.'

눈류는 성을 등지고 서서 자신의 힘이 되어줄 유저들을 바
라봤다.

레전드 길드에서 참석한 인원은 220명.

동맹인 인마 길드에서 참석한 인원은 250명.

나머지 300레벨 대의 용병들이 430명이었다.

이들은 어쩌면 자신의 목적으로 인해 그 지옥 같은 공성전

을 치르는 것이었고, 자신 하나를 위해서 힘을 보태고자 참석했다.

그래서 눈류는 꼭 이기고 싶었다.

진은과의 재회 때, 진은을 쓰러뜨리기만 하는 것보다 그가 가진 가장 거대한 것을 빼앗고 싶은 마음에 결심한 것이 공성전이었고, 현재 공성전을 치르는 성은 길드 지배자가 가진 성 중 노른자라 할 수 있는 성이었다.

'이기자, 이기자… 이길 수 있다.'

눈류는 스스로에게 힘을 불어넣었다.

만약 스스로를 믿지 못한다면 시작도 하기 전에 패배하는 것과 다름없다.

비록 길드 마스터는 아니지만 모두가 자신 하나를 믿고 모였다는 사실을 알기 때문이다.

그래서 눈류는 마법사의 도움을 받아 큰 목소리로 자신의 솔직한 심정을 알렸다.

"이렇게 저를 도와주시기 위해 모이신 모든 분들에게 진심으로 감사를 표합니다. 사실 길드 지배자와 공성전을 치르는 것은 제 개인적인 이유 때문입니다. 그 말인즉, 전 여러분들을 이용해 제 목적을 이룬다는 것입니다."

눈류의 말에 일부 유저들이 웅성거렸다.

"하지만 한 가지만 믿어주십시오. 저는 여러분들의 은혜를 잊지 않겠습니다. 공성전에 성공하고, 여러분들이 원할 시 모두 저희 레전드 길드의 라인으로 받아들이며, 성을 통해 얻게 되는 수익을 공평하게 나눌 것입니다. 만약 라인이 되고 싶지 않은 유저 분들에게는 따로 수당을 챙겨 드리겠습니다."

"만약 진다면 어떻게 하실 것입니까?"

그때 한 유저가 궁금하다는 듯 외쳤다.

그러자 눈류는 미소를 지으며 대답했다.

"저희가 이길 것이기에 그런 고민은 하지 않았습니다."

눈류는 애써 당당하고 자신만만한 표정을 지으며 모두를 둘러봤다.

하지만 밑에서 그 모습을 바라보던 라일라는 고개를 숙였다.

왠지 눈류가 너무나 지쳐 보였기 때문이다…….

"버프!"

눈류의 외침에 수많은 마법사와 보조 직업들, 개인, 파티 버프를 가지고 있는 유저들이 자신이 속한 조의 동료들에게 버프를 시전했다.

눈류 역시 버프를 하나씩 받으며 스킬 지배를 시전했고, 온갖 버프 마법들로 인해 장관이 펼쳐지자 인터넷과 거울의 관리인을 통해 공성전을 관람하던 유저들은 침을 꿀꺽 삼켰다.

눈류는 고개를 들어 올렸다.

시간이 근접하자 성 위로 활을 든 유저들과 마법사들이 모습을 드러냈다.

긴 사정거리와 데미지를 갖춘 그들!

공성전에서는 필수인 존재들이었고, 수성 측에는 큰 힘이었지만 공성 측에서는 가장 까다로운 존재들이었다.

성안에 가기도 전에 큰 피해를 입히니 말이다.

하지만 라스트 월드의 공성전에서 가장 결정적인 것은 최후의 10인에게 달려 있었다.

눈류는 거기에 희망을 가진 채 큰 목소리로 외쳤다.

드디어 공성전의 시작을 알리는 알림 말이 모두에게 들렸기에.

"소환!"

눈류의 외침과 함께 20여 명의 소환사들이 앞으로 나와 스킬을 시전했다.

그러자 지면에서 각종 빛깔의 마법진들이 형성되더니 소환수가 모습을 드러냈다.

소환수들은 각기 여러 크기와 형태를 가지고 있었는데, 그들의 방어력을 이용해 문을 부숴야 했다.

"우리는 할 수 있다!"

눈류의 외침이 재차 이어지자 거대한 소환수들이 성문에 달려들었다.

그와 함께 데미지 딜러 격수들도 함께 성문에 붙어, 소환수들을 방패 삼아 문을 부수기 위해 노력했다.

소환수들 역시 하늘에서 쏟아지는 각종 마법과 화살, 스킬에도 불구하고 몸으로 방어를 하며 문을 부수는 데 협조했고, 눈류의 명령이 떨어지자 눈류 측에서도 활 유저들과 공격 마법이 전문인 유저들이 성위에서 공격하는 수성 측의 유저들을 위협했다.

더불어 보조 마법과 방어 마법이 특기인 유저들과 신관들은 힐과 실드로 동료를 지키기 위해 노력했으며, 일부 힐러들은 공격을 하고 있는 마법사들에게 마나를 채워줬다.

우르르릉!

25분이 지나자 드디어 성문이 굉음과 함께 무너져 내렸고, 공성 측은 함성을 지르며 성문 안으로 파고들었다.

채앵! 콰아아앙! 사아아악!!

1차 방어선 안에서 공성과 수성 측의 치열한 접전이 시작되었다.

흩날리는 신체 부위와 안개처럼 자욱한 피들.

그 속에서 눈류는 자신을 막는 유저들을 베어내며 빠르게 전진했다.

1차 방어선에는 눈류가 뽑은 300명의 유저들이 남아 전투를 계속 치렀다.

"내 앞을 막는다면 다 죽여 버린다."

눈류의 검에는 인정이 없었고, 검에서 마나가 번쩍하자 그 앞을 막아섰던 유저는 목숨을 잃었다. 그런 눈류의 곁에서 윌하는 쉬지 않고 마법을 난사했으며, 라일라는 혹여나 눈류가 다칠까 봐 항상 긴장했다.

"진격!"

2차 방어선에서 재차 300명을 남긴 뒤, 남은 300명이 3차 방어선을 향해 달려갔다.

그리고 눈류는 3차 방어선에서 라일라를 비롯한 지인들과 동료들을 바라봤다.

3차 방어선에는 200명이 남아야 했다.

"조심하세요!"

이미 능력에 따라 눈류가 유저들을 어디 방어선에 남아야 할지 다 지정을 해준 상태였기에, 모두는 빠르게 자신의 임무를 위해 움직일 수 있었고, 달려가는 눈류를 향해 라일라가 소리쳤다.

그런 라일라를 위해 눈류는 손을 들어 엄지손가락을 치켜세웠고, 곧 100명은 최종 방어선에 도착할 수 있었다.

"부탁드립니다."

눈류는 최종 방어선을 무너뜨린 뒤, 크로우와 제일라를 비롯한 90명을 향해 말했다.

이곳에서 90명이 남아 전투를 치르고, 가장 강한 10명이 전쟁의 방으로 이동해 가장 중요한 전투를 하게 되어 있었다.

눈류의 말에 크로우와 제일라는 고개를 끄덕였고, 눈류는 월하를 비롯해 길드와 동맹, 용병 중 가장 강한 9명의 유저들과 함께 전쟁의 방으로 이동했다.

"하, 하하……."

전쟁의 방에 도착한 눈류는 저도 모르게 웃음을 터뜨렸다.

기쁨의 웃음은 아니었다.

너무나 기가 막혀서 나오는 슬픔이었다.

“어떻게 네가 거기에……”

눈류는 한 여자를 바라보며 말했다.

그곳에는 자신의 동료가 되어줄 것이라 믿었던 세라가 서 있었다.

“미안. 이전에 지배자 길드와 동맹 관계를 맺었었거든.”

눈류는 세라의 말에 다리의 힘이 풀리는 것을 느꼈다.

수정의 탑을 부수는 것이 눈류의 유일한 희망이었다.

세라가 있다면 좋았겠지만 월하라도 곁에 있었기에 가능성이 있을 것이라 믿었다.

어찌 되었든 저쪽에도 레전드는 진은과 키스밖에 없지 않은가.

그런데 전혀 예상하지 못한 인물들이 있었다.

바로 세라와 세라의 길드원인 레전드 스레이.

그리고… 라스트였다.

“이렇게 또 만나는군.”

라스트의 목소리는 차가웠다. 그러면서도 한껏 톤이 높은 것을 보니 기분이 좋은 듯했다.

아니, 기분이 좋았다. 그렇게 원수 같은 눈류의 바람을 막을 수 있으니 말이다.

“어떻게 네가……”

“여기에 있냐고? 하하. 네가 지배자 길드에 공성전을 신청했다는 소문을 듣고 나서 바로 동맹 계약을 맺었지. 이 바닥이 원래 그렇지 않나? 영원한 적은 없어.”

눈류는 라스트의 말에 쓰게 웃었다.

그래, 공동의 적이 생긴다면 적들이 힘을 합치는 것이 현실이었다.

'물러설 수는 없다……'

눈류는 진은을 쳐다봤다.

마음속에서는 기울었다고, 수정 탑은커녕 10명에게 죽음만 당할 것이라고 외쳤지만… 그래도 포기할 수 없었다.

자신을 위해 밖에서 싸우는 990명을 위해서라도 말이다.

그리고 최소한 진은이라도 쓰러뜨려야 했다.

"눈류님, 왜 저희 길드에게 공성전을 신청했고 진은이 받아 준 이유도 모르겠지만… 물러나시는 것이 어떻습니까?"

지배자의 길드 마스터인 라이트가 안타까운 목소리로 말했다.

첫 만남은 좋지 않았지만 그 후에는 그래도 좋은 관계를 유지해 왔다고 생각했다.

그런데 공성전이라는 이유로 이렇게 적이 되다니.

웬만하면 피를 보고 싶지 않았다.

누가 봐도 자신들의 전력이 압도적이지 않은가.

하지만 눈류는 라이트의 부탁을 들어줄 수 없었다.

"죄송합니다. 저는 더 이상 물러날 곳이 없습니다."

그때였다. 눈류의 그 말과 함께 라스트의 등 뒤에서 세라의 목소리가 들렸다.

"아, 아까부터 하고 싶은 말이 있었는데……"

세라의 말과 함께 모두의 시선이 그녀에게 집중되었다.

"영원한 적이 없다고 했었나요?"

세라의 말에 라스트가 찌뿌듯한 표정으로 쳐다봤다.

갑자기 저 말을 왜 하는 것인가?

"그럼 이것도 아시겠네요?"

세라의 얼굴에 미소가 서렸다.

"영원한 편도 없다는 것을!"

지이이잉!!

"커어억!!"

갑작스러운 세라의 기습!

라스트는 자신의 배를 관통한 빛과 그것을 발휘한 세라를 번갈아 노려보며 바닥에 쓰러졌다.

전혀 예상할 수 없는 일이었기에 라스트는 미처 방어를 하지도 못했고, 복부에 큰 중상을 입었다.

그 모습에 모두는 경악하며 세라를 향해 따졌다.

"무슨 짓인가!"

"어떻게 이런……."

"뭘 그렇게 봐? 아무리 생각해도 난 눈류를 이런 상황에서 죽이고 싶지 않더라고……. 그리고 난 내 길드가 우뚝 서기를 바라지, 거대 길드의 부하 노릇 하는 것이 체질에 안 맞아서. 스레이!"

스팟!!

세라의 외침과 함께 스레이 역시 움직이기 시작했고, 눈류는 떨리는 눈길로 세라를 쳐다봤다.

그러자 세라가 실소를 흘리며 말했다.

"이봐, 난 너를 위해서가 아닌 단지 나를 위해서 한 것뿐이야. 그러니 고마워할 필요 없어. 그런데 안 바빠? 부족한 너희 쪽 점수를 채우기 위해서는 여기에서 점수를 많이 따야 할 텐데."

세라의 말에 눈류는 고개를 끄덕이며 뒤를 돌아봤고, 그러자 눈류를 제외한 아홉 명의 아군들이 수성 측 유저들과 전투를 시작했다.

부상당한 라스트를 포함해 12:8의 싸움.

공성전에서 같은 편이 같은 편을 공격하지 못한다는 규제가 없기에 가능한 일이었으며, 하필 배신을 한 두 명이 레전드였기에 전세는 눈류 쪽 진영이 유리했다.

그 와중에도 눈류는 전투에 참여하지 않으며 진은을 바라봤다.

진은은 지금까지 단 한 마디도 하지 않은 채 자신을 쳐다보고 있었다.

더불어 자신이 나서도 힘든 상황임에도 움직이지 않고 있어, 라스트와 키스는 그런 진은의 행동에 당황했다.

"싸워라."

눈류가 말했다.

하지만 진은은 고개를 저었다.

"싸워라……. 찬성, 찬성, 찬성!! 싸우라고!!"

눈류의 커다란 외침.

모두는 무슨 일이냐는 듯 싸움도 멈춘 채 둘을 바라봤다.

찬성? 아이디가 아니니 분명 본명일 것이다.

그렇다면 적으로 만난 둘이 아는 사이란 말인가?

"진하야……."

진은의 떨리는 목소리에 눈류는 이를 꽉 물었다.

공성전은 뜻밖의 변수로 인해 자신들이 승리할 수 있을 것이다. 그래. 기분이 좋다.

더군다나 드디어 진은에게 자신의 응어리를 풀 수 있다. 그래. 행복하다.

그런데 왜… 이렇게 더러운 기분이 드는 것이냐.

그리고 왜… 내 마음은 아프냐.

눈류가 고개를 치켜들었다.

그런 눈류의 눈동자는 붉게 충혈되어 있었다.

"네가 오지 않으면… 내가 간다."

스파아앗!

눈류의 신형이, 눈류의 팔이 움직였다.

검은 진은의 복부를 찔렀고, 팔을 베었다.

그것도 모자라 목을 잘라 버렸다.

피가 튀고 눈류의 분노에 찬 목소리가 전쟁의 방을 가득 채웠다.

눈류는 미친 사람처럼 검을 휘두르고 스킬을 발휘했다.

그런 눈류의 모습에 모두가 당황했다.

왜 저러는 것인가! 눈류가 왜 저렇게 힘들어하는 것인가!

"으아아아악!! 찬성!!"

눈류는 슬픔과 함께 분노가 더욱 치밀어 올랐다.

자신을 공격해야 했다.

죽지 않기 위해, 지지 않기 위해 진은은 최선을 다해 자신과 싸워야 했다.

그래서 지금까지 힘을 기르지 않았던가.

복수라는 이름, 힘이 지배하는 이곳 세상! 이곳에서 만나 그에게 이유를 묻고 무너뜨리기 위해서 지금까지 긴 시간을 참아오지 않았던가.

그런데… 그런데 왜 가만히 있는 것이냐 말이다.

왜 인형처럼 저항조차 하지 않으며 순수히 죽음을 택하는 것이냐 말이다!!

"공격해… 나를 공격해!"

죽음과 함께 일정 시간이 지나자 부활한 진은을 향해 눈류가 다시 외쳤다.

그러나 진은은 고개를 저으며 역시 저항도 하지 않았다.

"미안하다, 미안하다……."

진은의 목소리가 울먹였다.

눈류의 눈동자가 더욱 붉게 충혈되었다.

절대 동화될 수 없는 여러 가지 감정들이 한곳으로 뭉치며 정말 미칠 것 같았다.

폭발할 것 같았다.

"그래… 그래……. 그러면 죽어라……."

눈류의 입에서 흐르는 차가운 목소리.

눈류가 고개를 들어 진은을 쳐다봤다.

진은 역시 붉어진 눈으로 눈류를 쳐다봤다.

그때 눈류가 말문을 열었다.

"진화……."

스파아아아앗!!

눈류의 신형이 일그러짐과 동시에 변하기 시작했다…….

"오빠, 문 좀 열어봐? 어? 오빠!!"

창문을 통해 들어오는 달빛에 의지한 채 진하는 연신 술병을 집어 들어 마시기만 반복했다.

방문 밖에서 은하의 목소리가 들렸지만 진하는 움직이지 않았다.

머리가 복잡했다. 아니, 지금 왜 이러고 있는지도 모르겠다.

다 잘 풀렸는데… 다 잘 풀렸는데 말이다.

공성전은 공성 측의 승리로 끝이 났고, 진하는 자신이 원했던 대로 찬성을 공성이 끝날 때까지 죽이고 또 죽였다.

그리고 찬성은 끝내 단 한 차례의 반격도 하지 않은 채 죽기만을 반복했다.

그렇게 모든 것이 원하는 대로 됐다.

은진을 만나지 못한 것만 빼고는 다 잘 풀렸다.

하지만… 진하는 공성전이 끝나고 기분이 너무나 더러웠다.

그와 함께 허무함에 사로잡혔다.

그래서 동료들의 축하도, 찬성의 음성 채팅도 다 무시한 채 로그아웃을 했고, 술을 한가득 사와 마시고 있었다.

어떻게 해야 기분이 좋아질까⋯ 아니, 내가 왜 이러고 있는 것인가.

진하는 술을 마시며 반복적으로 그 생각만 되풀이했다.

그러다 하나씩 짚어나가기 시작했다.

'내가 왜 게임을 시작했지?

스스로에게 물은 진하는 당연히 쉽게 대답할 수 있을 것이라 생각했다.

하지만 한참이나 생각한 뒤, 겨우 스스로에게 답했다.

'너무 화가 나서⋯⋯. 그들에게 복수하고 싶어서⋯ 그리고⋯ 둘이 너무나 보고 싶어서⋯⋯.'

진하는 재차 술병을 집어 들어 알콜 중독자처럼 마셨다.

문득 처음 은진에게 이별을 통보받았을 때가 떠올랐다.

당시 제대를 하고 나서 슬픔으로 인해 술에 취해 살지 않았던가.

그렇게 지내다 둘이 자신 몰래 바람을 피운 사실을 알았고, 화가 났으며 배신감에 치를 떨었다.

자신도 그냥 끝내고 싶었다.

그들을 만나봐야 결과가 달라지지 않는다는 사실도 알고 있었다.

그렇지만 진하는 그러지 못했다.

같은 결과에 여러 가지 반응이 나오듯, 진하는 TV에서나 일부 쿨한 이들처럼 이대로 끝낼 수 없었다.

만나야 했다. 어떻게든 만나야 했다.

그들에게 화를 내기 위해서든, 아니면 은진을 다시 붙잡기 위해서든, 아니면 복수하기 위해서든, 그것도 아니면 단지 보고 싶어서든… 그들을 만나야 했다.

하지만 둘은 집도 이사를 하고 연락처도 바뀐 상태였다.

주변에 수소문을 해도 아는 이들이 나오지 않았다.

인터넷에서 찾아봤지만 결과는 마찬가지였다.

그런 때에 둘이 라스트 월드를 한다는 사실을 알게 되었고, 결국 자신 역시 하게 되었다.

그리고 강해지려고 노력했다.

어쩌면 자격지심 때문인지도 모른다.

힘이 지배하는 세상에서 약한 모습으로 둘을 대면하기 싫어서…….

현실에서 버려졌기에 그곳에서만큼은 그들이 도망도 치지 못하게 압도적인 힘을 가지고 싶어서…….

그래서 그렇게 강해지려고 노력했던 것인지도 모른다…….

"크크큭."

진하는 술을 목구멍으로 넘기며 허탈하게 웃었다.

허탈함, 슬픔, 분노, 아픔… 모든 감정이 하나가 되어 회오리쳤고, 진하의 볼을 타고 촉촉한 무엇인가가 흘러내렸다.

자신이 바보 같았다.

정작 원하는 것을 다 이뤄놓고는 가장 바라던 은진을 만나지도 못했고, 둘이 왜 그랬는지를 물어보지 않았다.

아니, 답을 알고 있다 할지라도 둘에게 듣고 싶었다.

남이 아닌 둘에게 진실을 듣고 싶었다.

그런데… 정작 그 이유를 모른 채 이러고 있었다.

그때였다. 진하의 휴대폰이 울렸다.

진하는 정신이 아찔한 상태에서 휴대폰을 쳐다봤다.

선예일 것이라 생각했다. 하지만 모르는 전화번호였다.

그 번호는 아까부터 계속 걸려오고 있었고, 진하는 전화를 끄려다가 이유도 없이 전화를 받았다.

"누구야?"

진하의 목소리는 기운이 없었다.

그렇지만 반대편에서 들려오는 목소리에는 더욱 기운이 없었다.

"나다. 찬성이……."

진하는 술병을 내려놓았다.

"때려……."

눈앞에 찬성이 있었다.

자신을 때리라며 부탁하고 있다.

그렇게 찾을 때는 나타나지 않더니… 이제야 나타나 때리라 하고 있다.

진하는 주먹을 꽉 쥐었다.

하지만 곧 주먹에서 힘을 풀며 찬성에게 작은 목소리로 무엇인가를 말했다.

그와 함께 비틀거리는 걸음으로 발길을 옮겼다.

"진하야, 진하야!!"

찬성의 목소리가 메아리처럼 들린다.

그렇지만 진하는 돌아보지 않으며 조금 전 찬성이 한 말만 계속해서 생각했고, 찬성은 깊은 슬픔을 토해냈다.

모든 것을 솔직하게 고백했다.

만남부터 지금의 위태한 상황까지… 왜 집 주소를 바꾸고 연락처도 바꿨는지.

진하에게 맞는 게 두려워서가 아니었다.

자신이 좋은 놈이 되려는 마음도 없었다.

다만 더 이상 진하에게, 자신들로 인해 이렇게 된 진하에게… 더 이상 거짓말을 할 수 없었다.

찬성은 진하의 뒷모습이 사라질 때까지 지켜봤다.

머릿속으로 자신의 애기가 끝났을 때 울 것 같던 진하의 표정이 떠올랐다.

차라리 울기라도 했으면… 남 앞에서 강한 척을 하기 위해 자신의 마음을 죽이지 않는다면… 차라리 그랬더라면…….

"진하야!!"

찬성은 길바닥에 주저앉으며 크게 외쳤다.

무엇인가가 심장을 조이는 것 같다.

호흡을 하기가 힘들 만큼 아팠다.

그러자 진하는 그 오랜 시간 이렇게 아팠겠구나 생각이 들었다.

그리고… 진하가 가면서 한 말이 떠오르자 눈물이 맺혀 흘렀다.

"친구 버리고 갔으면… 좀 행복하게 지내던가… 때리지도 못하게……."

찬성은 결국 울음을 참지 못하며 바닥에 얼굴을 파묻었다.

비틀, 비틀.

술이 덜 깬 진하는 어두운 밤길을 하염없이 걸었다.

그러다 길을 잘못 들었는지 모텔이 도미노처럼 이어진 곳에 있는 자신을 발견했다.

"여긴 어디야……?"

진하는 고개를 이리저리 돌리며 주변 건물을 확인했다.

그런데 아는 건물은커녕, 어디인지 감도 잡을 수 없었다.

술도 취했는데 딴생각만 하며 걷다 보니 나온 결과였다.

"택시를 타야 하나……."

진하는 비틀거리는 몸을 힘겹게 돌렸다.

그때 누군가와 부딪치며 넘어져 버렸다.

그리고 낯익은 목소리를 들었다.

"어? 진하야?"

진하는 흐릿한 초점을 맞추기 위해 눈에 힘을 주며 자신과 부딪친 남자를 바라봤다.

그는 재익이었다.

"선배……?"

"네가 여기 웬일이야? 어? 웬 술을 이렇게 마셨어? 공성전도 잘 끝났다면서."

"아니야, 아무것도… 그냥 조금 마셨어… 그냥 조……."

대답을 하며 일어서던 진하는 눈을 부릅뜨며 자신의 눈을 의심했다.

하지만 눈을 비비고 다시 봐도 마찬가지였다.

진하는 떨리는 목소리로 저도 모르게 재익의 곁에 있는 여자에게 말을 걸었다.

"은진……."

"오, 오랜만이야……."

은진의 당황한 표정과 함께 진하는 은진과 재익을 번갈아 보며 쳐다봤다.

둘이 도대체 여기에 왜 같이 온 것이라는 말인가?

"서로 아는 사이야?"

재익이 놀랍다는 듯 묻자, 은진은 진하가 뭐라 하기 전에 황급히 나섰다.

"어. 예전에 친구! 오빠, 이제 다 왔으니 그만 가봐!"

"어? 무슨……."

"가보라고. 여기까지 데려다주기로 했던 거였잖아!"

은진의 다급한 표정에 재익은 무엇인가를 읽은 듯 잠시 표정이 굳어졌지만 곧 웃으며 대답했다.

"그래. 그랬지……. 난 이만 가볼게. 진하야, 너도 같이 갈래?"

"아니, 진하랑은 얘기 좀 할게. 오빠 먼저 가."

재익은 은진의 재촉에 진하에게 조심히 들어가라는 말을 남긴 뒤 어쩔 수 없이 돌아섰다.

그렇게 돌아선 재익의 표정은 굳어 있었다.

"집 키를 잃어버려서 오늘 모텔에서 자려고 했거든. 그런데 오빠가 굳이 위험하다고……."

"나에게 변명 안 해도 돼……."

"그, 그건 그렇지……. 진하야, 잠깐 들어갈래? 얘기 좀 하게."

은진이 유일하게 약해지는 사람이 바로 진하였다.

진하가 화가 나면 얼마나 무서운지 잘 아는 것도 이유였지만, 그를 진심으로 사랑했던 것 역시 이유였다.

그래서 찬성이 진하 얘기를 꺼낼 때마다 화를 냈다.

자꾸 진하가 그리워졌기에, 머릿속에 떠올랐기에…….

그리고 조금 전 찬성에게 전화가 왔었다.

진하를 만나 모든 것을 다 말했다는…….

'에휴, 찬성이 때문에 정말…….'

술에 취한 진하를 부축해 모텔로 올라가던 은진은 짜증이 치밀어 올랐다.

찬성이 아니었다면 바로 진하에게 작업을 했을 것이다.

찬성에게는 이제 질렸고, 재익 역시 자신의 타입은 아니었다.

아직까지 자신의 타입이며, 또 만나고 싶은 사람은 진하밖에 없었다.

그렇기에 찬성이 때문에 그랬다고 핑계를 댄 뒤, 진하를 유혹하면 됐다.

들리는 말론 진하가 자기를 못 잊어서 오랜 시간 괴로워했다 했으니…….

하지만 찬성이 먼저 진실을 말해 버려서 일이 복잡하게 됐다.

일단 술에 취한 진하를 방으로 데리고 들어가 찬성의 말이 거짓이라는 것을 인식시켜 줘야 했다. 찬성에게는 자신의 말이 맞다 하라고 시킨 다음 헤어지면 끝이었다.

'그리고 자면 되는 것이지…….'

은진에게 있어 남자는 다 똑같았다.

벗어주면 모든 것을 용서하는 존재들.

자신의 육체를 얻기 위해 모든 것을 갖다 붓는 존재들…….

어릴 때부터 남자를 믿지 못하는 일들이 많았고, 그와 함께 심각한 애정 결핍에도 시달렸다.

그런 와중에 진하는 자신의 마음을 열게 한 유일한 남자였다.

하지만 그놈의 애정 결핍을 이겨내지 못했다.

옆자리가 허전하자… 혼자라는 것이 너무나 싫고 끔찍해서 저도 모르게 다른 남자를 찾았으니…….

"진하야."

모텔 방으로 들어와 일단 겉옷을 벗은 은진은 침대에 걸터앉아 진하를 향해 순간적으로 떠올린 거짓말들을 하기 시작했다.

잘못이라고, 잘못된 것이라는 사실을 알면서도… 은진은 그러고 있었다.

이런 자신이 미우면서도 바꿀 수 없었다.

그런 은진의 말을 듣는 진하의 표정은 굳어졌다.

은진을 보고 싶었다.

어떻게든 그녀를 만나고 싶었다.

웃기게도 찬성에게는 분노란 감정이 함께 떠올랐는데… 은진에게는 그리움이 강했다.

그런데 더 웃긴 것은 이렇게 만난 지금… 그 어떤 감정도 느낄 수 없었다.

인간이란 존재가 이렇게 급변할 수 있는 것인지 진하 스스로도 놀랄 정도였다.

어쩌면 찬성에게 모든 것을 들었고, 모텔 입구에서 의심스러운 광경도 보게 되어서 남아 있던 그리움이 사라진 것인지도 모른다.

그렇기에 지금 은진이 하는 말을 믿지 않는 것인지도 모른다.

'보고 싶다…….'

진하는 실소를 흘렸다.

막상 은진을 만나 그녀의 거짓말을 듣고 있으니… 선예가 너무나 그리워졌다.

언제나 진심으로 자신에게 다가와 곁에 있어주던 선예가 너무나 보고 싶어졌다.

"진하야, 나 너를……."

한참 애기를 하던 은진의 얼굴이 점점 가까워졌다.

그러면서 윗옷을 살짝 풀었기에 그녀의 속살 일부가 눈에 들어왔다.

하지만 진하는 가슴이 아파옴을 느끼며 자리에서 일어났다.

"갈게……."

진하는 그 말과 함께 방문을 열고 빠져나갔다.

그리고 택시를 타고 집으로 가는 도중, 선예가 지내는 은정의 집 앞에 잠시 내려 휴대폰을 만지작거렸다.

그러다 선예가 자고 있을 것이란 생각에 휴대폰을 품속에 집어넣은 뒤… 자신의 집을 향해 힘없이 걸어갔다.

선예와 만난 날부터의 추억을 되새기며…….

"아, 머리야."

집에 들어와서도 아침까지 술을 마시고 일어난 진하는 시계를 쳐다봤다.

시계는 밤 11시 20분을 가리키고 있었고, 진하는 자신이 너무 오래 잤다고 생각하며 방문을 열었다.

그런데 무엇인가가 떨어졌다.

방문 틈 사이에 끼워져 있던 은하의 편지였다.

오빠! 오늘 선예 생일이야. 나는 일이 있어서 나가니까 꼭 챙겨줘.

그리고 집착에 휘둘리지 말고 확인해 봐.

오빠의 마음이 어디로 향하고 있는지를…….

진하는 재차 시계를 바라봤다.

그러고 보니 얼마 전에 얘기를 들었는데, 일이 너무 많았고 심적으로도 지쳤기에 잊어먹고 있었다.

진하는 다급히 선예에게 전화를 걸었다.

그러자 이제야 전화를 했음에도 불구하고 선예는 너무나 반갑게 전화를 받았다.

"오빠, 속은 괜찮아요? 아프지 않아요……? 제가 가서 죽 끓여 드릴게요."

진하의 눈시울이 뜨거워졌다.

바보 같은 아이.

이런 와중에 자신의 걱정을 하다니…….

"내가 갈게. 10분이면 될 거야. 내가 갈게……."

"네? 알겠어요. 히……."

진하는 전화를 끊자마자 신발을 신었다.

그 순간 누군가에게 전화가 왔는데 발신 번호를 확인하니 모르는 번호였다.

"여보세요?"

"진하야. 나 은진이야."

진하는 아무런 대답을 하지 않았다.

"나 지금 우리 자주 갔었던 라젠 커피숍에 와 있어. 지금 와 줘. 기다릴게."

은진은 진하가 뭐라 대답도 하기 전에 자기 할 말만 하고 전화를 끊어버렸고, 진하는 자신의 가슴에 손을 갖다 댔다.

마치 마음에게 무엇인가를 묻기라도 하는 듯…….

그리고 누군가에게 전화를 걸어 통화를 하더니 밖으로 급히 뛰어나갔다.

"여기야!"

커피숍에 도착한 진하는 은진이 손을 흔드는 모습을 발견하고 맞은편에 앉았다.

"역시 올 줄 알았어. 우리 술 마시러 갈까?"

"은진아……."

진하는 은진의 두 눈을 주시하며 말문을 열었다.

"난 그렇게 생각해. 사람이 죽는 것은 육체뿐만이 아니라고. 그래서 가장 잔인한 것이 마음을 죽이는 것이라고……. 육체를 죽이면 벌이라도 받지만, 마음을 죽이는 것은 아무런 처벌이 없잖아. 이제 다른 사람들의 마음 그만 죽여……. 너는 단지 외로움을 달래는 수단일지도 모르지만 상대에게는 심장이 멎을 아픔이 될 수 있으니. 그리고 너의 마음도 더 이상 죽이지 마……."

진하는 자리에서 벌떡 일어섰다.

은진이 당황한 표정으로 자신을 쳐다봤지만 시선을 두지 않았다.

"난 이제야 알 것 같아. 내가 무엇 때문에 너희를 그렇게 찾았는지, 그리고 이제 내가 해야 할 일이 무엇인지……."

진하는 그 말만 남긴 채 커피숍을 빠져나갔고, 혼자 남은 은진은 헛웃음을 흘리며 자신도 일어서려고 했다.

그런데 누군가가 눈앞에 서 있었다.

"찬성?"

"진하 연락받고 왔어."

"진하가? 아니, 네가 왜 와?"

찬성은 길게 심호흡을 했다.

은진을 바라보자니 가슴이 떨려왔다.

그렇지만 은진을 위해서라도 해야만 했다.

"은진아, 나는 진하가 불쌍해."

"뭐?"

은진은 왜 자꾸 짜증나게 하냐는 듯한 목소리로 반문했다.

"그리고 나도 불쌍해. 그런데……."

찬성의 눈가에 눈물이 어렸다.

아무리 괴로웠어도 포기하지 못했던 은진이었다.

너무나 힘이 들었어도 사랑했던 은진이었다.

그러나… 진하와 만난 이후 마음을 굳힐 수 있었다.

"나는 네가 제일 불쌍하다……. 이제는 그만 행복해지기를 바래……."

은진의 얼굴이 점점 일그러졌다.

돌아서서 가는 찬성을 소리쳐 불렀지만 그는 돌아오지 않았다.

"나, 지금 차인 거야? 하, 하하……."

은진은 기가 막혔다.

자신 때문에 목매던 두 남자한테 뭔 꼴이란 말인가?

"내가 너희들 아니면 남자가 없을 줄 알아?"

은진은 얼음이 들어 있던 물 컵을 한 번에 비운 후 전화기를 들었다.

재익에게 거는 것이었다.

하지만… 아무리 걸어도 재익은 전화를 받지 않았다.

그 시각, 재익은 정화를 만나러 가는 중이었다.

가는 내내 은진에게 전화가 왔지만 재익은 관심을 두지 않았다.

그와 함께 조금 전 진하와 나눴던 통화를 떠올렸다.

재익은 정말 몰랐었다.

그녀가 진하가 잊지 못해하던 여자였을 줄은…….

또한 남자 친구가 진하의 친구일 줄은…….

진하는 재익에게 둘이 무슨 관계인지 사실대로 말해달라고 했고, 처음에는 속일까 했던 재익은 사랑하는 동생에게 차마 그럴 수 없어 모든 것을 고백했다.

그리고 차에 올라탔는데, 얼마 지나지 않아 은진에게서 전화가 왔다.

무심결에 전화를 받으려던 재익은 손을 멈췄다.

문득 어제의 일이 떠올랐기 때문이었다.

언제든 쉽게 끝날 수 있는 사이라고 생각은 했지만, 내심 그녀가 자신의 여자가 될 수 있다고 믿었다.

하지만 어제 그녀의 태도는 꿈 깨라고 말해줬었고… 재익은 전화를 받지 않았다.

아니, 그 이유가 아니더라도 진하를 위해서라도 같은 행동을 했을 것이다.

끼이이이익!

재익의 차가 멈췄다.

그리고 재익은 한 여자를 발견한 뒤 차 안으로 불렀다.

"오빠?"

정화는 차에 타자마자 재익이 품에 기대듯 안기자 당황한 목소리로 불렀다.

언제나 힘들 때면 자신을 찾아와 육체를 원하던 재익이었다.

그런데 오늘은 왠지 뭔가가 달랐다.

"정화야……."

"어?"

"이전에는 몰랐는데… 너의 품, 참 따뜻하다."

“…….”

“정말 몰랐는데… 내 더러운 마음이 따스해질 만큼, 너의 품 안이 너무 따뜻하다…….”

재익은 정화의 품에 안겨 두 눈을 감았다.

정말 이전에는 몰랐었다.

하지만 오늘은 알 수 있을 것 같았다.

자신이 왜 힘이 들 때면 자꾸 정화를 찾아왔는지… 언제부터인가 정화가 왜 보고 싶었는지를…….

그리고 왜 정화의 우는 모습에 가슴이 아팠는지를 말이다…….

“아흐, 춥다.”

선예는 대문 앞에 쪼그려 앉아 하늘에 떠 있는 달을 쳐다보며 진하를 기다렸다.

진하에게 전화가 와 늦는다는 말을 들었지만 조금이라도 빨리 보고 싶기에 밖에서 기다리는 중이었다.

“5분밖에 안 남았는데…….”

선예는 애써 웃으며 일어나 엉덩이를 털었다.

속상하기도 했지만 진하의 아픔을 알기에 참아야 했다.

자신마저 진하를 힘들게 하면 안 된다고 생각했다.

이렇게 웃다 보면… 이렇게 그리워하다 보면… 언젠가는 진하가 곁에 와줄 것이라 믿었다.

“에잇, 난 정말 바보 같아…….”

은정의 말처럼 선예는 문득 자신이 바보 같다고 느껴졌다.

처음 진하를 만났을 때 이렇게 사랑하게 될 줄은 생각도 하지 못했다.

단지 세상을 떠난 오빠와 닮아 마음이 더 가는 것이라 생각했었는데…….

"1분 남았네……."

선예는 한숨을 내쉬며 전화기를 바라봤다.

진하에게 전화를 해서 어디인지 물어보고 싶은 마음이 굴뚝같았지만, 늦더라도 올 것이라 믿기에 애써 참으며 전화기를 내려놨다.

그때였다. 선예는 등 뒤에서 들리는 목소리에 깜짝 놀라며 고개를 돌리려고 했다.

하지만 뒤에서 그가 안았기에 움직일 수 없었다.

"늦어서 미안해. 그래도 1분 남았다."

"헤헤… 그러네요……."

선예는 눈물이 핑 돌았다.

서운함 때문이 아니었다.

그래도 생일 안에 와준 진하에게 고마움을 느꼈고, 술에 취해 힘들어하면서도 자신을 챙기는 듯한 기분에 행복했다.

"나, 선물을 준비 못했는데……."

"괜찮아요. 와줬잖아요. 그거면 충분해요."

"아냐. 준비는 못했지만 선물 주고 싶어."

"네?"

선예는 자신도 모르게 되물었다.

준비를 못 했는데 어떻게 선물은 준다는 말인가?

그때 재차 들린 진하의 말에… 선예는 자신의 귀를 의심했다.

"나는 안 되나? 음, 부족한가?"

"오빠, 지금 뭐, 뭐라고……?"

"선물은 해주고 싶은데, 선물은 없고… 아니, 생일이 아니더라도 나를 선물로 주고 싶은데. 너라는 아이를 선물로 받고 싶기도 하고……."

"오빠……."

선예의 큰 눈망울에 멈췄던 눈물이 가득 차기 시작했다.

그러자 진하는 그런 선예를 돌려 얼굴을 마주했다.

"내가 싫은가 보네. 울 정도인 것을 보면……."

"아니에요! 그런 것 아니에요!!"

선예는 당황해서 큰 목소리로 소리쳤다.

그 모습에 진하는 환하게 웃으며 선예를 자신의 품에 꼭 안았다.

"고마워… 그리고……."

선예는 마치 진하의 목소리가 천사의 멜로디처럼 들렸다.

"사랑해……."

선예는 결국 진하의 품에 안겨 울음을 터뜨렸다.

가장 행복한 생일이었다…….

새벽 늦은 시간.

오랜만에 현실에서 뭉친 박하와 만파, 진석은 술에 만취해 비틀거리며 걷고 있었다.

"으하하하! 그래 봐야 자네는 나한테 안 된다네."

"어허, 내가 검을 잡으면 자네야말로 안 되지."

"허허, 둘 다 나에게 안 된다네."

늙으신 세 분은 술에 취해 자신들이 더 강하다며 다투고 있었는데, 결국 참지 못한 박하가 골목을 돌기 전 발차기 시범을 선보였다.

"이것 보게! 이 킥에 걸리면 누구든 끝이 난다네! 으하하!"

휙휙!

박하의 발차기는 노령에 어울리지 않는 속도를 갖춘 채 움직였고, 그 시각 술에 취한 은진이 집으로 돌아가며 혼잣말을 하고 있었다.

"웃겨, 웃겨, 웃겨! 니들이 없으면 남자가 없니? 당장 꼬실 수 있어. 두고 봐."

은진은 화가 많이 났는지 계속해서 욕을 내뱉었고, 막 골목을 도는 순간이었다.

퍼어억!!

별이 반짝였다.

정말 아무런 감각은 없는데 코에서 별이 반짝이는 느낌이 들었다.

결국 은진은 별들과 함께 깊은 꿈나라로 향했고, 발차기를 보여주다 무엇인가 부딪친 느낌에 박하는 아래를 내려다봤다.

"아니, 여기 웬 아가씨가 자고 있네."

"뭐야? 새벽이면 추울 텐데……."

"내 생각에는 명상을 하는 듯하네."

"오오, 진석 자네는 천재구만! 그러고 보니 그렇군!"

"명상 방해 말고 우리는 가세."

"알겠네!"

박하와 진석, 만파는 자기들끼리 결론을 내린 뒤 재차 발걸음을 움직였다.

그리고 그들이 떠난 자리에는 코피를 흘리며 명상하는 은진이 대자로 뻗어 있었다.

"오빠."

"어?"

"이제 어떻게 하실 거예요?"

선예의 질문에 진하는 의미를 이해하며 웃음을 흘렸다.

"너에게 오는 내내 생각했어. 나는 이제 어떻게 할까… 어떻게 해야 할까… 그런데 생각보다 답이 간단하던데?"

"뭔데요?"

"목표가 사라지면 새로운 목표를 만들면 되는 거야. 또 그 목표가 끝이 나면 다른 목표를 다시 세우고. 사람에게 멈춤은 없잖아. 언제나 시간처럼 흐르니. 그래서 나도 새로운 목표를 정하고 흐르기로 결심했지. 그리고 조금 전에 정했어."

“어떤 목표인데요?”

진하는 선예를 바라봤다.

그녀는 정말 궁금하다는 듯 쳐다보고 있었다.

진하는 환하게 웃으며 선예의 손을 따스한 자신의 손으로 잡았다.

“평생 이 손을 놓지 않는 것이 내 새로운 목표야…….”

마주 잡은 두 손처럼, 둘의 입술 역시 천천히 하나가 되었다.

『가면의 기사』 終

새델 크로이츠

새델 크로이츠 전 2권
이경영 판타지 장편 소설

— 화사무상 편

『가즈나이트』의 명성과 신화를 넘어설
이경영의 판타지의 새로운 상상력!

자신만의 독특한 세계관을 창조한 작가
이경영의 새로운 도전과 신선한 충격.

바란투로스의 특수부대 새델 크로이츠의 리더 파렌 콘스탄
야만족을 돕는 안개술사를 물리치기 위해 아시엔 대륙에서 온
불을 뿜는 요괴 소녀 카샤.
너무나 다른 두사람이 운명의 길에서 만나다.
친구란 이름으로 시작된 모험, 그 앞에 놓인 난관과 운명의 끈은
어떻게 될 것인지…….

"질투가 날 만도 하지. 요괴가 산신령을 엄마로 두는 건 흔한 일이 아니거든.
괜찮다, 파렌. 본좌가 아는 요괴들 전부 본좌를 질투하고 부러워하니까."
소녀는 손에 잔뜩 받은 빗물을 홀짝 마셨다.
파렌은 그 순수함에 웃음을 흘렸다.
그는 지금까지 자신이 봤던 그녀의 기이한 행동들을 어렴풋이나마 이해할 수 있을 것 같았다.
그렇게 친구가 된 둘은 그 길로 긴 여행을 떠나게 된다.

— 본문 중에 —

Book Publishing CHUNGEORAM

눈길발길 쏙쏙 끄는 **비법이 가득!**
왕성한 가게 만드는

잘나가는 가게 노하우 151 가지

고다 유조 지음
김진연 옮김
가격 9,800원

물건이 팔리지않는 시대!
왕성한 가게 만드는 비법이 가득!

가게 안에 웅덩이를 만들어라
조명만 조금 바꿔도 매출이 팍 늘어난다
보기 쉽고, 집기 쉬운 가게 배치는 '경기장 형'이 최고 등등
가게에 실제로 적용했을 때 매출이 오른 노하우만 알차게 수록
외관, 입구, 배치, 내장, 조명, 디스플레이에서 사원교육까지

도움이 되는 '발견'이 가득가득.
당신 가게를 회생시키기 위한 소중한 책!

유행이 아닌 자유추구 –
www.chungeoram.com

초등학생이 반드시 읽어야 할 좋은 책 49권

각 학년별로 초등학생이 반드시 읽어야할 좋은 책을
선정하여 통합논술의 기본이 되는 '올바른 독서법'을
일깨워 줍니다.

교과서와 함께하는
초등학교 통합논술

초등1학년 | 값 12,000원 / 초등2학년 | 값 9,500원 / 초등3학년 | 값 11,000원 / 초등4학년 | 값 9,500원 / 초등5학년 | 값 9,500원 / 초등6학년 | 값 11,000원

♣ 혼자 할 수 있어요.

엄마가 책 읽는 방법을 가르쳐 주어도 좋아요.
독서지도하는 선생님이 가르쳐 주어도 좋답니다.
"초등 교과서와 함께하는 **통합논술 시리즈**"는
아이 스스로 독서할 수 있도록 꾸며진 책이에요.
엄마와 선생님은 요령만 가르쳐 주시면 된답니다.

♣ 교과서의 중요한 내용이 총정리되어 있어요.

각 학년별로 중요한 교과 내용이 함께 수록되어 있어요.
초등학생은 교과서 내용을 충실하게 공부해야 합니다.
아울러 그와 병행한 독서가 대단히 중요하지요.
"초등 교과서와 함께하는 **통합논술 시리즈**"는
두가지 방법 모두 알려준답니다.

♣ 이 책은 훌륭하신 선생님들이 함께 쓰신 책이랍니다.

동화작가 선생님들이 쓰셨어요. 소설가 선생님도 쓰셨답니다.
국어 논술독서지도 선생님들도 함께 쓰셨지요.
"초등 교과서와 함께하는 **통합논술 시리즈**"는
엄마의 마음으로 모든 선생님들이 함께 꾸민 책이랍니다.

입소문을 통해 아는 분은 다 알고 계십니다!
올 한해 공인중개사 최고의 화제작!

1~2권 합본 | 이용훈 지음
3~4권 합본 | 이용훈 지음
5~6권 합본 | 이용훈 지음
용어해설 | 이용훈 지음

수험생 기본 필독서
만화 공인중개사

제목 : 만화공인중개사 쓰신 분에게 감사드립니다.

학원을 두 달 다녔어요. 근데 과연 그 숫자 외우기 그런 게 몇 문제나 나올까 생각을 했어요.
아니라는 생각이 드네요. 학원강의를 뒤로하고 서점을 갔어요. 내 머리에 가장 이해될 수 있는
책이 없나 하구요. 거기서 만화를 발견했어요. 무조건 세 번 봤어요. 3개월 걸렸어요. 문제집을 보라고
했는데 그건 시행을 못했어요. 근데 합격을 했네요.
어떻게 감사의 말을 해야 될지……
도서관에서 만화책 들고 다니니까 사람들이 비웃더라구요. 만화책으로 공인중개사를 공부한다고
미친 사람처럼 보더라구요. 근데 그거 다 감수하고 했던 내가 자랑스럽습니다.
어떻게 감사의 말을 해야 할지… 정말 감사합니다.
부디 행복하세요. 제 나이 41살에 좋은 스승을 만난 것 같습니다.
엎드려 감사드립니다.

－본사 홈페이지에 독자분이 올린 메일 中 에서 발췌－